G
GOLDMANN

W0266735

„... Abends, wenn ich abgespannt bin, greife ich instinktiv nach einem ‚Wallace', bin im Nu in der Handlung, vergesse den ganzen Jammer des Alltags, bin froh und mutig." ADENAUER IN RHÖNDORF

Edgar Wallace. Das Original.

Alle Edgar Wallace Kriminalromane:

1 Die Abenteuerin.
2 A. S. der Unsichtbare.
3 Die Bande des Schreckens.
4 Der Banknotenfälscher.
5 Bei den drei Eichen.
6 Die blaue Hand.
7 Der Brigant.
8 Der Derbysieger.
9 Der Diamantenfluß.
10 Der Dieb in der Nacht.
11 Der Doppelgänger.
12 Die drei Gerechten.
13 Die drei von Cordova.
14 Der Engel des Schreckens.
15 Feuer im Schloß.
16 Der Frosch mit der Maske.
17 Gangster in London.
18 Das Gasthaus an der Themse.
19 Die gebogene Kerze.
20 Geheimagent Nr. Sechs.
21 Das Geheimnis der gelben Narzissen.
22 Das Geheimnis der Stecknadel.
23 Das geheimnisvolle Haus.
24 Die gelbe Schlange.
25 Ein gerissener Kerl.
26 Das Gesetz der Vier.
27 Das Gesicht im Dunkel.
28 Der goldene Hades.
29 Die Gräfin von Ascot.
30 Großfuß.
31 Der grüne Bogenschütze.
32 Der grüne Brand.
33 Gucumatz.
34 Hands up!
35 Der Hexer.
36 Im Banne des Unheimlichen.
37 In den Tod geschickt.
38 Das indische Tuch.
39 John Flack.
40 Der Joker.
41 Das Juwel aus Paris.
42 Kerry kauft London.
43 Der leuchtende Schlüssel.
44 Lotterie des Todes.
45 Louba der Spieler.
46 Der Mann, der alles wußte.
47 Der Mann, der seinen Namen änderte.
48 Der Mann im Hintergrund.
49 Der Mann von Marokko.
50 Die Melodie des Todes.
51 Die Millionengeschichte.
52 Mr. Reeder weiß Bescheid.
53 Nach Norden, Strolch!
54 Neues vom Hexer.
55 Penelope von der »Polyantha«.
56 Der Preller.
57 Der Rächer.
58 Der Redner.
59 Richter Maxells Verbrechen.
60 Der rote Kreis.
61 Der Safe mit dem Rätselschloß.
62 Die Schuld des Anderen.
63 Der schwarze Abt.
64 Der sechste Sinn des Mr. Reeder.
65 Die seltsame Gräfin.
66 Der sentimentale Mr. Simpson.
67 Das silberne Dreieck.
68 Das Steckenpferd des alten Derrick.
69 Der Teufel von Tidal Basin.
70 Töchter der Nacht.
71 Die toten Augen von London.
72 Die Tür mit den 7 Schlössern.
73 Turfschwindel.
74 Überfallkommando.
75 Der Unheimliche.
76 Die unheimlichen Briefe.
77 Der unheimliche Mönch.
78 Das Verrätertor.
79 Der viereckige Smaragd.
80 Die vier Gerechten.
81 Zimmer 13.
82 Der Zinker.

EDGAR WALLACE

Der Preller

THE MIXER

Kriminalroman

GOLDMANN VERLAG

Aus dem Englischen übertragen
von Arthur A. Schönhausen

Der Goldmann Verlag
ist ein Unternehmen der Verlagsgruppe Bertelsmann

Jubiläumsausgabe

Made in Germany · 1/90 · 20. Auflage

Satz: Mohndruck Graphische Betriebe GmbH, Gütersloh
Druck: Elsnerdruck, Berlin
Krimi 116
Ge · Herstellung: Klaus Voigt
ISBN 3-442-00116-1

Seit Jahren war Pony Nelson, der Hochstapler und Falschspieler, nicht so glücklich gewesen. Sein letzter Raubzug, dessen Hergang mit dieser Geschichte nichts zu tun hat, brachte ihm mehr als fünfunddreißigtausend Pfund Sterling ein. Selbst nach reichlichen Spenden an seine Mitarbeiter blieb ihm noch genug, daß er weitreichende Pläne machen konnte. Eine Sommerreise per Auto, eine Angelkarte im mondänsten Fischparadies, eine Jagdhütte in Schottland, das waren mehr oder weniger die Freuden, die Pony Nelson sich aus den Erträgnissen seines Fischzuges zu verschaffen gesonnen war. Im letzten Augenblick vor Antritt dieser geplanten Reise erhielt er von seinem Freund, dem Kriminalinspektor Bradley von Scotland Yard, noch einen Wink, daß sein unversöhnlichster Feind, Kriminalsergeant Sennet, ihm scharf auf den Fersen sei und nur noch geringe Beweise brauche, um ihn für längere Zeit hinter schwedische Gardinen zu bringen. Ohne zu zögern, sprengte Pony das Gerücht aus, daß er seinen Paß in Ordnung habe und im Begriff sei, Südfrankreich aufzusuchen.

Das Stammlokal der Bande, die ›Sieben Federn‹, sah am selben Abend sämtliche Mitglieder der ›Nelson-Bande‹ zum Abschied vereinigt: Simmy Diamond, Colethorpe, May Blumenthal und Chris O'Heckett sprachen dem leckeren Mahl und den ausgewählten Weinen, die Pony zum Abschiedsdiner anfahren ließ, ebenso freigebig zu wie ihr Chef. Der ›Preller‹ war nicht anwesend, denn er gehörte nicht zur Bande des erfindungsreichen Pony, obwohl er über ihn und seine Pläne genauso gut unterrichtet war wie Nelson selbst.

»Du hast wirklich enormen Massel gehabt«, meinte May, die neben Pony saß. Pony kicherte.

»Ja, die Geschäfte hätten schlechter sein können«, antwortete er vergnügt, »aber ich fahre doch jetzt weg, obwohl die Saison kaum begonnen hat. Schade, daß ich so viele Lämmlein ungeschoren zurücklassen muß.«

Er schüttelte bedauernd den Kopf. Pony liebte es zu posieren – diese Eigenschaft hatte er mit vielen großen Künstlern gemeinsam.

»Ja«, fuhr er nachdenklich fort, »ihr habt es gut; ihr könnt hierbleiben und leicht Geld verdienen. Ich gönne es euch, aber der Gedanke, daß ich völlig abseits stehen soll, schmerzt mich doch.« Er unterbrach sich, und ein Funken blitzte in seinen Augen auf. »Ich fahre morgen früh«, meinte er. »Um acht. Meine Koffer sind schon aufgegeben.« Wieder ließ er eine sprechende Pause eintreten, und die anderen Teilnehmer am Abschiedsmahl harrten gespannt der Dinge, die, wie sie wußten, schnell genug kommen würden. »Die Reise wird teuer werden«, Ponys Augen blitzten vor verhaltenem Lachen, »wahrscheinlich mehr als hundert Pfund, denn Fahrt, Trinkgelder und dergleichen verschlingen eine Masse Geld.«

Diese Mitteilung löste bei seinen Kumpanen lautes Gelächter aus, denn alle wußten, daß Pony in den verschiedenen Taschen seines eleganten Abendanzuges über vierzigtausend Pfund Sterling verborgen hatte.

Als erste wurde sich May darüber klar, was der Chef eigentlich meinte.

»Sei kein Esel, Pony«, warnte sie ihn ernst. »Du hast genug und solltest dich nicht wieder in Gefahr begeben. Geh nach Hause und schlaf dich aus. Fahre ruhig los. Ja, ich weiß schon, was du im Sinn hast.«

»Nun?« forderte Pony sie heraus.

»Du willst noch eine Kiste landen, um deine Reisespesen zu verdienen. Was wirst du damit erreichen? Nichts weiter, als daß dich die Polizei noch auf dem Bahnhof festnehmen wird. Du weißt, daß Sennet scharf hinter dir her ist, und wenn du einen einzigen Fehler begehst, hat er dich unwiderruflich beim Schlawittchen.«

Der andere lachte.

»Die Polente ist seit Jahren hinter mir her, May«, sagte er, »und hat mich bisher noch nicht schnappen können, nicht wahr? Glaubst du wirklich, May, daß ich mich jetzt noch in letzter Stunde von ihr angeln lasse? Nein, Kind, wenn ich heute abend wirklich noch eine Sache drehe, dann darf es nur eine bombensichere sein. Und – ich werde schon was finden!«

Nun mischte sich auch Simmy ins Gespräch.

»Du forderst das Schicksal heraus, Pony«, erklärte er kopfschüttelnd. »Wie oft sind uns unsere besten Leute verschütt gegangen, weil sie nicht genug bekommen konnten! Du darfst dir doch nicht einbilden, Chef, daß niemand etwas von dir weiß. Jeder verdammte Plattfuß in Uniform kennt dich und weiß, was für ein Geschäft du betreibst. Wenn sie den Schatten eines Beweises gegen dich hätten, würden sie dich schon lange festgenagelt haben. Wo du hingehst, wirst du beobachtet. Seit wann bist du so leichtsinnig geworden, eine Sache ohne genügende Vorbereitungen zu drehen? Wie kannst du deine Spuren verwischen, wenn du noch nicht einmal weißt, was und wie du die Sache drehen wirst?«

Den anderen Anwesenden leuchteten die Vorhaltungen Simmys ein, und sie murmelten beifällig, aber Pony hatte schon ein wenig zuviel des guten Weines getrunken und war, in Voraussicht der kommenden guten Tage, übermütig geworden. Ja, er hatte gut verdient, trug genug Geld bei sich, um sorglos einige Jahre leben zu können, aber – sein Ruf stand auf dem Spiel! Er vertraute seinem Glück blindlings.

»Mir scheint, als täten euch Ferientage auch recht gut, Kinder«, meinte er ironisch. »Was ist denn mit euch los? Ihr glaubt doch nicht etwa, ich würde jetzt hier weggehen und das Schaufenster eines Juweliers einschlagen, wie? Oder vielleicht auf dem Piccadilly, wo die Polente herumwimmelt, jemand niederschlagen, um ihm die Brieftasche abzunehmen? Paßt auf: Ich hole mir meine hundert Pfund, um meine Reisespesen zu verdienen! Es wird wie geschmiert gehen!«

Simmy lachte verächtlich.

»Du scheinst immer noch an Wunder zu glauben«, brummte er.

Und das Wunder ereignete sich.

Die ›Sieben Federn‹ nahmen das Erdgeschoß und das erste Stockwerk eines Hauses in Soho ein. Pony hatte sich mit seiner Gesellschaft in einem Zimmer zu ebener Erde niedergelassen, weil er hier die Möglichkeit ungestörter Beobachtung aller Ein- und Ausgehenden hatte. Sein Tisch stand in einer Art Alkoven, der vom übrigen Lokal durch einen Vorhang getrennt war und nur noch zwei anderen Tischen Platz bot. Im Hauptteil des Zimmers befand sich eine Bar, deren Cocktails in Kennerkreisen den besten Ruf genossen. Vom Zimmer aus führten drei Ausgänge ins Freie, ein weiterer Grund, warum Pony gerade das Erdgeschoß als Festraum benutzte. Von seinem Platz aus konnte er durch eine kleine Öffnung im Vorhang das Hauptlokal ungestört beobachten, und während Simmy seine ironischen Bemerkungen machte, hatte Pony zwei junge Leute das Lokal betreten sehen, die sich schwankend ihren Weg zur Bar suchten. Auch wenn er sie nicht gesehen hätte, würde er sie doch gehört haben; denn einer von ihnen sorgte dafür durch lautes Grölen. Gespannt erhob sich Pony und blickte durch die Öffnung des Vorhangs ins Nebengemach. Er wußte, daß das Wunder, von dem Simmy so ironisch gesprochen hatte, eingetreten war. Stille heischend, hob er die Rechte, aber seine Warnung war überflüssig, denn die Teilnehmer am Festmahl hatten den Ausdruck auf dem Gesicht ihres Führers schon richtig gedeutet.

Der Gröler an der Bar war mit dem Mixer anscheinend in Streit geraten. Er und sein Begleiter gehörten unstreitig der Jeunesse dorée an, die infolge der wundervollen Cocktails der ›Sieben Federn‹ öfters einmal das Lokal beglückte. Die jungen Leute befanden sich in tadellosen Abendanzügen; jeder hielt einen Spazierstock mit Goldgriff unter den Arm geklemmt, und aus der Westentasche des einen baumelte eine schwergoldene Uhrkette. Der jüngere der beiden hielt eine reich mit Edelsteinen besetzte Uhr in der Hand und schwenkte sie vor dem Gesicht des protestierenden Barkeepers aufgeregt hin und her. Der andere war ruhiger, anscheinend aber ebenso betrunken wie sein Begleiter.

»Wartet!« flüsterte Pony seinen Gästen zu und schlich sich hinaus. Er war, wie seine Gäste, im Frack und trug ihn so gut, daß niemand ihn für einen der zahlreichen Kellner gehalten hätte. Er schlenderte der Bar zu, die Hände tief in die Hosentaschen vergraben, eine Zigarre im Mund, und nahm neben den beiden Angeheiterten Platz. Kaum hatte er sich gesetzt, als der jüngere ihm leutselig eine Hand auf die Schulter legte.

»Kommen Sie – hick – alter Freund – hick – und trinken Sie einen mit uns«, lud er Pony ein. »Wir – hick – haben viel Geld – hick –, und ›die Nacht ist ja so jung‹«, fügte er singend hinzu.

Pony lächelte.

»Im allgemeinen pflege ich mit Fremden nicht zu trinken«, machte er den anderen aufmerksam.

»Quatsch, alter Genosse«, meinte der Betrunkene, »ich habe Geburtstag.«

»Ja, so ist es«, mischte sich sein Freund ein. »Man muß die Feste feiern, wie sie fallen.«

Pony schien noch ein wenig zu zögern, nahm dann jedoch die Einladung an. Nach gegenseitigem Zutrinken griff das Geburtstagskind in die Tasche, zog eine dicke Rolle Banknoten hervor und warf sie nachlässig auf den Tisch. Mit einem raschen Blick versicherte sich Pony, daß es lauter Zwanzig-Pfund-Noten waren. Sein Plan war fertig und rollte programmgemäß ab. Die Unterhaltung wurde lebhaft, und als nun der eine der beiden jungen Leute ein gemütliches Spielchen vorschlug, herrschte bei den drei Zechern bald eitel Gemütlichkeit. Man spielte ›Gerade oder Ungerade‹. Eine Banknote wurde so gefaltet auf den Tisch gelegt, daß man die Nummer nicht sehen konnte. Der Mitspieler hatte zu raten, ob die Endziffer der laufenden Seriennummer gerade oder ungerade war. Pony ließ die beiden bei ihrer interessanten Beschäftigung und begab sich zu seinen Gästen zurück.

»Das Wunder ist geschehen, Simmy«, verkündete er seinem pessimistischen Freund. Dann wandte er sich dem jungen Mädchen zu: »Dich brauche ich heute abend noch, May«, teilte er ihr lächelnd mit. »Ist deine Wohnung in der Albany Street bereit, Gäste aufzunehmen?«

Sie schien von dieser Frage wenig entzückt.

»Du willst die beiden doch nicht etwa in meine Wohnung schleppen, Pony?« – Der Chef nickte.

»Mein Anteil aus der Kiste wird genau hundert Pfund betragen«, gab er zurück. »Die beiden haben aber mindestens tausend bei sich.«

Diese Aussicht überzeugte auch die Zögernde.

»Das ändert natürlich die Sache«, sagte sie. »Was soll ich tun?«

In kurzen Worten teilte ihr Pony seinen Plan mit und ging dann zu den noch immer Spielenden zurück.

»Ich muß weg, Kinder«, sagte er zu ihnen, und das Bedauern drückte sich unmißverständlich in seiner Stimme aus. »Ich muß zu einer Dame, die mich zum Essen eingeladen hat. Sie ist eine richtige Spielratte, und wenn sie wüßte, daß ihr euch hier so gut amüsiert, ließe sie euch überhaupt nicht mehr aus den Händen.«

»Das ist die richtige Sorte«, gab der Schreier zurück, aber Pony schüttelte abwehrend den Kopf. Er schwieg einen Augenblick und schlug dann beiden Angeheiterten leutselig auf die Schulter.

»Ich will euch einen Vorschlag machen«, sagte er, »ich werde sie euch vorstellen, und wir fahren mit ihr in ihre Wohnung. Sie ist eine Schönheit.«

Der Vorschlag wurde enthusiastisch angenommen. Pony verschwand und kam nach wenigen Augenblicken mit May wieder, die scheinbar keinen anderen Wunsch hegte, als so schnell wie möglich nach Hause zu fahren.

Die beiden jungen Leute hatten sich Pony bisher nicht vorgestellt, und er trug auch gar kein Verlangen, ihre Namen kennenzulernen. Er rief ein Taxi und fuhr mit May und den neu hinzugekommenen Gästen in die Albany Street.

»Pony ist leichtsinnig geworden, Kinder«, meinte Simmy bedeutsam. »Wer weiß, ob die beiden nicht zur Polente gehören.«

»Unsinn«, entgegnete ein anderer. »Ich weiß, wie die von der Polente aussehen. Die beiden sind ganz gewöhnliche Hühnchen, die nur darauf warten, gerupft zu werden.«

Die Fahrt in die Albany Street verlief programmäßig. Als das Taxi sich der Wohnung Mays näherte, ließ sie es halten.

»Wir wollen noch ein Stück zu Fuß laufen«, bat sie die anderen. Es war besser, die beiden ›Opfer‹ wußten am Morgen nicht, in welchem Haus sie die Federn hatten lassen müssen. Sie würden wegen ihres Rausches wohl kaum wissen, wo sie hingebracht worden waren, aber der Chauffeur könnte es, wenn Nachforschungen einsetzten, verraten. Die beiden jungen Leute hatten gegen einen kurzen Spaziergang nichts einzuwenden, und so schritten die vier nebeneinander der Wohnung Mays zu. Die Besucher sahen sich in einem elegant möblierten Empfangszimmer, schienen aber in der wirklichen Eleganz der Einrichtung nichts Außergewöhnliches zu finden. Pony nahm May beiseite und flüsterte ihr einige Verhaltensmaßregeln zu. Dann wandte er sich an die Angeheiterten.

»Miss Johnston bittet Sie, erst ein Glas zu trinken, ehe Sie wieder aufbrechen«, teilte er ihnen mit, »aber ich glaube, Sie werden beide genug haben, meine Herren, nicht wahr?«

»Nichts zu machen«, gab der eine der beiden zurück. »Wir nehmen an.«

Immer noch zögerte Pony.

»Spielen Sie Bakkarat?« fragte er. »Miss Johnston liebt das Spiel. Ich möchte Ihnen aber davon abraten, denn sie hat unverschämtes Glück mit den Karten.«

»Bakkarat?« Der Gefragte ließ einen Jauchzer los. »Mein Lieblingsspiel!« Er schlug Pony auf den Rücken, daß es klatschte. »Los, die Karten her! Aber ein bißchen rasch!«

»Ich spiele ungern!« warf der also Aufgeforderte ein.

Endlich mußte er den Bemühungen der beiden jungen Leute nachgeben. May brachte die Karten, und das Spiel begann.

Erst wendete sich das Spiel zugunsten der Gäste, bald aber kehrte ihnen Fortuna den Rücken. Ohne mit der Wimper zu zucken, bezahlten sie die immer größer werdenden Verluste, und der Banknotenhaufen, den May vor sich liegen hatte, wurde höher und höher. Sie mußte, wie Pony in Gedanken kalkulierte, bereits zweitausend Pfund gewonnen haben.

Endlich kam der erwartete Augenblick.

»Mein Geld ist alle«, verkündete der ältere der beiden Gäste. »Borg mir fünfzig, Anthony.«

Sein Freund schüttelte den Kopf. »Nee, mein Lieber. Ich habe auch nur noch zwanzig, und die werde ich noch setzen.«

Er tat es und verlor. Eine tiefe Stille herrschte im Zimmer, die nur von dem Knistern der Banknoten unterbrochen wurde. Langsam und mit geübten Fingern zählte das Mädchen ihren Gewinn.

»Pech!« meinte Pony lächelnd zu den beiden Gerupften. »Jetzt wollen wir noch einen auf den Schrecken genießen, Kinder. Habt ihr wirklich kein Geld mehr? Ich kann euch fünfzig borgen, wenn ihr weiterspielen wollt.«

Aber die Opfer winkten ab. Während May die Getränke vorbereitete, stand der schweigsamere der beiden jungen Leute auf und begab sich zur Tür. Sein Freund nahm das Glas, das vor ihm stand, in die Hand und roch daran.

»Laudanum?« sagte er dann ruhig. Pony starrte ihn an. Seine Augen wurden noch größer, als ihm der andere das Glas anbot.

»Trinken Sie!«

»Was soll das heißen?« rief Pony verwundert.

»Trinken Sie!« wiederholte der andere. Im gleichen Augenblick verriegelte sein Freund die Tür. Pony wandte sich blitzschnell um und konnte gerade noch sehen, wie der zweite der Gerupften den Schlüssel in die Tasche steckte.

»Was, zum Teufel, habt ihr denn vor?«

»Eine große Sache, Freund Pony«, unterrichtete ihn der andere, der ein Monokel in das rechte Auge geklemmt hatte. »Trinken Sie das Glas aus, sonst schieße ich Sie nieder.«

Das Mädchen sprang auf ihn zu, aber der junge Mann, der die Tür verschlossen hatte, fing den auf seinen Freund gerichteten Angriff auf. Muskulöse Arme umfingen das Mädchen.

»Lassen Sie mich los«, schrie sie hysterisch. »Ich brülle so lange, bis die Polizei kommt. Pony, warum stehst du dort und ...?«

»Nur ruhig, schönes Kind«, murmelte der Mann mit dem Einglas, ohne seine Umarmung zu lockern.

»Ja, nur ruhig«, ließ sich auch sein Freund vernehmen. »Ich würde Ihnen abraten, die Polizei zu rufen. Pony wird Ihnen sagen, warum.«

»Was wollt ihr von uns?« erkundigte sich jetzt Pony.

»Zuerst möchte ich Sie um das Geld erleichtern, das Sie uns in so ungastlicher Weise abgenommen haben. Mit gezeichneten Karten soll man nicht spielen.« Der Fremde nahm May die Geldpäckchen aus der Hand und steckte sie in seine Tasche. Dann fuhr er fort:

»Sie können sich dieses Glas ansehen, Pony«, sagte er. »Der Wein hätte uns wahrscheinlich schlafen geschickt. Nun möchte ich mir gestatten, euch einen Umriß des Planes zu geben, den ihr ausführen wolltet. Nachdem wir unser Geld verloren hatten, sollten wir ein kleines Schlafmittelchen eingeflößt bekommen und in irgendeiner Seitenstraße ausgesetzt werden. Ihre Freunde haben Ihren Anruf schon erwartet, um Ihnen dabei zu helfen. Morgen wollten Sie, geehrter Freund Pony, nach Frankreich abrutschen, um dort die Ergebnisse Ihrer Raubzüge durchzubringen. Sie haben jedenfalls Ihren Paß schon in der Tasche, aber, was uns mehr interessiert, auch das Geld, mit dem Sie sich in Frankreich die notwendigen Zerstreuungen verschaffen wollen.«

»Nun, und?« fragte Pony.

»Nun?« wiederholte der andere höhnisch. »Ehe ich meine Forderungen an euch stelle, möchte ich mich wenigstens vorstellen. Meinen Familiennamen werde ich euch nicht nennen, er tut nichts zur Sache. Man nennt mich Anthony oder häufiger noch: den Preller! Dieser junge Mann hier ist Paul, während der dritte Angehörige meiner Gesellschaft draußen vor der Tür auf uns wartet.«

»Ihr wollt uns wohl bluffen?« erkundigte sich Pony.

»Nein, ganz und gar nicht«, näselte sein Gegner. »Der draußen Wartende heißt Sandy, und er hat uns vor kurzer Zeit von den ›Sieben Federn‹ aus hierhergefahren. Er war im Feld mein Bursche und ist – ich kann es, da er nicht hier ist, ruhig sagen – ein vortrefflicher Kerl. Er hat es vorgezogen, nach Kriegsende bei mir zu bleiben, anstatt seinen alten Posten als Lagerhausarbeiter wieder anzutreten. Ich habe ihm außerdem versprochen, daß er eines Tages genug Geld haben wird, um sich aufs Land zurückziehen zu können, und ich gedenke, mein Versprechen zu halten. Was meinen Freund hier und mich selbst anbetrifft, Mr. Nelson, so kann ich Ihnen verraten, daß Sie Helden aus dem

Kriege vor sich haben, die nach der Demobilisierung von der undankbaren Nation nicht so behandelt wurden, wie es sich nach den Opfern, die sie brachten, gehört hätte. Mein Freund Paul ist Offizier der Ehrenlegion. Nicht wahr, Paulchen?« wandte er sich an seinen Begleiter. Paul nickte, und Anthony, der sich selbst den ›Preller‹ nannte, fuhr in seinen Aufklärungen fort:

»Unser Vaterland scheint unser nicht mehr zu bedürfen und will von uns, die wir das Heer unter für uns ungünstigen Verhältnissen etwas vorschnell verlassen mußten, nichts mehr wissen. Paul mußte abgehen, weil er seinen Urlaub um sieben Tage überschritten hatte. Ich möchte erwähnen, daß er vor dem Kriegsgericht keineswegs die alte Ausrede gebrauchte, er habe das Gedächtnis verloren. Ich? Ja, ich wurde schimpflich entlassen, weil ich einem jungen Mann, der das Abzeichen eines Offiziers der Feldpolizei trug, so aufs Auge schlug, daß es blau wurde.«

»Und was wollt ihr von uns?« erkundigte sich Pony, der dem anderen schweigend gelauscht hatte.

»Unser Beruf besteht darin, daß wir so leicht wie möglich unser Geld zu verdienen trachten«, gab ihm sein Gegner Auskunft. »Ich habe mir lange den Kopf zerbrochen, wie man es am leichtesten verdienen kann, und ich bin zu dem Ergebnis gekommen, daß man es Leuten eures Schlages abnehmen muß. Nur dieses System würde mein Freund Paul, der eine starke moralische Ader hat, als Erwerbszweig anerkennen, sonst hätte er sich wahrscheinlich in meiner Branche schon lange selbständig gemacht. Jedenfalls steht die Sache nun so, daß er sich entschlossen hat, sein Teil mit dem meinen zusammenzuwerfen und euch Bande so zu schröpfen, daß ihr nackt und bloß dasteht, ohne zu wagen, großes Geschrei zu erheben.«

»Bei mir werdet ihr euch die Zähne ausbeißen«, warnte ihn Pony.

»Im Gegenteil.« Der höfliche Preller verbeugte sich vor seinem künftigen Opfer. »Ich werde Ihnen alles, was ich brauche, abnehmen. Wissen Sie, wieviel ich brauche? Nein? Nun, es wird jeder Pfennig sein, den Sie in der Tasche tragen, mein sehr verehrter Mr. Nelson.«

»So wahr mir Gott helfe, ihr Lumpen, ich werde mich bei euch revanchieren«, zischte Pony. Anthony lächelte ein wenig müde.

»Bedenken Sie doch, mein Freund«, erklärte er, »daß wir, um unseren Beruf erfolgreich auszuüben, ein bedeutend größeres Risiko eingehen müssen. Wir haben also vor Ihrer Rache nicht die geringste Angst. Alles, was ihr uns tun könntet, können wir euch auch verabfolgen, und vielleicht«, er drohte mit dem Finger, »tun wir es ein klein wenig schneller und besser. Auspacken, Pony, los!« Seine Stimme klang scharf und befehlend.

»Ich weigere mich«, gab Pony zurück und versuchte, ihn anzuspringen.

Seine Arme griffen in die Luft, und dem Kampf wurde ein schnelles Ende bereitet, als ihn der Kolben eines kräftig gehandhabten Revolvers zu Boden schlug. Das Mädchen, mit einem Gesicht so weiß wie Schnee, hatte dem stummen Kampf bewegungslos zugesehen. Als sich Anthony über den Körper des Bewußtlosen beugte und ihm die Taschen zu leeren begann, fand May ihre Stimme wieder.

»Ich werde euch das nicht vergessen«, flüsterte sie.

»Schade«, höhnte Paul, der sie immer noch am Arm festhielt.

»Auch mir würde es leid tun«, warf der Preller ein, »wenn Sie uns so schnell vergessen würden.«

Sie starrte ihn nachdenklich an. Dann fragte sie:

»Was werdet ihr mit mir anfangen?«

»Wir lassen Sie hier zurück. Das ist es ja gerade, was meine Methoden so erfolgreich und gefahrlos macht: Ich brauche meine Opfer nicht zu fesseln, nicht zu schlagen, nicht zu vergiften, nicht zu knebeln – sie schweigen alle, wenn ich mit ihnen fertig bin. Bitte, rufen Sie ruhig die Polizei. Ich glaube nicht, daß Sie das tun werden, denn sie hat die merkwürdige und tadelnswerte Gewohnheit, sich nach dem Hergang einer Sache sehr eingehend zu erkundigen.«

»Und Sie wollen ein Mann sein?« fragte sie ihn mit beißender Ironie.

»Jawohl. Ich halte mich sogar für einen Gentleman«, gab Anthony feierlich zurück.

Das Durchsuchen der Taschen Ponys währte nicht lange, war jedoch um so einträglicher. Der Preller hatte den Taschen des Bewußtlosen sechs dicke Banknotenrollen entnommen, die er, eine nach der anderen, in die Taschen seines Frackes schob.

»Ich glaube, Paul«, wandte er sich an den Freund, »wir sind fertig und können nun gehen. Sandy wird sich wundern, wo wir bleiben.«

Mit kurzem Nicken verabschiedete er sich von dem Mädchen, das ihm, ohne eine Bewegung zu machen, nachstarrte. Dann schritt er mit seinem Begleiter über die Treppen nach unten. Er öffnete die Haustür, um im nächsten Augenblick rasch zurückzutreten. Auf der Schwelle standen drei Herren, während am unteren Ende der zur Straße führenden kurzen Treppe ein Polizist in Uniform lehnte.

Nur eine Sekunde zögerte der Preller, dann trat er hinaus und wollte bei den wartenden Männern vorbeigehen. Einer von ihnen hielt ihn am Arm fest, und eine elektrische Lampe leuchtete ihm ins Gesicht.

»Wer sind Sie?« fragte eine Stimme.

»Was geht Sie das an?« gab Anthony schlagfertig zurück. »Was wollen Sie von mir?«

Eine befehlende Stimme unterbrach die Unterhaltung voller Ungeduld:

»Das ist nicht unser Mann. Wer ist der andere, der bei ihm ist?«

Der Strahl der Taschenlampe fiel auf Paul.

»Der geht uns auch nichts an«, fuhr der Unsichtbare fort. »Was hatten die Herren hier im Haus zu suchen?«

Anthony stellte sich trunken.

»Ihr – hick – fragt – viel zuviel. Seit wann – hick – dürfen wir nicht mehr – hick – aus Häusern herauskommen?«

Der Unsichtbare, es war Sennet, der Sergeant der Kriminalpolizei, zögerte einen Augenblick. Dann sagte er:

»Laßt die beiden gehen; sie wohnen wahrscheinlich hier im Haus. Wissen Sie bestimmt, daß dies das richtige Haus ist?«

»Jawohl, Sir«, gab jener zurück. »Ich weiß, daß May zu Hause ist, denn ich sah in ihrer Wohnung Licht aufflammen.«

»Gut.« Dann wandte er sich an Anthony: »Ist das Ihr Wagen, Sir?« Er wies auf das wartende Taxi mit Sandy am Steuer.

»Ja«, gab der Preller kurz zurück.

»Dann gute Nacht«, grüßte Sennet und trat ins Haus.

Wenige Minuten später kam er bereits wieder über die Treppen heruntergerast, um nach dem Taxi Ausschau zu halten, aber es war mit seinen Insassen und dem sehnlichst gesuchten Preller spurlos verschwunden.

Der Eigentümer von Gut Graeside, einem der nettesten Landhäuser in der Nähe der nordenglischen Großstadt, pflegte den größten Teil des Jahres in den Hochalpen zu verbringen, um dort sein chronisches Brustleiden auszuheilen. Herrlich eingerichtet und gelegen, war das englische Landhaus gleichwohl für den kranken Besitzer eine Quelle fortwährender Sorgen, weil es ihm bisher nicht gelungen war, es für mehr als sieben Pfund wöchentlich zu vermieten. Gegenwärtig stand es wieder leer, und er beichtete bei der Nachtischzigarre im Hotel Bellevue in Interlaken, wie gern er es sehen würde, wenn es ihm gelänge, einen Dauermieter für Graeside zu finden. Mr. Burnstid, ein zufällig gefundener Freund Mr. Fergusons, des Kranken, hörte dem Lamento nur mit geringem Interesse zu, erwachte aber zu voller Aufmerksamkeit, als Ferguson ihm die Vorzüge seines unvermietbaren Landhauses zu schildern begann.

Mr. Burnstid war ziemlich beleibt, und sein sanft gerötetes Gesicht mit gleichfarbiger Nase bewies deutlicher, als Worte es vermögen, daß er kein Verächter eines guten Tropfens war. Was Kleidung anbetrifft, so konnte es seine Eleganz gut und gern mit dem übrigen Publikum des vornehmen Hotels aufnehmen.

»So, so?« meinte er. »Gut eingerichtet, wie? Und die Nachbarschaft auch angenehm?«

»Darüber können Sie beruhigt sein«, versicherte ihm der unglückliche Besitzer dieser Perle unter allen Landhäusern.

»Das Haus steht allein, sagten Sie, nicht wahr?« fragte Burnstid, worauf ihm Ferguson erneut darlegte, daß es völlig allein stehe und von niemand eingesehen werden könne.

»Hm!« unterbrach ihn der nunmehr höchlichst Interessierte. »Vermieten Sie das Haus selbst, oder haben Sie einen Grundstücksagenten damit beauftragt, Mr. Ferguson? Ich würde derartige Geschäfte nur durch Agenten machen lassen.«

»Ich habe die Vermietung einem Agenten übertragen«, beruhigte ihn der andere und nannte Burnstid den Namen und die Adresse seines englischen Vertreters.

Kurze Zeit darauf verabschiedete sich Burnstid von Ferguson und begab sich auf sein Zimmer. Sofort vertraute er die Adresse, die ihm Ferguson gegeben hatte, seinem Notizbuch an. Damit war Graeside für die Gespräche der beiden Herren erledigt, aber der Besitzer des Landhauses wurde acht Tage später angenehm durch die Mitteilung seines Grundstücksverwalters überrascht, daß Graeside endlich einen gut zahlenden Mieter gefunden habe. Er ahnte nicht, daß es Burnstid gewesen war, der ihm die Sorge um das unvermietete Graeside abgenommen hatte, denn er sah den Landsmann in Interlaken nicht wieder.

Burnstid hatte den Fall seinen Teilhabern vorgetragen, ebenfalls zwei wohlbeleibten Herren, die sich nur durch das Rauchen sehr teurer Zigarren von ihrem Berichterstatter unterschieden. Das Rendezvous hatte auf Veranlassung Burnstids in einem Hotel am Genfer See stattgefunden. Mr. Epstein und Mr. Cowan blickten ihren Teilhaber fragend an.

»Nun?« hatte ihn Epstein begrüßt. »Wie sind die Aussichten?«

»Gut«, erwiderte Burnstid. »Ich werde über siebenhunderttausend Rundschreiben hinausgehen lassen, und zwar nicht von hier, sondern von England aus. Ich rechne bestimmt damit, daß wir zum mindesten zweihunderttausend Anträge bekommen werden, genauso wie bei der Cäsarewitsch-Rennlotterie. Ihr seht, daß ich die Wintermonate über nicht untätig war.«

»Schön»« nickte ihm Epstein beifällig zu. »Du glaubst also, daß diese Lincoln-Rennlotterie uns Erfolg bringen wird?«

»Glauben?!« wiederholte Burnstid lachend. »Da gibt es nichts zu glauben. Ich bin mir des Erfolges sicher! Es wird leichter sein als Schoten auspellen; hunderttausend schöne runde Pfündchen springen für uns dabei bestimmt heraus.«

»Welche Prämien hast du denn angeboten?« erkundigte sich nun auch Cowan höchlichst interessiert.

Burnstid entnahm seiner Brieftasche einen eng bedruckten Bogen Papier und legte ihn vor sich auf den Tisch.

»Hier steht alles haargenau«, sagte er. »Hauptgewinn: Zwanzigtausend Pfund, zweiter Hauptgewinn zehntausend, dritter fünftausend, vierter eintausend. Dann kommen noch zehn Trostpreise zu je sechshundert Pfund und weitere fünfhundert für jedes Pferd, das auf der Starterliste steht.«

Cowan schien befriedigt. Er nickte beifällig.

»Diese Köder sollten eigentlich genügen, uns eine Menge Vögel ins Garn zu locken«, meinte er. »Würde es nicht noch mehr ziehen, wenn wir den Hauptgewinn auf das gewinnende Pferd auf vierzigtausend erhöhten?«

Burnstid schüttelte vorwurfsvoll den Kopf.

»Nee, mein Junge, dann bekämen die Idioten es mit der Angst zu tun. Zwanzigtausend genügt als erster Preis. Du mußt bedenken, daß das Publikum von einem anderen Standpunkt ausgeht als wir. Man weiß, oder glaubt zu wissen, daß wir bei Veranstaltung dieser Pferderennlotterie auch etwas verdienen werden. Böten wir als Hauptgewinn vierzigtausend an, dann würden die meisten unserer Vögelchen Lunte riechen. Das Lincoln-Rennen ist nicht so wichtig, um einen so hohen Hauptgewinn, wie du ihn vorschlägst, zu rechtfertigen. Nein, unsere Gewinnchancen müssen Hand und Fuß haben, dürfen nicht zu niedrig, aber auch nicht zu hoch sein. Ich glaube, mein Vorschlag hält den goldenen Mittelweg.«

»Gut«, stimmte auch Epstein bei. »Wer soll denn das Geld für die anfänglichen Spesen aufbringen?«

»Der Spaß wird uns etwa zehntausend kosten«, erklärte Burnstid nach kurzem Nachdenken. »Natürlich sind darin nicht meine persönlichen Ausgaben einbegriffen. Ich für mein Teil will zweitausend Pfund aufbringen, während ihr jeder viertausend aufblättern müßt. Der Reingewinn würde jedoch in drei gleiche Teile gehen.«

Nach kurzem Handeln, das aber vergeblich blieb, stimmten die beiden Teilhaber dem von Burnstid aufgestellten Verteilungsplan der Spesen und des Reingewinns zu.

»Wo willst du denn das notwendige Personal herbekommen?« fragte Epstein endlich.

»Das ist schon alles in Ordnung«, beruhigte ihn Burnstid. »Ich habe auch hierin Glück gehabt; die Räume, die ich brauche, habe ich billig bekommen; es sind einige Zimmer, die während des Krieges vom Kriegsministerium belegt waren. Mein neuer Direktor ist ein intelligenter junger Mensch, auf den wir uns verlassen können.«

Diese Bemerkung schien das Mißtrauen Epsteins zu erregen.

»Ein junger, intelligenter Mensch?« fragte er. »Woher hast du ihn?«

»Er ist ein ehemaliger englischer Feldoffizier aus bester Familie«, gab Burnstid Auskunft. »Er spricht Deutsch und Französisch und macht den Eindruck, als würde er für Geld alles tun, was man von ihm verlangt. Zu den Behörden scheint er die besten Verbindungen zu haben. Ich werde schon die ganze Sache so arrangieren, daß er der Geleimte ist, wenn irgend etwas schiefgehen sollte.«

Epstein lächelte verhalten, Cowan grinste, und Burnstid belachte laut seine eigene Schlauheit.

»Glaubst du, daß er ehrlich ist?« erkundigte sich der vorsichtige Epstein. »Wir können in diesem Geschäftchen keine Ganoven brauchen. Das weißt du doch, Burnie, nicht wahr? Was glaubst du, was er tun wird, wenn er ausfindig macht, daß wir gar nicht die Absicht haben, irgendwelche großen Gewinne auszuzahlen?«

»Die Sorge kannst du ruhig mir überlassen«, erklärte Burnstid mit sichtbarem Selbstvertrauen. »Ich weiß, daß er für tausend Pfund für uns durchs Feuer gehen wird. Und wegen der Ziehung selbst? Na, du wirst mir doch genug Talent zutrauen, daß ich sie so handhaben kann, daß er nichts merkt. Ich habe schon Vorsorge getroffen, um den künftigen Gewinner des Haupttreffers ausfindig zu machen.«

Seine Teilhaber im edlen Spiel glaubten ihm diese Versicherung, auch ohne daß er ihnen nähere Erklärungen gab. Am selben Abend reisten Epstein und Cowan nach Paris und überließen die weitere Ausführung ihrer Pläne dem zurückbleibenden Burnstid. Jener hatte wirklich die vorzüglichen Eigenschaften seines Geschäftsführers nicht übertrieben. Die Bekanntschaft der beiden ging auf eine zufällige Begegnung auf der Dampferfahrt nach Ouchy zurück, und Burnstid, der ein ausgezeichneter Psychologe war, hatte den jungen, intelligent aussehenden Menschen bald als das erkannt, was er wirklich war: als skrupellosen, etwas gesprächigen Glücksritter.

Nachdem er seine Freunde zum Bahnhof begleitet und sich von ihnen verabschiedet hatte, fuhr Burnstid ins Café du Planet zurück, wo er sich mit seinem künftigen Geschäftsführer treffen wollte. Er fand ihn gelangweilt vor einer kaltgewordenen Tasse Kaffee. Beim Anblick seines künftigen Chefs blickte er auf.

»Alles in Butter, Stevens«, beruhigte ihn Burnstid leutselig. »Meine Teilhaber sind mit Ihrem Engagement einverstanden.«

»Das ist wirklich zu nett von Ihnen, Mr. Burnstid«, rief der dankbare junge Mann aus. »Was sind Sie doch für ein prächtiger alter Mann.«

»Na, na, so alt bin ich eigentlich noch gar nicht«, wehrte Burnstid ab, denn in Altersfragen war er ziemlich empfindlich. »Kurz und gut: Sie verstehen doch, daß ich meinen Teilhabern gegenüber mit Ihrem Engagement eine große Verantwortung übernommen habe, nicht wahr? Das Geschäft, das wir in Aussicht haben, ist nämlich nicht ... hm ... was man ein ... hm ... regelmäßiges Geschäft nennen würde.«

»Ich verstehe, ich verstehe«, kam ihm Stevens zu Hilfe. »Ich halte Sie für einen guten Sportsmann, und Sie brauchen sich nicht unnötig den Kopf zu zerbrechen, denn ich bin ziemlich unbelastet von dem, was man als Gewissen bezeichnet.«

In kurzen Worten machte ihn Burnstid mit seinen Pflichten bekannt. Sie schienen darin zu bestehen, daß Stevens den ganzen Tag in einem elegant möblierten Büro zu sitzen und seine scharfen Augen auf die Arbeit vieler junger Männer und Mädchen zu richten hatte, die damit beschäftigt waren, Briefumschläge zu öffnen, die Geld enthielten.

Diese Gelder würden aus England, Schottland und Irland eingesandt werden, von Leuten, die ihr Scherflein zu der großen Rennlotterie, veranstaltet von Burnstid, Epstein und Cowan, beizutragen wünschten.

»Sie werden alle diese Gelder an sich nehmen, Stevens«, instruierte ihn der Vertreter der Firma, »und im allgemeinen der ›Chef vons Janze‹ sein. Wenn jemand kommt und von Ihnen wissen will, wer die Veranstalter der Rennlotterie sind, werden Sie ihm mitteilen, daß Sie der einzige sind, der die Sache in Gang gebracht hat. Außerdem werden Sie alle Schecks – eingehende und ausgehende – unterzeichnen.«

Der mit so großem Vertrauen Beehrte lächelte geschmeichelt.

»Das heißt, die ausgehenden Schecks werden erst von mir gegengezeichnet«, verabreichte ihm Burnstid eine Dusche.

»Das finde ich ganz in Ordnung«, stimmte der junge Mann zu.

Burnstid senkte seine Stimme, bis sie einem Flüstern glich.

»Es kommt natürlich sehr oft vor«, meinte er, sich vertraulich zu seinem Geschäftsführer vorbeugend, »daß nicht genug Teilnehmer an der Lotterie vorhanden sind, um die ausgesetzten hohen Prämien zu zahlen. In diesem Falle sind natürlich, wie Sie einsehen werden, die Hauptgewinne zurückzusetzen, nicht wahr? Das ist ja nur gerecht.«

Stevens schien dies einzusehen, denn er nickte zustimmend.

»Andererseits kommt sehr oft genug Geld herein, aber die Spesen sind so hoch, daß auch hier wieder eine Reduzierung der Hauptgewinne ins Auge gefaßt werden muß, das leuchtet Ihnen doch gleichfalls ein, Stevens? Nun, wir machen es dann gewöhnlich so, daß überhaupt niemand auf den Gedanken kommen kann, wir hätten die Hauptgewinne reduziert.«

»Das ist ein verdammt schlauer Gedanke«, erklärte Stevens begeistert. »Sie wollen doch damit sagen, Mr. Burnstid, daß der arme Teufel, der den Hauptgewinn bekommen hätte, ihn überhaupt nicht zu sehen kriegt, nicht wahr? Das ist doch der Trick?«

»Nein, ganz so schlimm ist es nicht.« Burnstid rieb sich verlegen die Nase und zögerte ein wenig, ehe er fortfuhr: »Nun, da Sie jetzt doch einmal mit in der Clique sind, wird es gut sein, wenn ich Sie voll und ganz aufkläre. Sie bekommen ja doch tausend Pfund als Anteil an ...«

»... der Sore?« warf Stevens verständnisvoll ein.

»Ja, das ist die richtige Bezeichnung. Wir müssen jemand finden, der als Empfänger des Hauptgewinnes auftritt. Sie wissen doch, daß die Ziehung einen Tag vor dem Rennen stattfindet, noch ehe jemand weiß, welche Pferde laufen. Es könnte leicht passieren, daß einer unserer Mitspieler den Favoriten geraten hat und dann das Geld bekommen müßte. Wir werden also erst einen Tag nach dem Rennen die Namen der Gewinner veröffentlichen, denn dann weiß man ja schon, wer das Gewinnpferd hatte, und unter den vielen, die ausgelost werden, um die Prämien zu bekommen, wird dann keiner vom andern etwas wissen. Die Sache ist also ganz einfach«, schloß Burnstid.

»Ja, wirklich, da haben Sie recht«, stimmte ihm Stevens zu. »Ich weiß jetzt schon, wie es gemacht werden soll. Wir müssen eben die Lotterie von einem rein geschäftlichen Standpunkt betreiben, und bei einem reellen Geschäft darf nichts dem Zufall überlassen werden, nicht wahr, Mr. Burnstid?«

Der andere lächelte.

»Hören Sie weiter zu, Stevens. Ich habe in Nordengland ein Landhaus – Graeside heißt es – gemietet und werde jemand dorthin setzen, dem ich vertrauen kann. Der Betreffende soll bis nach der Ziehung dort wohnen bleiben, und ich brauche wohl nicht zu betonen, daß der Hauptgewinn dem in Graeside wohnenden Mann zufallen wird. Wenn jemand glaubt, geschädigt zu sein, kann er sich ja in Graeside erkundigen. Der Gewinner existiert und wird jede Frage befriedigend beantworten können. Ich habe die Absicht, meinen Sohn Barney hinzusenden. Niemand ahnt ja, daß ich mit diesem ...«

»Schwindel?« versuchte ihm sein Geschäftsführer in der Wahl des passenden Ausdrucks behilflich zu sein.

»Nein, das ist nicht die richtige Bezeichnung«, wies ihn der Chef scharf zurück. »Nennen Sie es ›Unternehmen‹. Jedenfalls wird also mein Sohn in Graeside wohnen und der glückliche Gewinner des Haupttreffers werden. Jetzt wissen Sie über alles Bescheid, und wenn wir mit unserer Lotterie erfolgreich sind, werden Sie sogar noch mehr als nur tausend Pfund bekommen. Ich bin kein Geizhals und belohne gern treue Arbeit. Wenn wirklich Schweinereien vorkommen sollten und irgendwelche Unzuträglichkeiten entstehen, dürfen Sie nie vergessen, daß Sie stets als der Verantwortliche auftreten. Sie werden bezahlt und müssen eben die Medizin schlucken, wenn sie auch noch so bitter schmeckt.«

Der junge Mann machte sich über diese Frage offensichtlich nicht viel Kopfzerbrechen. Wenn wirklich etwas vorkomme, werde er sich auch nicht umbringen. Mr. Burnstid möge in dieser Hinsicht ganz und gar beruhigt sein.

Die nächsten Wochen brachten Burnstid die Erfüllung aller seiner Wünsche.

Sein Büro in Genf, dem Stevens vorstand, funktionierte tadellos; die Lotterie war gut vorbereitet und propagiert worden, und der Erfolg war dementsprechend. Die Postanweisungen und Banknoten strömten in beinahe unversiegbarer Flut in die Kassen des Unternehmens. So sehr aber auch die Arbeit zunahm, Stevens behielt alles in der Hand und verlor auch im größten Andrang nicht den Kopf. Erst als alles in schönster Ordnung dem Ende zuging, traf Burnstid wie ein Blitz aus heiterem Himmel der erste Schlag.

Eines Tages wurde Stevens dringendst von seinem Chef ins ›Bellevue‹ befohlen. Burnstid lief im eleganten Salon wie ein gefangener Löwe auf und ab.

»So eine Schweinerei«, schimpfte er. »Jemand in England hat herausbekommen, daß Barney mein Sohn ist. Das ist um so schlimmer, als ja Barney mit seiner Frau schon in Graeside wohnt.«

»Donnerwetter, das ist wirklich eine miese Sache«, urteilte Stevens. »Nun ist Ihr schöner Plan ins Wasser gefallen, und Sie können den Haupttreffer Ihrem Sohn nicht mehr zuschanzen.«

Burnstid antwortete nicht. Dann verfluchte er die neugierigen Zeitungsschreiber in allen Tonarten. In alle Dinge, die keinen Menschen etwas angingen, steckten die Reporter ihre Nasen.

»Verdammt noch einmal, zu schlimm«, sagte er endlich. »Wir haben auch gar keine Zeit mehr, einen anderen Strohmann zu finden, der die Rolle meines Sohnes übernehmen könnte.«

»Was soll denn nun werden?« fragte sein Direktor.

Burnstid riß sich gewaltsam zusammen.

»Mein Teilhaber, Mr. Cowan, hat schon ein Plänchen gefaßt«, sagte er. »Ich halte seine Idee für gut. Haben Sie schon einmal etwas vom Preller gehört?«

»Vom Preller?« Stevens lächelte. »Davon gibt es doch sicherlich mehr als einen.«

»Quatsch. Ich meine den wirklichen, den berühmten Preller! Vor einigen Tagen erst stand etwas über ihn in der Zeitung. Er hat einen Ganoven in London um die Früchte seiner Tätigkeit geprellt und ihm sein ganzes Banknotenbündel abgenommen.«

»So was!« rief Stevens verwundert. »Wer ist er denn?«

»Die Zeitungen meinen, er sei ein ehemaliger Offizier, der das Geld leicht verdienen möchte. Seine Opfer sind die Ganoven. Eigentlich ist das sehr moralisch«, setzte er pharisäerhaft hinzu. »Ich halte das Unternehmen dieses Prellers für sehr gut. Wenn jemand stiehlt, dann geschieht ihm ganz recht, wenn er wieder bestohlen wird.«

»Was hat denn der Preller mit unserer Sache zu tun?« erkundigte sich Stevens.

»Setzen Sie sich, und ich werde es Ihnen erzählen.« Nach kurzer Pause fuhr er fort: »Nehmen Sie an, daß Sie und ich das Geld nach der Ziehung persönlich nach London schaffen und daß es zwischen Folkestone und London geklaut wird. Natürlich vom Preller«, fügte er auf den fragenden Blick Stevens' hinzu.

»Sie meinen, es wird gar nicht gestohlen, sondern wir geben nur vor, daß es geschehen sei?«

»Richtig!« Burnstid schlug dem intelligenten Stevens enthusiastisch auf den Rücken: »Verdammt noch mal, Stevens, dumm sind Sie wirklich nicht. Wir sprengen also das Gerücht aus, daß uns der Preller das ganze Gewinngeld geklaut hat. Aber wir, meine Teilhaber und ich, lassen uns dadurch nicht beeinflussen; wir werden die Hälfte der Gewinne, die uns ja gestohlen sind, aus eigener Tasche bezahlen.«

»Eine glänzende Idee«, erklärte der junge Mann voller Bewunderung. »Sie haben aber wirklich die Sache erfaßt.«

»Dazu kommt noch, daß unser Angebot, die halben Gewinne aus eigener Tasche zu bezahlen, obwohl sie uns gestohlen worden sind, eine glänzende Reklame für unsere nächste Lotterie sein wird. Man wird unsere Ehrlichkeit bewundern, während wir doch rund fünfzigtausend Pfund allein an ersparten Prämien in der Tasche haben. Um jedem Verdacht die Spitze abzubrechen, werden wir die Presse einladen, zur Ziehung Berichterstatter zu senden.«

»Ich habe einen Gedanken, Mr. Burnstid«, warf Stevens ein. »Damit alles so echt wie möglich aussieht, schlage ich vor, daß wir uns, während wir das Geld, das uns gestohlen werden soll, nach London überführen, von zwei Detektiven begleiten lassen. Ich kenne einen Mann, der eine Agentur betreibt, und bin sicher, daß er uns ein paar passende Leute besorgen könnte.«

Burnstid war von diesem Vorschlag keineswegs entzückt. Er stimmte ihm erst nach langer Überlegung zu.

Genau, wie sich die beiden die Dinge ausgemalt hatten, spielten sie sich später ab. Die Ziehung fand in Anwesenheit von Presseangehörigen statt. Zwei kräftige junge Londoner Detektive trafen rechtzeitig genug ein, um die beiden Geldtransporte, Burnstid und Stevens von Basel nach Boulogne zu begleiten.

»Wir haben die Detektive kommen lassen«, erklärte Burnstid den Presseleuten, »um die Transportgefahren zu verringern.«

Der Plan, den er mit Stevens vereinbart hatte, war einfach genug. In Folkestone sollte der Sack, der die Geldgewinne enthielt, einem der Teilhaber überreicht werden, der im Austausch hierfür Stevens einen Beutel mit alten Zeitungen einhändigen sollte. Der Teilhaber mit dem wirklichen Geld hatte sich per Auto so schnell wie möglich nach London zu begeben. Das Schiff würde in Folkestone gegen Abend bei Dunkelwerden eintreffen. Im Durcheinander der Landung konnte dann, trotz der Anwesenheit der Detektive, der Sack mit dem Zeitungspapier geraubt werden. Stevens übernahm die Aufgabe, diesen Raub so echt wie möglich zu inszenieren.

Alles verlief programmäßig, mit einer einzigen Ausnahme. Einer der überwachenden Detektive wurde in Boulogne und auf der Überfahrt nach Folkestone so krank, daß er sofort aussteigen und in der genannten Stadt zurückbleiben mußte. Burnstid setzte deshalb die Fahrt nach London nur mit Stevens und einem der überwachenden Detektive fort.

Bei der Ankunft auf dem Charing-Cross-Bahnhof in London öffnete Burnstid den Geldsack in Gegenwart des begleitenden Detektivs und schrie, als er anstatt des Geldes das Zeitungspapier bemerkte, in gutgespieltem Entsetzen auf.

»Wir sind bestohlen worden, bestohlen! Mein Gott!« Er zog aus dem Beutel einen Briefbogen, der folgende Worte aufwies:

»Mit Gruß und vielem Dank vom Preller.«

»Entsetzlich!« stöhnte Burnstid.

»Fürchterlich!« murmelte Stevens.

Eine Anzahl Zeitungsberichterstatter hatten sich in Charing Cross eingefunden, um die Herren zu erwarten, die hunderttausend Pfund Banknoten zur Auszahlung der Gewinne mit sich führten. Ihnen vertraute Burnstid das schreckliche Ereignis an. Einige der Gewinner waren gleichfalls erschienen. Ihre Gesichter wurden, als sie die Mär vom Diebstahl der Gewinne erfuhren, merklich länger.

»Meine Herren«, wandte sich Burnstid an das Empfangskomitee, und seine Stimme schien vor unterdrückter Rührung zu zittern. »Die Gewinner sollen keinen Schaden erleiden. Ich selbst, ja ich, werde aus meiner Tasche die Hälfte der Prämien bezahlen. Dieses mein Versprechen ist ernst gemeint und mag den Betroffenen als Trost dienen.«

Stevens und Burnstid erreichten das Hotel. Als sie endlich in ihrem gemeinschaftlichen Salon allein waren, lächelten sie sich an.

»Alles in allerbester Butter«, meinte Burnstid. »Sie haben den Köder wie Zucker geschluckt. Wunderbar, die Reklame für mich, mein Freund.« Er warf einen Blick auf seine schwergoldene Taschenuhr: »Ich werde bald nach Ealing fahren, wo mich Cowan mit dem Geld erwartet.«

Cowan begrüßte ihn schon auf der Schwelle.

»Hast du das Geld!« fragte ihn Mr. Burnstid ohne Austausch von Höflichkeiten.

»Geld?« brüllte Cowan. »Du hast mir doch telegrafiert, ich solle dich in Folkestone erst morgen erwarten.«

»Was? Du warst nicht in Folkestone?«

»Natürlich war ich nicht dort. Ich sagte dir doch eben, daß ich von dir ein Telegramm . . .«

Aber Burnstid hörte schon nicht mehr zu. Er eilte so schnell wie möglich ins Hotel zurück, um mit Mr. Stevens einige ernste Worte zu reden.

Aber Stevens – bei seinen Freunden besser unter dem Namen Anthony bekannt – befand sich in diesem Augenblick schon in Gesellschaft der beiden Detektive, um die erbeuteten Banknoten zu zählen und zu sortieren. Der Preller hatte mit Unterstützung seines sanften Freundes Paul und des lustigen Sandy das Pseudoverbrechen in ein wirkliches umgewandelt.

»Du kannst die Zehnpfundnoten zählen, Paul«, wandte er

sich an seinen Freund. »Ich sortiere die Postschecks, die ich dem alten Burnstid wieder zusenden werde. Viel ist es ja sowieso nicht, aber es wird ihm ein bißchen helfen, sein Versprechen einzulösen, die halben Gewinne aus seiner Tasche zu bezahlen. Er hat es ja offiziell versprochen.«

Eine Aktienspekulation

In einem der ersten Hotels Brightons hatte sich unter dem unauffälligen Namen eines Mr. Smith ein junger Mann, begleitet von seinem ›Sekretär‹ Mr. Robinson, eingemietet. Für seine persönliche Bedienung hatte er einen Kammerdiener bei sich.

Die drei Herren schienen sich noch nicht ganz im klaren zu sein, wer von ihnen ›Smith‹ hieß, denn als ein Kellner ein für diesen Herrn bestimmtes Telegramm ausrief, dauerte es eine ganze Weile, ehe sich der als ›Mr. Robinson‹ Eingeführte zum Empfang meldete und es öffnete. Da er als Mr. Smiths Sekretär bekannt war, fiel dem Überbringer dieses Benehmen nicht weiter auf. Robinson ließ, solange sich der Kellner in seiner Nähe befand, seine Blicke unentwegt auf dem langen Text der Depesche ruhen. Erst als der Ganymed sich seinen übrigen Obliegenheiten widmete, reichte der Sekretär das Blatt weiter.

»Hat er angebissen, Paul?« erkundigte sich der junge Mann, ehe er das Telegramm durchlas.

»Allem Anschein nach, ja.«

»Er wird mich zu einem reichen Mann machen«, meinte Anthony. »Ich komme mir vor wie einer der Mitspieler in ›Ali Baba und die vierzig Räuber‹. Uns geht es besser als dem Mann, über den heute morgen die Zeitungen berichteten. Er hatte versucht, einen Bankkassier zu berauben. Alles, was er davontrug, waren zwei Pfund Sterling und ein blaues Auge. Nein, auf diese Weise sollten Kavaliere ihren Lebensunterhalt nicht verdienen.«

»Da hast du recht«, stimmte ihm Paul zu und nahm auf einem in der Nähe des Kamins stehenden Stuhl Platz. »Übrigens, Anthony, ich habe heute morgen auch von dir etwas in der Zeitung gelesen: Weißt du, wie sie dich nennen? Den Preller.«

»Dieser Spitzname ist verdammt gut gewählt«, entgegnete Anthony in aller Ruhe. »Ich betrachte mich als ›Wohltäter der Menschheit‹«, fügte er allen Ernstes hinzu. »Erstens beschränke ich meine prellende Tätigkeit auf Ganoven, und zweitens habe ich dich und Sandy aus Not und Sorge gerettet. Man kann ja nicht wissen, ob ihr beide nicht eine verbrecherische Laufbahn eingeschlagen hättet.«

Paul fuhr sich mit der schmalen, weißen Hand über sein sorgfältig gelegtes, glänzendes Haar.

»Ich zweifle daran«, meinte er, »daß ich mich verbrecherischem Broterwerb zugewandt hätte; aber ich kann dir wenigstens insoweit beistimmen, als ich zugeben muß, daß ich die verdammte tägliche Plackerei ziemlich satt hatte. Was Sandy anbetrifft, nun, bei ihm zweifle ich nicht daran, daß er sich vielleicht einen Revolver gekauft und damit die Bank von England überfallen hätte. Bisher hast du jedenfalls nichts begangen, was mein Gewissen belastet hätte.«

»Und daß es nie geschehen wird, darauf kannst du dich verlassen«, versicherte sein Freund. »Jeder einzelne von denen, die ich erleichtert habe, war ein Mensch, dessen Gemeinheit und Niederträchtigkeit kein anderes Los verdiente.«

»Stimmt.«

»Nun, und was diesen Mr. Mottenstein betrifft, Paul, so fühle ich auch in diesem Fall keinerlei Gewissensbisse. Gewiß, er war schwer heranzuholen, und wie du weißt, ist die Polizei schon seit Jahren vergeblich hinter ihm her. Auch für mich wird es kein Wurstessen sein, wenn ich versuchen werde, ihn ein wenig zur Ader zu lassen.«

»Warum glaubst du das?« erkundigte sich Paul und blickte von seiner Zeitung auf.

»Erstens hat man ihn bereits vor mir gewarnt.«

»Vor dir?«

Sein Freund nickte.

»Seit einer Woche versuche ich bei ihm meine Tricks«, sagte er seufzend, »aber bis jetzt immer vergeblich, weil er mich in Verdacht hat. Du weißt doch, Paul, daß es in London kaum einen Ganoven gibt, der nicht vor mir auf dem Quivive wäre.«

»Möchtest du mir nicht sagen, warum du gerade Mottenstein als passendes Opfer ausgewählt hast, Anthony?«

»Du willst wohl, wenn ich deine Neugierde befriedige, dein Gewissen besänftigen, wie?«

»Stimmt!«

»Zufällig werde ich deine Hilfe in diesem Fall gar nicht brauchen«, beruhigte ihn der Freund. »Die ganze Sache ist einfach genug. Mottenstein ist, wie du vielleicht weißt, ein Freihandelsmakler, der seine Geschäfte durch Inserate einleitet. Er ist einer von denen, die armen, unschuldigen Spekulanten einreden, sie könnten aus hundert Pfund so leicht zweihundert machen, wie man sich einen neuen Hut kauft. Im allgemeinen haben ja die Außenseiterspekulanten mit solchen Leuten wie Mottenstein nur ungern etwas zu tun. Ganz besonders trifft das aber bei unserem künftigen Opfer zu, da eine Finanzzeitung offen vor ihm gewarnt hat. Aber Freund Mottenstein hat die Kunden seiner besten Absichten ihnen gegenüber versichert; er hat ihnen lange Briefe geschrieben, in denen er ihnen mitteilte, daß er ihnen davon abrate, ihr ganzes Vermögen auf einmal einer immerhin zweifelhaften Spekulation auszusetzen. Er ziehe es vor, wenn sie ihm nur kleinere Beträge anvertrauten, da er die Verantwortung für größere Spekulationen nicht mit seinem Gewissen vereinbaren könne. Resultat: Jauchzen und ›Seht ihr, was ich euch gesagt habe?‹ bei seinen Kunden. Sie schicken ihm also nur kleinere Beträge, und ihr Vertrauen wird auch nicht mißbraucht. Reingewinne, die zu den Anlagekapitalien in gar keinem Verhältnis stehen, fangen an einzulaufen, und alle fallen auf die Knie und danken Gott, daß er ihnen einen ehrlichen Menschen wie Mottenstein beschert habe.«

»Und dann?« fragte Paul gespannt.

»Nun, dann laufen bei Mottenstein Briefe in Unmengen ein. Die Leute haben am Köder geleckt. Nun wollen sie größere Beträge anlegen, aber was tut er? Er schreibt ihnen zurück, die große Verantwortung würde ihm seinen guten Nachtschlaf rauben, er könne sich nicht mit so vielen Dingen belasten, empfehle ihnen aber die Firma Alexander McDougal, Mackintosh & Glenstuart – ehrliche, wohlbekannte, schottische Namen –, die gut eingeführte, konservative Makler irgendwo an einer nordenglischen Börse seien.«

Paul nickte verständnisvoll. »Und die Firma ›Alexander und noch etwas‹ ist in Wirklichkeit Mottenstein selbst, nicht wahr?«

»Erraten! Diese konservative Firma hat keine Gewissensskrupel, wie sie angeblich Mr. Mottenstein hat. Sie bitten die nunmehr voll vertrauenden Spekulanten, jeden Pfennig flüssig zu machen, ja, ihre Haare zu verkaufen, wenn ihnen jemand etwas dafür gebe, und mit dem Erlös Waggerfontein-Goldaktien zu kaufen, die innerhalb acht Tagen ihren Börsenwert verzehnfachen würden. Die armen Teufel fallen meist auf diesen Köder herein, der ihnen so schmackhaft zubereitet hingehalten wird. Aber Mottenstein hat noch einen Pfeil im Köcher: Wenn ihn die armen Schäflein um Rat fragen, bittet er sie, um Gottes willen, ja nicht alles auf eine Karte zu setzen und vorsichtig zu sein. Dann bricht das Verhängnis herein. Anstatt daß die Waggerfontein auf neun, zehn, zwölf Pfund hinaufklettern, fallen sie, bis sie auf drei Pence angekommen sind. Tiefdunkle Dämmerung bricht über die geschorenen Lämmlein herein, während sich Mottenstein ein neues Luxusauto anschaffen kann.«

»Und was beabsichtigst du gegen ihn zu unternehmen?« fragte Paul neugierig.

»Ich will meinen Hebel am schwächsten Punkt in Mottensteins Panzer ansetzen. Ich muß ihm wirklich gute Aktien anbieten, die er dann auf seine Opfer abladen kann. Verkaufte er ihnen die Schwindelaktien persönlich, würde er sich natürlich des schweren Betruges schuldig machen, und er hätte für einige Jahre die Gastfreundschaft des Königs in Anspruch zu nehmen. Das muß vermieden werden. Er hat ja keine zu große Auswahl, wenn er Anteile von Schwindelgesellschaften braucht. Diese Waggerfontein zum Beispiel hat er zu zwei Pence gekauft und die zweihunderttausend Anteile, die er sich besorgt hatte, mit acht bis zehn Schilling pro Stück weitervertrieben. Nun, ich habe einen Wink bekommen, daß ›Alexander und so weiter‹ hinter neuen Aktien her sind und . . . ich werde sie ihnen besorgen.«

Er stand auf und begab sich zum Schrank. Ihm entnahm er ein Paket wunderbar lithographierter Papiere.

»Das sind zweihunderttausend Aktien der ›Blei- und Schiefer-A. G. Australien‹«, erklärte er. »Es tut mir ja leid, daß ich keine Goldminenaktien auftischen kann, aber ich habe mein möglichstes getan. Sie kosten mich einen Penny pro Aktie, und zwar ist das ein Penny mehr, als sie in Wirklichkeit wert sind. Innerhalb vier Wochen fällt die Mine an ihre ursprünglichen Eigentümer zurück, wenn es der Gesellschaft, die diese Aktien hier ausgegeben hat, nicht gelingt, fündig zu werden. Die Gruben sind mitten in der Wüste gelegen und haben allen ihren bisherigen Eigentümern Geld und Gesundheit gekostet. Ich glaube nicht, daß es dieser Gesellschaft hier um einen Deut besser gehen wird.«

»Wo hast du denn diese Aktien her?« erkundigte sich Paul.

»Ein Australier, ein junger, netter Kerl, hat sie mir gegen ein Darlehen von zwanzig Pfund verkauft. Niemand kennt den genauen Wert dieser Anteile, und ich beabsichtige, sie an die langnamige Firma Mottensteins zu zwei Schilling sechs Pence pro Stück zu verkaufen. Das würde mir insgesamt fünfundzwanzigtausend Pfund einbringen. Daß Mottensteins Schwesterfirma diese Aktien mit Kußhand nehmen wird, steht zweifellos fest, denn an der englischen Börse sind die Papiere absolut unbekannt. Die Kunden werden die Anteile zu Preisen zwischen fünf und zehn Schilling pro Stück angeboten bekommen.«

»Ist das gegen die künftigen Käufer nicht ungerecht gehandelt?« sprach Paul. »Ich möchte mich natürlich nicht in deine Pläne mischen, aber vergiß nicht, daß ich in einem Pfarrhaus aufgezogen worden bin.«

»Beruhige dein zartes Gewissen«, bat ihn Anthony. »Im selben Augenblick, wo ich diese Aktien losgeworden bin, werde ich an alle Finanzzeitungen einen Brief richten und vor Ankauf dieser Papiere warnen. Die Summe, die ich für sie von den Alexanders erziele, werde ich außerdem mit dem jungen Australier teilen, der mir die Aktien verkauft hat.«

»Schön!« stimmte nun auch der zartbesaitete Paul dem Plan zu und lauschte gespannt den weiteren Ausführungen Anthonys.

Die Firma ›Alexander McDougal und so weiter‹ hatte in einer nordenglischen Stadt einen kleinen unscheinbaren Büroraum inne. Der Geschäftsführer war im Ort als Mr. Alexander, in London aber als Mr. Mottenstein junior bekannt. Diesen über Mittelgröße reichenden jungen Mann besuchte eines Tages ein junger Australier. Das Resultat der Unterredung war, daß Mr. Alexander-Mottenstein am selben Abend den Nachtzug nach London benutzte, um am nächsten Morgen mit seinem Vater im Hampstead zu frühstücken.

Im allgemeinen war der alte Herr nicht so leicht aus der Ruhe zu bringen, aber die Neuigkeiten, die ihm sein talentvoller Sohn mitgebracht hatte, ließen ihn doch aufhorchen.

»Ja, ich glaube von derartigen Aktien vor Jahren gehört zu haben«, meinte der Alte. »Sie wurden an der Börse notiert.«

Er erhob sich und suchte ein altes Jahrbuch der Londoner Börse heraus.

»Ja, hier sind sie. Kapital dreihunderttausend Pfund, Direktoren hm ... hm ... hm ... Wieviel will der Mann für seine Aktien, die Mehrheit des gesamten Kapitals?«

Mr. Mottenstein senior runzelte nachdenklich die Stirn.

»Die Gruben existieren tatsächlich«, meinte er. »Du weißt, daß wir nur bei ganz zweifelsfrei feststehenden Eigentumsverhältnissen uns auf Käufe einlassen können. Es würde Betrug sein, wenn wir anders handelten, und Betrügereien begehe ich nicht.«

»Es wird schon stimmen«, entgegnete sein Sprößling, der bisher hinsichtlich des Vorhandenseins der Grube Zweifel hatte.

»Die Sache sieht ganz gut aus«, fuhr Mottenstein fort. »Wieviel will er haben? Zwei und einen halben Schilling? Er wird es auch für einen tun. Was meinst du?«

Aber sein Sohn schüttelte zweifelnd den Kopf.

»Er denkt gar nicht daran. Hier, lies den Brief. Nicht einen Penny unter einer halben Krone.«

Mr. Mottenstein seufzte tief auf.

»Wir brauchen Aktien«, sagte er, »und zwar recht dringend. Die Anteile der Baltic Trading Co. sind verkauft, und die Leute schreien in einem fort nach neuen Spekulationsobjekten.«

»Ja, aber sie schreien auch nach den Ersatzaktien, die du ihnen versprochen hattest, als die Waggerfontein pleite gingen, Papa«, erinnerte ihn der Sohn.

»Na, wir werden schon wieder ein paar Papiere erwischen, die uns nicht viel kosten, und die drücken wir ihnen dann in die Hand. Gegenwärtig fühle ich mich nicht gerade in einer philanthropischen Stimmung, um etwas zu verschenken, mein Junge. Die Spesen, die wir haben, sind ...«

Es folgte eine Vorlesung über die Kostspieligkeit des täglichen Lebens, die anziehenden Preise und die unverschämte Dienerschaft, die täglich mit neuen Forderungen das sonst so sonnige Leben Mottensteins zum stetigen Kampfspiel machte. Sein Sohn Julius, der dieselbe Walze schon oft genug gehört hatte, vertiefte sich in die Morgenzeitung, bis der alte Herr schwieg.

Am nächsten Morgen wartete Mr. Julius Mottenstein, alias Mr. Alexander, im Büro eines Freundes auf den Unterhändler für die Australien-Aktien. Die Räumlichkeiten, in denen die Verhandlungen stattfinden sollten, waren für solche Zwecke besonders gut geeignet. Im Nebenzimmer konnte Mr. Mottenstein senior, ohne gehört oder beim Eintritt gesehen zu werden, den Verhandlungen folgen und seine Instruktionen mittels vorher vereinbarter Signale seinem Sohn zukommen lassen.

Bald darauf erschien der Besucher, ein hochaufgeschossener, braungesichtiger junger Mann, typischer Australier.

»Samuel Soames«, stellte er sich mit einer Verbeugung Julius vor, hieß aber im wirklichen Leben Anthony.

»Sie boten uns Aktien an«, erkundigte sich Julius in geschäftlichem Ton. »Nun, ich weiß, daß die Papiere so gut wie wertlos sind, aber meine Firma liebt es, hin und wieder einmal eine kleine Spekulation zu wagen.«

»Ja, das habe ich gehört«, stimmte ihm Anthony mit einem Blick auf seine Ledertasche zu, die die Aktien enthielt.

Julius nahm das erste der gebündelten Pakete in die Hand, las die Zertifikate und schüttelte lächelnd den Kopf.

»Blei- und Schiefer-A. G. Australien? Ich glaube nicht, daß diese Papiere viel Wert für uns haben, Mr. Soames.«

»Dann wollen wir keine Zeit mit zweckloser Unterhaltung verlieren«, meinte der andere trocken und begann, seine Bündel wieder einzupacken.

Vom Nebenzimmer erklang ein warnendes Hüsteln.

»Natürlich sind wir immer bereit, ein gewisses Risiko einzugehen«, lenkte Julius auf die Warnung des unsichtbaren Zuhörers ein. »Was wollen Sie alleräußerst für diese Aktien?«

»Zwei Schilling sechs Pence.«

Julius schüttelte den Kopf.

»Der Preis ist mir zu hoch, denn die Papiere sind unverkäuflich. Bedenken Sie, fünfundzwanzigtausend Pfund für derartige wertlose Anteile. Wir bieten Ihnen, unser letztes Wort, einen Schilling pro Aktie.«

»Sie werden sie entweder zu meinem Preis oder gar nicht kaufen.«

»Schön«, meinte der andere abschließend und erhob sich. »Auf Wiedersehen.«

»Guten Morgen«, erwiderte Anthony und packte seine Papiere wieder in die Tasche.

Zweimal hüstelte der im Nebenzimmer verborgene Mottenstein.

»Seien Sie doch vernünftig, Mr. Soames«, lenkte Julius ein. »Aus Kompromissen besteht ja das ganze Leben, also – ich biete Ihnen einen Schilling sechs Pence pro Anteil.«

»Zwei Schilling und sechs oder gar nichts«, bestand Anthony unnachgiebig auf dem genannten Preis. »Die Thames Investment Trust, Ihre Konkurrenz, hat mir bereits zwei Schilling drei Pence geboten.«

Das schlug dem Faß den Boden aus, denn wenn Mottenstein einen Rivalen auf dem lämmerscherenden Markt zu fürchten hatte, dann war es die Gesellschaft, die Anthony eben erwähnt hatte. Ein heftiges Husten scholl vom Nebenzimmer herüber, und Julius besann sich auf seine Pflicht.

»Gut also«, gab er endlich resigniert nach. »Wir werden Ihnen einen auf nächsten Montag vordatierten Scheck geben.«

»Stellen Sie ihn lieber für vergangenen Montag aus«, lachte der Verkäufer. »Ein für alle Male, Mr. Alexander: Sie nehmen entweder die Aktien zu zwei und sechs Pence, zahlbar sofort, oder Sie werden sie überhaupt nicht bekommen.«

Wieder wartete Julius das Hustensignal von seinem Vater ab. Als es erklang, nahm er sein Scheckbuch heraus und füllte den Scheck wunschgemäß als Barscheck aus.

Als der Besucher mit seinem Geld das Zimmer verlassen hatte, kam der Alte herein.

»Durch deine Tricks hättest du mir bald das ganze Geschäft vermasselt, Julius«, brummte er. »Ich bin fest überzeugt, du hättest sie billiger bekommen, wenn du es richtig angefangen hättest. Na, Schwamm drüber. Wir wollen gleich das Rundschreiben an unsere Kunden fertigmachen. Je schneller wir die Papiere losbekommen, um so besser. Ich habe eine Ahnung, als würden diese Aktien wie warme Semmeln abgehen, denn hinter Bleiaktien sind sie jetzt wie die Verrückten her.«

Drei lange Stunden beschäftigten sich er und sein hoffnungsvoller Sohn mit der Abfassung der brieflichen Köder.

Das Rundschreiben mochte zwar nicht ganz der Wahrheit entsprechen, war aber von einer Bildhaftigkeit der Sprache, die einem Dichter Ehre gemacht hätte. Noch am selben Abend gingen die Offerten hinaus. Plötzlich fiel der Schlag.

Mr. Mottenstein und Mr. Julius, alias Mr. Alexander, saßen in ihrem Londoner Büro und hatten alle Hände voll zu tun, die Aufträge, die wie ein Sturzbach hereinkamen, zu notieren und auszuführen. Plötzlich schlug das Telefon an. Der Anrufende war der Handelsredakteur eines kleinen Wochenblattes, der Ursache hatte, sich Mottensteins mit Dankbarkeit zu erinnern.

»Wir haben eben ein Rundschreiben erhalten, wie wahrscheinlich auch alle anderen Finanzblätter«, teilte er dem aufhorchenden Mottenstein mit.

»Um was handelt es sich?« erkundigte sich dieser, in trüber Ahnung die Stirn runzelnd.

»Um Bleiaktien, die, wie ich höre, von Ihnen stammen, Mr. Mottenstein. Sie wissen doch, daß die Abbaugenehmigung der Gesellschaft nächste Woche erlischt. Der Absender des Rundschreibens meint, daß die Aktien nicht das Papier, auf das sie gedruckt sind, wert seien.«

Der Senior wurde weiß wie frischgefallener Schnee. Gewiß, fünfundzwanzigtausend Pfund zu verlieren, konnte ihn nicht ruinieren, aber der Schmerz über den Verlust würde ihm das Herz brechen.

»Wir sind behackt worden«, berichtete er seinem Sohn. Er gebrauchte ein anderes Wort, das sich aber nicht für den Druck eignet. »Ich hätte so etwas voraussehen müssen, Julius. Der verdammte ›Preller‹ war es, dem wir ins Garn gegangen sind, obwohl wir vor ihm zur Genüge gewarnt wurden.« Er schnaufte, als wollte ihn jeden Augenblick der Schlag treffen. Als er sich ein wenig beruhigt hatte, setzte er seinen Bericht fort: »Julius«, meinte er, »wir werden wegen dieser Sache mit dem Gesetz in Konflikt kommen. Der verdammte Lump wird uns überall anschwärzen.« Erregt lief er auf und ab: »Nicht das Geld ist es, das wir verloren haben, was mir Kopfzerbrechen macht; der Ruf der Firma geht dabei zum Teufel! Verdammter Kerl, dieser Preller. Nur einen Augenblick möchte ich ihn hier haben! Fünfzehn Jahre müßte er dafür bekommen; hängen sollte man ihn!«

Julius ließ den Wortschwall über sich ergehen und beschränkte sich darauf, nachdenklich sein Kinn zu reiben.

»Vater«, sagte er dann. »Ich habe eine Idee.« Das Brummen des anderen schien wenig Hoffnung auszudrücken. Er hörte aber trotzdem schweigend zu.

»Warum sollten wir nicht –«, begann Julius.

»Was willst du eigentlich?« unterbrach ihn der Ältere.

»Ich weiß, daß uns der Verlust zwar hart trifft, daß wir ihn aber gleichwohl überleben werden. Die Hauptsache ist ja der Ruf unserer Firma, nicht wahr, Vater?« Der Senior nickte.

»Gut, jage einen Brief an alle Kunden hinaus und teile ihnen mit, daß wir ihnen die Aktien als Ersatzanteil für die Verluste bei den Waggerfontein-Aktien umsonst liefern. Schreibe ihnen, daß du das Beste von den Ersatzpapieren erhoffst. Dadurch wird die Firma als nobel verschrien, und kein Mensch wird sich beschweren können, daß wir ihn beschwindeln wollten.«

»Die Idee ist gut«, lobte der stolze Vater. »Glänzend ist sie! Hol das Personal, und dann: ran an die Arbeit!«

Bei der Firma Mottenstein, Makler, wurde diese Nacht durchgearbeitet. Es wurde vier Uhr morgens, ehe die letzten Gratisaktien an die freudig überraschte Kundschaft hinausgingen.

Am gleichen Tag erhielt der Preller von dem Schachzug seines Gegners Kenntnis. Er lachte.

»Der alte Schwindler war doch ein wenig zu schlau für mich«, erkannte er die Fähigkeiten des alten Mottenstein an. »Sein Herz wird gebrochen sein, daß er diese zweihundertausend Aktien umsonst hergeben mußte, auch wenn sie in Wirklichkeit nicht einmal den Papierwert hatten. Aber alle Achtung! Den Ruf seiner Schwindelfirma rettet er damit. Ich möchte wissen, in welchen seligen Träumen die Empfänger der Aktien schweben!«

»Sie können gar nicht hoch genug sein, diese Träume«, warf Paul ein. »Hast du die Morgenzeitungen gelesen?«

»Was steht denn drin?« fragte Anthony rasch.

Paul erhob sich und reichte ihm eine Zeitung, deren schreiende Schlagzeilen Anthony schnell genug Auskunft darüber gaben, was Paul gemeint hatte.

Überraschung in Australien! Hochwertige Goldader in verlassener Bleigrube entdeckt. Wertlose Aktien: Heutiger Kurs drei Pfund pro Aktie.

Der Bericht kam aus Australien und lautete kurz und inhaltsschwer wie folgt:

›Einige zufällig auf den Gruben der Blei- und Schiefer-A.G. Australien schürfende Goldsucher sind auf reichhaltige Lager des wertvollen Metalls gestoßen. Dadurch sind die Anteile der Gesellschaft, gestern kaum das Papier, auf dem sie gedruckt waren, wert, zum heutigen Kurs von drei Pfund pro Aktie außerordentlich gefragt.‹

Anthony pfiff vor sich hin.

»Na, ich kann mich wenigstens trösten, daß ich meinen Anteil bekommen habe«, meinte er.

»Und ich den meinen auch«, stimmte Paul zu. Weder er noch Sandy wurden jemals vergessen, wenn der Chef seinen ›Fischzug‹ gemacht hatte.

»Heute abend wird bei den Kunden Mottensteins eitel Freude herrschen, Anthony. Nur Mottenstein selbst dürfte Kopfschmerzen haben.« Paul lachte und setzte sich wieder zur Patience nieder, die er bei der Lektüre der überraschenden Nachricht widerwillig unterbrochen hatte.

Ziellos spazierte der Preller, ein Paket Bücher unter dem Arm, die Philosophenbrille vor den Augen, den ›Strand‹ entlang. Er sah aus wie ein Student, dessen Stipendien weder hinten noch vorn langen. Vor beinahe jedem Schaufenster blieb er stehen, bis er plötzlich mit einem Mädchen zusammenrannte, das aus einem Geschäftsbau herausgekommen war. Er versuchte sich zu entschuldigen, aber die junge Dame schien das kleine Unglück gar nicht bemerkt zu haben, denn ohne dem Ungeschickten auch nur einen Blick zu schenken, eilte sie weiter. Der kurze Zusammenstoß hatte jedoch Anthony ihr schneeweißes Gesicht und ihre vom Weinen geröteten Augen zu deutlich gezeigt, um nicht sofort seine ganze Aufmerksamkeit zu erregen. Halb unbewußt warf er einen Blick auf das Schild vor dem Tor, aus dem das Mädchen gekommen war. Unter der Firmentafel eines Zigarrenladens befand sich noch ein zweites Messingschild, das als weiteren Bewohner einen Mr. Oliver Digle, Finanzberater, anzeigte.

Der Name war dem Preller nicht ganz unbekannt, denn er hatte ihn in Verbindung mit anrüchigen Prozessen schon häufig nennen gehört. Der Mann war, wie Anthony wußte, ein Wucherer allerschlimmster Sorte. Die Angelegenheit, die das junge Mädchen eben bei Digle erledigt zu haben schien, erregte deshalb Anthonys höchstes Interesse. Er folgte ihr, seine Schritte beschleunigend, um sie wieder einzuholen. Erst glaubte er, sie befinde sich auf dem Weg zur Charing-Cross-Station, wurde aber bald eines Besseren belehrt, denn die junge Dame eilte durch die Villiers Street dem Embankment Park zu. Augenscheinlich befand sie sich auf der Suche nach einer ruhig gelegenen Bank, wo sie sich ganz ihrem Schmerz hingeben könnte. Anthony behielt sie im Auge, bis sie sich endlich auf einer einsamen Bank niederließ. Ohne ein Wort der Entschuldigung nahm er neben ihr Platz, öffnete ein Buch und war allem Anschein nach bald darauf in dessen Lektüre versunken. Seine ganze Aufmerksamkeit galt aber dessen ungeachtet dem Mädchen neben ihm. Sie schien von seiner Gesellschatft wenig entzückt zu sein, denn als er neben ihr Platz nahm, wollte sie augenscheinlich einen anderen Ruheplatz aufsuchen, überlegte es sich dann aber und blieb sitzen.

»Verzeihen Sie«, eröffnete er ruhig das Gespräch. »Vor allen Dingen möchte ich bei Ihnen nicht den Eindruck erwecken, als suchte ich Abenteuer.«

Überrascht starrte ihn die junge Dame an. Er fuhr fort:

»Ich weiß, daß man eine junge Dame nicht auf offener Straße ansprechen soll, aber Sie brauchen vor mir wirklich keine Angst zu haben. Ich habe nicht die geringste Absicht, Ihnen irgendwie lästig zu fallen. Übrigens, der Herr, der dort drüben auf jener Bank so vertieft in seine Zeitung ist, ist ein höherer Beamter Scotland Yards, während der Parkwächter ja, wie Sie sehen, uns ebenfalls im Auge hat. Wenn ich also irgendwie lästig werden sollte, hätten Sie ausreichende Hilfe ganz in Ihrer Nähe.«

Wider Willen mußte sie lächeln.

»Ich möchte nicht unhöflich erscheinen, mein Herr«, gab sie zurück, »will Ihnen aber nicht verhehlen, daß ich nicht die geringste Lust verspüre, mich mit irgend jemand und am wenigstens mit einem völlig Unbekannten in ein Gespräch einzulassen.«

Er nickte zustimmend.

»Das ist mir klar genug, aber ich habe den Eindruck gewonnen, als sei Ihnen ein Helfer dringend vonnöten. Sie haben eine Auseinandersetzung mit Digle gehabt, nicht wahr?«

Überrascht starrte sie ihn an.

»Woher wissen Sie das?« fragte sie.

»Ich erriet es. Er versuchte wohl, Ihnen die Daumenschrauben anzusetzen, wie?«

Sie runzelte die Stirn.

»Sie waren wohl dort? Kennen Sie ihn? Hat er Sie mir nachgesandt?«

»Nein. Ich kenne Mr. Digle nicht persönlich, habe aber allerlei von seinen liebenswürdigen Manieren erfahren. Aus Ihrer Verstörung glaubte ich schließen zu können, daß Sie zu den Unglücklichen gehören, die diesem Shylock in die Klauen geraten sind. Der einzige Zweck, weshalb ich Sie ansprach, war, mich zu erkundigen, ob ich Ihnen irgendwie behilflich sein könnte.«

Sie schüttelte den Kopf.

»Nein«, gab sie einsilbig zurück. »Nein, ich befürchte, daß auch Sie mir nicht helfen können. Ich habe mich wie eine Idiotin benommen.«

»Diesen Fehler haben wir alle das eine oder andere Mal begangen«, tröstete er sie. »Bitte, erweisen Sie mir den Gefallen und beichten Sie mir, was Ihnen passiert ist.«

Lange schwieg sei. Endlich war sie mit sich im klaren.

»Ich kann es Ihnen ebenso gut erzählen, denn ich habe nichts verbrochen, was ich zu verbergen hätte. In wenigen Wochen wird ja die große Öffentlichkeit doch davon erfahren.«

Sie war die Witwe eines jungen Offiziers, der im Krieg gefallen war. Er hatte ihr ein kleines Landhaus hinterlassen und einige hundert Pfund Ersparnisse zurücklegen können, von denen sie nun lebte.

»Mein Edi war ein guter Junge, wenn auch ein wenig leichtsinnig«, vervollständigte sie ihre Schilderung. »Natürlich hatte ich keine Ahnung, daß er Mr. Digle Geld schuldete. Allem Anschein nach hatte er sich jedoch von ihm, kurz bevor er fiel, einige tausend Pfund geborgt, wovon ich bis vor kurzem nichts wußte. Vor einigen Tagen besuchte mich ein Vertreter Digles, der mir den vollstreckbaren Schuldtitel vorlegte und Zahlung verlangte. Natürlich werde ich den Namen meines toten Gatten nicht in den Schmutz zerren lassen und deshalb bezahlen. Das bedeutet aber, daß ich mittellos dastehen werde.«

»Und wieviel schuldet Ihr Gatte angeblich dem Verleiher?«

»Die ursprüngliche Darlehenssumme war eintausend Pfund, wuchs jedoch durch Zinsen und Spesen auf zweitausend an. Oh, wie gemein, wie niederträchtig!«

Anthony notierte sich die Zahlen.

»Bitte, geben Sie mir nun Ihre Adresse«, bat er. »Dann möchte ich von Ihnen, wenn möglich, das Ausstellungsdatum der Schuldurkunde und den Grund wissen, warum Ihr Gatte das Geld geborgt hatte.«

Sie schüttelte wieder den Kopf.

»Ich kann Ihnen meine Adresse geben, aber die Einzelheiten der Schuld kenne ich selbst nicht. Sie sind mir ebenso ein Rätsel wie Ihnen. Zur Zeit, als Edi das Geld angeblich geborgt hat, war sein Bankkonto, wie ich bestimmt weiß, ziemlich groß. Warum er also gleichwohl zu einem Geldverleiher ging, weiß ich nicht. Möglich, daß er Verpflichtungen hatte, von denen ich nichts wußte; ich kann es mir aber nicht gut denken, denn er pflegte mir alle seine Sorgen zu beichten.«

»Besten Dank. Ich will Sie nun nicht länger belästigen, kann mich aber des Eindrucks nicht erwehren, daß man Sie zu betrügen versucht. Ich rate Ihnen, nicht einen Penny zu zahlen, bis Sie wieder von mir gehört haben. Haben Sie einen Rechtsbeistand?«

»Nein, ich habe mich bisher noch an keinen Anwalt gewandt.«

»Es wäre vielleicht besser, Sie nähmen sich einen«, riet er ihr.

»Man soll sich in derartigen Fällen immer eines Anwalts bedienen.«

»Wohin kann ich Ihnen nötigenfalls Bescheid geben?« wollte sie wissen.

Die Frage setzte den Preller in Verlegenheit.

»Ich wohne mit einigen Freunden im Rex-Hotel, Brighton«, gab er nach kurzem Nachdenken Auskunft. »Dort erreicht mich Ihre Post.«

Die geschilderte kurze Unterhaltung hatte bei Anthony tiefen Eindruck hinterlassen. Er versäumte seinen Zug nach Brighton, weil er vorher noch einen kurzen Besuch bei einer privaten Auskunftei zu machen hatte.

»Ja, gewiß, wir können Ihnen über den alten Digle allerlei berichten«, meinte der Chef der Auskunftei auf die Frage seines Besuchers. »Es geht ihm seit einiger Zeit nicht zum besten.«

»Spekulationen?« fragte Anthony rasch.

»Nein: Wettleidenschaft. Er soll in den letzten zwei Monaten über hunderttausend Pfund bei Rennwetten verloren haben.«

»Ist er ehrlich?«

»Wie des Teufels Großvater. Er besitzt eben die Anschauungen eines Wucherers.«

»Das heißt also, daß er ein Schuft ist! Haben Sie irgend etwas Nachteiliges über ihn in Ihrer Kartei?«

»Nein, das nicht. Gewiß, er hatte schon verschiedentlich mit dem Staatsanwalt zu tun, aber es ist ihm bisher immer gelungen, die Fälle außergerichtlich beizulegen.«

»Weiter will ich nichts wissen. Das genügt mir.« Anthony verabschiedete sich und fuhr mit dem nächsten Zug nach Brighton.

Am nächsten Tag besuchte er die junge Witwe in ihrem Landhaus in Chorley und erfuhr dort noch einiges aus dem Leben des gefallenen Offiziers, das ihn interessierte.

»Hat Ihr Gatte, als er das letztemal auf Urlaub war, etwa geheimnisvolle Briefe erhalten?« erkundigte er sich bei der Frau.

Sie dachte einen Augenblick nach, dann sagte sie:

»Nein, nicht daß ich wüßte ... Doch, jetzt erinnere ich mich. Er hatte damals einen Brief von einer Dame aus Pimlico erhalten, der ihn sehr überraschte. Sie hatte ihn um sein Autogramm gebeten, was sie damit begründete, daß sie von seiner Tapferkeit im Krieg gehört habe. Mein armer Edi ist natürlich nicht einer von jenen gewesen, die sich besonders auszeichneten, und er wunderte sich, wie die Briefschreiberin auf diese sonderbare

Idee gekommen war. Das Autogramm hat er ihr aber doch gesandt. Wenn Sie sich einen Augenblick gedulden würden, will ich versuchen, den Brief der Autogrammsammlerin zu finden. Ich habe alle Briefe aufbewahrt, die er im letzten Jahr seines Lebens erhielt.«

Nach zehn Minuten kam sie mit einem Bündel Briefe zurück, aus dem sie bald darauf den herausgesucht hatte, der sich auf das geschilderte Ereignis bezog. Als Absender war eine Dame genannt, die in der Pimlico Road wohnte. Anthony notierte sich die Adresse. Der Name, den die Briefschreiberin angegeben hatte, interessierte ihn wenig, obwohl er deutlich als ›Caroline Smith‹ zu entziffern war.

Am nächsten Vormittag suchte er die angegebene Adresse auf und fand sich in einer billigen Pension. Ja, Mrs. Smith hatte eine Zeitlang hier gewohnt, war aber schon lange ausgezogen. Sie hatte angegeben, daß sie als Sekretärin bei einem Citykaufmann beschäftigt sei.

»Haben Sie eine Ahnung, wie der betreffende Kaufmann heißt?«

»Ja. Bei einem Mr. Digle«, erwiderte die Pensionsinhaberin.

In der darauffolgenden Nacht wurden das Büro und der Geldschrank Digles von einem Eindringling heimgesucht. Es war gegen ein Uhr morgens, als der mitternächtliche Besucher durch das Hintertreppenfenster in den Arbeitsraum des Wucherers eindrang. Das einzige, was der Einbrecher aus dem Geldschrank entwendete, war ein Bündel Papiere, die er lange studierte. Erst kurz vor der Morgendämmerung drehte er das Licht aus, entfernte die vor das Fenster gehängte Decke, steckte einige Papiere zu sich und verschloß den Rest wieder in den Schrank. Dann verließ er das Büro.

Am Embankment wurde der Einbrecher von einem Auto erwartet und befand sich eine Viertelstunde später mit seinem Sekretär auf dem Weg nach Brighton. In East Grinstead hielten sie zum Frühstück. Hier erst erstattete Anthony seinem Freund Paul Bericht.

»Die Sache ist mir nun ganz klar«, meinte er. »Der alte Digle kann eben nie genug kriegen. Nicht allein, daß er die ›Jeunesse dorée‹ schröpft, nein, er versucht auch die Hinterbliebenen gefallener Offiziere zu betrügen. Die Schuldtitel, die er ihnen vorlegt, sind wohl in ihrer überwiegenden Mehrzahl Fälschungen. Die Unterschriftsproben hat er sich durch Bitten um Autogramme zu verschaffen gesucht. Das Gerücht, daß er große Wettverluste erlitten habe, ist eine Ente. Ich habe seine Bücher geprüft: Er hat ein Bankguthaben von über achtzigtausend Pfund in bar.«

»Jedenfalls hat er nicht übel kalkuliert«, warf Paul ein. »Er wußte, daß es den meisten Leuten weniger aufs Geld als auf den Ruf der teuren Toten ankommt und daß deshalb ohne weiteres bezahlt werden würde. Das ist der gemeinste Trick, der mir je in meinem Leben vorgekommen ist.«

Anthony nickte zustimmend.

»Es wäre also eine Arbeit nach deinem Geschmack, diesem Mann eine Lehre zu geben?«

»Verdammt noch einmal, ich wäre mit Leib und Seele dabei«, gab Paul zu. »Wie willst du es denn drehen?«

»Ich weiß ja, daß Digle nicht der einzige ist, der sich derartiger Tricks bedient«, fuhr Anthony fort. »Ich habe schon verschiedentlich von anderen Gleiches berichten gehört. Vor allen Dingen will ich aber einmal die Gewohnheiten unseres Freundes Digle studieren. Dann wird sich wohl ein Weg ergeben, ihn zu schröpfen.«

Der also Bedrohte war ein Mann, dessen ganzes Leben nach einem gewissen Schema verlief und außerordentlich methodisch war. Er war, was sparsame Lebenshaltung anbetraf, ein Genie und rühmte sich des öfteren, daß er sich mit einem halben Penny mehr Vergnügen verschaffen könne als ein anderer mit einem Schilling. Von Gestalt war er dick und untersetzt, sein Gesicht war stark gerötet. Als Kleidung hatte er die Tracht eines Kirchenältesten gewählt, was ihm einen gewissen Schimmer von Respektabilität und der Frömmigkeit verlieh. Was seine persönlichen Charaktereigenschaften anbetraf, so hielt man ihn in seiner näheren Umgebung für einen sympathischen und sogar wohltätigen Menschen. Sein Entgegenkommen den Bedürftigen gegenüber drückte sich jedoch mehr durch Rat als durch die Tat aus. Er gab ohne felsenfeste Sicherheit nicht einen Penny aus der Hand. An Leidenschaften besaß er zwei: die Gier, Geld zu verdienen, und die Furcht, es wieder zu verlieren. Gewiß, er hatte Geld bei Pferderennen verloren, aber hatte nicht jeder große Mann seine Leidenschaft?

Er war außerordentlich diskret und verschwiegen, und so war es kein Wunder, daß er sich auch eine außerordentlich diskrete und verschwiegene Bank ausgesucht hatte, um dort sein Vermögen zu deponieren. Es war die Pollacks Privat-Bank, der er sein Vertrauen geschenkt hatte, und sie bestand schon seit mehr als einem Jahrhundert. Über Mr. Digle selbst waren einige anrüchige Erzählungen im Umlauf, die sogar zu polizeilichen Erörterungen geführt hatten, aber erhaben über alles, was man von ihm sprach, verfolgte der Geldverleiher seinen Weg weiter. Eines Tages saß er, vor sich die neueste Zeitung, in seinem Büro, als seine Sekretärin – eine ältere Dame – einen Besucher meldete.

»Ein junger Mann wünscht Sie zu sprechen, Mr. Digle.«

»Wie sieht er denn aus?« fragte der Wucherer vorsichtshalber.

»Ich glaube, daß er ein Kunde ist. Er ist ganz aufgeregt.«

Nachdenklich kratzte sich Digle am Kinn.

»Lassen Sie ihn hereinkommen«, entschied er.

Die Sekretärin hatte recht berichtet. Der Besucher war unstreitig sehr aufgeregt. Es war genau vierzehn Uhr zwanzig Minuten, eine Zeit, die man genau in Erinnerung behalten muß, da sie für den Verlauf dieser Geschichte wichtig ist.

»Nun«, begrüßte Digle leutselig den jungen Mann. »Womit kann ich Ihnen dienen?«

Der Besucher warf einen Blick auf die noch immer wartende Sekretärin. Ein Wink Digles, und sie zog sich zurück.

»Ich hätte Ihnen etwas ganz Persönliches mitzuteilen«, eröffnete der nun etwas beruhigte junge Mann das Gespräch.

»Setzen Sie sich«, lud ihn der gütige Hausherr ein. »Ziehen Sie sich einen Stuhl hier heran und packen Sie aus. Wollen Sie eine Zigarette rauchen?«

Der andere wollte. Mit zitternden Fingern hielt er das brennende Streichholz an den Tabak.

»Sie müssen mir versprechen, Mr. Digle, alles, was ich Ihnen jetzt mitteile, als tiefstes Geheimnis zu bewahren.«

Ein melodramatischer Anfang, ganz nach dem Herzen Digles.

»Diese Wände haben schon viele Geheimnisse mit anhören müssen«, beruhigte er seinen Besucher. »Nichts davon ist an die Öffentlichkeit gedrungen. Sprechen Sie ruhig und unbesorgt.«

Immer noch zögerte der andere.

»Wenn es sich nun um eine Sache handelt«, fragte er und blickte den Hausherrn verstohlen an, »die ein Verbrechen beträfe?«

Digle lächelte verhalten.

»Geht mich auch nichts an. Ich kümmere mich nicht um ungelegte Eier. Sie können mich ruhig als Beichtvater betrachten, junger Mann, und sicher sein, daß mir Ihr Geheimnis heilig ist.«

Endlich war der andere beruhigt.

»Ich danke Ihnen für dieses Versprechen, Sir. Man hatte mir schon berichtet, daß man Ihnen volles Vertrauen schenken dürfe.«

»Das können Sie auch«, bekräftigte Digle diese gute Meinung. Er war auf die Geschichte seines Besuchers aufs höchste gespannt.

»Vor allen Dingen möchte ich vorausschicken, Mr. Digle, daß ich für mehr als zweitausend Pfund englische Kriegsanleihe besitze, die ich, wenn ich wollte, morgen in Bargeld umsetzen könnte. Ich habe sie bei mir.« Er faßte in die Tasche und entnahm ihr einen dicken Briefumschlag. Es wäre zu wenig behauptet, wenn man sagen wollte, daß Digle überrascht war. Die Besucher waren selten, die mit zweitausend Pfund in der Tasche zu ihm kamen.

»Ich brauche, bis morgen nur, eintausend Pfund Darlehen, Sir«, fuhr der andere fort. »Ich werde Ihnen Zinsen zahlen und diese Anleihestücke als Sicherheit hinterlegen.«

»Es wird sich vielleicht machen lassen«, meinte der Geldverleiher und warf einen Blick auf die Wanduhr. »Die Banken schließen um drei. Wenn die Sicherheit in Ordnung geht, können Sie den Scheck über tausend Pfund, sagen wir zu zehn Prozent für den einen Tag, haben.«

Er warf dem Bittsteller einen prüfenden Blick zu.

»Ach, die Zinsen machen mir kein Kopfzerbrechen«, meinte der Darlehenssucher ungeduldig. »Ich muß das Geld aber sofort haben.« Er unterbrach sich, anscheinend ohne jeden Grund. Er hatte die Sicherheit für das Darlehen bei sich. Digle hatte ihm das Geld so gut wie versprochen – warum also dieses neuerliche Zögern. Der Hausherr begann Lunte zu riechen und beschloß, der Sache auf den Grund zu gehen.

»Zerbrechen Sie sich nicht unnötig den Kopf. Sie befinden sich bei einem Freund. Beichten Sie, was eigentlich los ist.«

»Ich muß schon, denn ich brauche Ihren Rat. Ich will mit dem Geld meinen Bruder außer Landes schicken. Er muß vor Nachteinbruch über die Grenze sein, noch ehe seine Tat entdeckt wird.«

»So? Ihr Bruder hat also etwas ausgefressen?«

»Ja, er hat etwas getan, was er nie hätte tun dürfen. Er hat ein Verbrechen begangen, das wohl als das größte dieses Jahrhunderts anzusprechen ist. Ich weiß, ich darf Ihnen Vertrauen schenken. Sie meinen es ehrlich mit mir, das sehe ich Ihnen an.«

Der geschmeichelte Wucherer lächelte.

»Das größte Verbrechen dieses Jahrhunderts?« knüpfte er an die Bemerkung des andern an. »Ist das nicht ein wenig zuviel gesagt, mein junger Freund? Was kann er denn gemacht haben?«

»Was würden Sie dazu sagen, wenn er eine Bank um zweihunderttausend Pfund Sterling beraubt hätte, Mr. Digle?«

Nur ein leises Zucken der Augenbrauen verriet die Überraschung des Wucherers.

»Ich müßte Ihnen recht geben. Es wäre das größte Verbrechen dieses Jahrhunderts«, begnügte er sich zu erwidern.

»Schrecklich, entsetzlich.« Der junge Mann stöhnte. »Hunderte armer Leute werden ihr Geld verlieren. Und das Schlimmste ist, daß mein Bruder wußte, daß die Bank, die er bestahl, nicht mehr ganz sicher dastand. Er ließ sich aber nicht von der Ausführung seines Planes abhalten.«

»Na, na, nicht jede Bank bricht wegen zweihunderttausend Pfund Verlust zusammen«, tröstete ihn Digle. Was ging ihn die Sache an? Er erhielt zehn Prozent für ein eintägiges Darlehen gegen beste Sicherheiten; alles andere interessierte ihn wenig. »Welche Bank ist es denn?« fragte er, mehr um das Gespräch fortzuführen als aus Interesse.

»Eine Privatbank. Ja, wenn es eine der großen Banken wäre, würde es lange nicht so schlimm ...«

»Eine Privatbank?« Langsam wiederholte Digle die Frage. »Wie heißt sie denn?«

»Das möchte ich lieber verschweigen«, gab der andere zurück.

»Los, machen Sie keinen Unsinn. Wie heißt sie?« Digle war ungeduldig geworden. »Wie heißt die Bank, die sowieso nicht mehr ganz sicher dasteht und außerdem noch um zweihunderttausend Pfund bestohlen wurde?«

»Pollacks Privat-Bank!«

Die Wirkung dieser Antwort war erstaunlich. Wie elektrisiert sprang Digle auf, sein gerötetes Gesicht wurde aschgrau.

»W-a-s?« stotterte er. »Pollacks Bank? Wissen die Leute davon?«

»Nein, nein, bis jetzt noch nicht, aber morgen früh werden sie es merken und, Gott weiß, was dann geschieht. Bankrott wird sie machen müssen. Ich möchte am liebsten hingehen und dem Direktor Bescheid geben. Sie können dann machen, was sie wollen.«

»Das werden Sie schön bleiben lassen«, brüllte ihn Digle an. Er raste zum Pult, entnahm einem Fach ein Scheckbuch und riß seinen Hut vom Kleiderständer.

»Warten Sie hier, bis ich wiederkomme«, rief er heftig. »Ich will Ihr Geld holen gehen.«

Er eilte, so schnell ihn seine kurzen Beine zu tragen vermochten, die Treppe hinab und sprang in das erste Taxi, das ihm begegnete. Zwölf vor drei trat er durch die Drehtür in Pollacks Privat-Bank ein, ein Institut, das bisher alle finanziellen Stürme des Jahrhunderts überdauert hatte. Geradewegs zum Kassenschalter begab sich Digle. Der grauhaarige Kassierer begrüßte ihn mit einem Kopfnicken.

»Wie hoch beläuft sich mein Guthaben?« fragte Digle mit einem Blick auf die Wanduhr.

Nach wenigen Minuten gab ihm der Beamte die erbetene Auskunft:

»Neunundsiebzigtausendachthundertzweiundvierzig Pfund, Sir.«

Ohne ein Wort zu sprechen, füllte Digle einen Scheck aus und reichte ihn dem Kassierer. Dieser warf einen Blick darauf, ohne irgendwelche Überraschung zu verraten.

»Sie wollen Ihr ganzes Guthaben abheben?« fragte er. »Damit wird Ihr Konto geschlossen sein, Sir.«

Digle nickte nur. Was kümmerte es ihn, wenn sein Scheck ausbezahlt worden war, was aus der Bank wurde?

Der Kassierer verließ den Schalter, und Digle wartete. Würde der Bankleiter kommen und ihn bitten, sein Geld auf der Bank zu belassen? Würde man überhaupt noch bezahlen können? Nichts dergleichen geschah. Der Kassierer zählte aus einer dikken Notentasche neunundsiebzig Stück Tausendpfundnoten ab, fügte noch einige kleine Banknoten hinzu, strich Mr. Digles Scheckunterschrift aus und widmete sich weiter seiner früheren Beschäftigung.

Mit zitternder Hand steckte der Verleiher das Geld in seine Tasche. Es war genau zwei Minuten vor drei, als er durch die Drehtür auf die Straße trat. Kaum hatte er den Bürgersteig betreten, als ihn jemand am Arm berührte.

»Ihr Name ist Digle, nicht wahr?« fragte der Unbekannte.

»Ja, so heiße ich.«

»Ich bin Kriminalinspektor Rause von Scotland Yard, Sir. Ich habe einen Haftbefehl gegen Sie wegen Urkundenfälschung. Der

Antragsteller heißt Mary Sinclair, Witwe des Leutnants Edward Sinclair. Sie werden beschuldigt, den Namen des Toten unberechtigterweise unter einen Schuldtitel zu Ihren Gunsten gesetzt zu haben.«

»Was soll das heißen?« Digle war entsetzt. »Diese Beschuldigung ist eine Niedertracht.«

»Wollen Sie mir unauffällig folgen oder nicht?«

»Gewiß werde ich kommen.«

Die beiden stiegen in ein wartendes Taxi. Der Beamte setzte sich dem Gefangenen gegenüber.

»Strecken Sie Ihre Hände aus«, befahl er ihm.

»Ich erhebe Einspruch ...« Ehe Digle noch den Satz beenden konnte, hatten sich um seine Gelenke Handschellen gelegt.

»Wenn Sie eingeliefert werden, können Sie, soviel Sie wollen, protestieren«, meinte der Detektivinspektor lachend. »Ich erfülle nur meine Pflicht.« Er nahm ein Etui heraus und brannte sich eine Zigarette an. Auch seinem Gefangenen bot er eine an. Erst wollte sie Digle ausschlagen, nahm sie aber zuletzt doch.

»Ja, ich verstehe«, gab er nun zu. »Das alles gehört ja bei Ihnen zur Tagesarbeit, nicht wahr? Sie werden aber bald sehen, daß Sie sich geirrt haben.«

Der Beamte hielt ihm ein Streichholz an die Zigarette, und Digle schwelgte im Genuß des duftenden Rauches. Plötzlich glaubte er zu bemerken, daß der Zigarette ein merkwüdiger Geschmack anhaftete.

»Was soll das heißen?« fragte er beklommen.

»Das werden Sie bald wissen«, gab der andere ruhig zurück.

Am selben Abend hörte ein Spaziergänger aus einem Gebüsch am Chisleholm Common ein Stöhnen dringen. Als er der Ursache nachging, stieß er auf einen alten Herrn, der mit verstörtem Gesichtsausdruck um sich starrte. Seine Handgelenke waren gefesselt, seine Taschen völlig leer.

Nur langsam konnte man aus den verwirrten Aussagen des noch immer halb Betäubten klug werden. Aber um diese Zeit befanden sich der Preller – der aufgeregte junge Mann, der Digle im Büro aufgesucht hatte, um dem Bruder zur Flucht zu verhelfen – sowie der Taxichauffeur – Paul – bereits weit vom Schauplatz ihres letzten Streiches.

»Schön«, meinte Anthony. »Ich habe so etwas erwartet.«

Paul nahm die Zeitung, die sein Freund hingelegt hatte, auf und runzelte die Stirn.

»Seit wann bist du unter die Sportsleute gegangen, Anthony?« verwunderte er sich. »Hast du einen Tip gefunden?«

»Ja und nein. Verzeihe die orakelhafte Antwort, Paul, aber wenn du die Schlußzeilen der letzten Spalte des ersten Blattes gelesen haben wirst, wird es dir klarwerden, was ich meine. Mr. Limmerburg ist vor den Jockeyklub-Ausschuß geladen worden, um sich wegen einiger nicht ganz sauberer Manipulationen zu verantworten.«

»Und?«

»Das heißt, daß, wenn dies noch einmal geschieht, Michael Limmerburg keinen Rennplatz mehr beschicken darf. Das ist das einzige, wovor er sich fürchtet. Er hat Ehrgeiz, der junge Mann. Seine Frau trachtet danach, endlich einmal zur Gesellschaft von Maida Vale zugelassen zu werden; außerdem besuchen zwei seiner Jungen ein College, und auch er wird sein Lebensziel erst als erreicht betrachten, wenn er in der Politik soweit ist, daß er eines Tages geadelt wird.«

»Wer ist denn dieser Michael Limmerburg eigentlich, Anthony?« erkundigte sich sein Freund. »Ich weiß natürlich, daß er einen Rennstall besitzt, aber das ist ja schließlich nicht gerade eine Empfehlung für ihn.«

»Limmerburg«, erklärte der Preller, »ist der Besitzer der Firma Mackintosh & Grimstead, der größten Buchmacherfirma in England. Er hat außerdem unter anderen Firmierungen noch ein halbes Dutzend ähnlicher Betriebe. Endlich ist er der Mann, der unter der Maske eines Wohltäters diejenigen schert, die ja nach einem alten Sprichwort nicht alle werden.«

»Sandy nennt das: ›Die Lämmlein scheren‹, nicht wahr?« warf Paul verständnisvoll ein.

»So ist es. Er hat sein Vermögen dadurch erworben, daß er die Unwissenheit der reichen jungen Leute nach Kräften ausnutzte. Man sagt, er sei derjenige, der den jungen Sollson ruiniert hat, obwohl er ein Landsmann von ihm war. Der arme Teufel ist jedoch nur einer unter vielen anderen gewesen.«

»Und was beabsichtigst du gegen ihn zu unternehmen? Willst du ihn von den Rennplätzen verweisen lassen?«

»Nein«, gab der Preller nachdenklich zurück. »So grausam bin ich gar nicht. Aber bist du nicht auch der Ansicht, daß er zuviel Geld hat und daß der Tag gekommen ist, wo wir ihn ein wenig schröpfen könnten?«

Paul nickte. Ohne dem tiefen Nachdenken seines Freundes weiterhin auch nur die geringste Aufmerksamkeit zu widmen, fuhr er mit seinem Patiençespiel fort.

»Kannst du ein Pferd von einem Esel unterscheiden, Paul?« unterbrach ihn plötzlich der Freund.

»Ich schmeichle mir ...«, begann Paul.

»Das brauchst du nicht erst zu erwähnen«, unterbrach ihn der Preller. »Scherz beiseite: Verstehst du etwas von Rennpferden?«

»Ich glaube, doch«, erwiderte Paul ernst, aber um seine Lippen zuckte es verräterisch. »Vielleicht erinnerst du dich daran, daß mein alter Herr früher einen Rennstall besessen hat.«

»Um so besser. Höre gut zu. Du sollst im Land herumreisen und Trainer besuchen, die etwas von einem guten Rennpferd wissen, das man unter der Hand kaufen könnte. Es soll ein wirklich gutes Pferd sein, wenn auch gerade kein Favorit. Der Preis ist Nebensache. Verstehst du, was ich haben will?«

»Ja, ich glaube.«

»Der Gaul muß imstande sein, in etwa Monatsfrist zu einem Rennen zugelassen zu werden. Bleibe bei diesen Nachforschungen mit mir in Fühlung, und ich glaube, ich kann dir allerhand Spaß versprechen.«

Die Auskünfte, die der Preller seinem Freund Paul über Michael Limmerburg gegeben hatte, waren, wenn es darauf ankam, noch weit hinter den wirklichen Tatsachen zurückgeblieben. Limmerburg war das, was man in Rennkreisen als ›Schieber‹ zu bezeichnen pflegt.

Der Mann war groß, ziemlich dick, doch immerhin von stattlichem Äußeren. Bekannt war sein Geschmack, der ihn stets die modernste und passendste Kleidung wählen ließ. Ruhig von Benehmen, offen jedem Menschen gegenüber, genoß dieser ›Buchmacher‹ in allen Kreisen ein Ansehen, wie es nur einem außergewöhnlichen Menschen gezollt wird. Bei allen wichtigeren Rennen war er zugegen, brachte aber seine Wetten selten auf den Rennplätzen selbst an. Nicht allein war er, wie Anthony erwähnt hatte, Besitzer der Buchmacherfirma Mackintosh & Grimstead, sondern besaß auch zahlreiche kleinere Firmen, die Rennwetten auf Kredit annahmen. Aus allen seinen Unternehmungen heimste er ansehnliche Reingewinne ein. Gerade die Mannigfaltigkeit seiner Geschäfte trug dazu bei, ihm das Ansehen, das er genoß, zu verleihen.

Eines Abends wartete er im Manchester Grand Hotel mit seinem stetigen Bewunderer Stinie Moss aufs Essen. Sie schienen einen dritten Teilnehmer zu erwarten, denn Limmerburg zog hin und wieder ungeduldig seine kostbare Uhr. Vor etwa drei Wochen hatte sich der Preller den Plan zurechtgelegt, Mr. Limmerburg ein wenig zu ›prellen‹. Das künftige Opfer war in bester Stimmung.

»Nun, was meinte denn Billy?« fragte er, zum fünftenmal auf seine Uhr blickend.

»Über was denn? Ach so, wegen Billy Boy, wie?«

Limmerburg nickte, und sein Tischgenosse strahlte über das ganze Gesicht.

»Billy Boy?« fragte Stinie verächtlich. »Der Gaul könnte noch mit einer Schildkröte ein Rennen aufnehmen. Du kannst mir's glauben, Michael, dein neuer Freund ist der größte Idiot, der mir jemals vorgekommen ist.«

Tadelnd winkte Limmerburg ab.

»Diesen Ausdruck darfst du niemals gebrauchen, Stinie, mein Junge«, rügte er. »Die Herren, die mit mir verkehren, sind niemals Idioten, merk dir das. Ganz besonders trifft dies auf meinen jungen Freund, Mr. Cannes, zu.« Beide lachten herzlich.

»Warum aber, um Gottes willen, hat er denn überhaupt Billy Boy gekauft, Mike?« erkundigte sich Mr. Moss neugierig. »Beim letzten Rennen, das der Gaul mitmachte, war er doch unter den ›Ferner liefen‹?«

»Ich habe Mr. Cannes zugeredet, das Pferd zu kaufen«, gab Mike Limmerburg zu.

»Und das Geld dazu? Wo hat er das her? Ist es nicht eine Gemeinheit, daß Leute wie er soviel Geld haben, während Kluge, wie wir es sind, immer mit leeren Taschen herumlaufen müssen?«

»Sein Vater in Argentinien scheint sehr reich zu sein«, gab ihm sein Gastgeber Auskunft. »Als er mit mir in Geschäftsverbindung trat, brachte er einen Bankauszug mit, der für fünfzigtausend Pfund gut war.«

»Warum aber einen Gaul wie Billy Boy kaufen? Nicht einen Penny ist er wert. Er hat ein einziges Rennen gewonnen, aber nur weil er gedopt worden war.«

»Pst, Cannes kommt«, flüsterte Limmerburg.

Ein elegant gekleideter, nett aussehender junger Mann schritt auf die beiden Wartenden zu und begrüßte Limmerburg.

»Darf ich Ihnen meinen Freund vorstellen?« fragte der Buchmacher mit einer Geste auf Stinie.

»Servus, Freundchen«, rief Cannes leutselig. »Jeder, der Limmerburgs Freund ist, ist auch der meine.«

»Haben Sie sich die Sache mit Billy Boy schon überlegt«, erkundigte sich Limmerburg, als der junge Mann Platz genommen hatte.

Überrascht starrte ihn Cannes an:

»Billy Boys wegen? Nein. Er befindet sich ja, wie Sie wissen, beim Trainer, und wie mir dieser mitteilte, benimmt er sich recht nett.«

»Hm. Wenn Sie wirklich glauben, daß der Gaul gut ist, würde ich Ihnen raten, auf ihn am Samstag zu setzen.«

»Samstag? Ach ja, es ist ja ein Verlosungsrennen. Glauben Sie, daß er Chancen hat?«

»So gewiß wie das Amen im Gebet. Ich glaube, die anderen Renner werden gegen ihn überhaupt nicht in Frage kommen.«

Nachdenklich kratzte sich der glückliche Besitzer des Wunderpferdes an der Stirn: »Na, na, übertreiben Sie nur nicht. Ich habe die Starterliste nachgesehen, und – verdammt noch einmal – es sind wirklich gute Gäule genannt.« Mr. Cannes schien es zu ergötzen, wenn er seine Sätze mit Flüchen bekräftigen konnte.

»Ach was, die Starterliste will gar nichts besagen«, beruhigte ihn der Buchmacher. »Mit zwei Längen wird er vor den anderen durchs Ziel gehen. Sie wissen ja gar nicht, was für ein Wunderpferd Sie gekauft haben, Mr. Cannes.«

Der junge Mann strahlte.

»Ja, Sie haben recht. Als ich Billy Boy vorige Woche kaufte, sagte ich mir selbst, daß ich da einen verdammt guten Kauf gemacht hätte.«

Limmerburg mußte sich beherrschen, um nicht aufzulachen, aber laut stimmte er seinem Opfer zu. Nach wenigen Minuten beschäftigten sich die Herren mit dem Plan, den Cannes ausgearbeitet hatte, um die Buchmacher ein wenig von ihren überflüssigen Geldern zu erleichtern.

»Sie müssen vermeiden«, riet ihm Michael, »jemand wissen zu lassen, daß Sie auf ihr eigenes Pferd wetten.«

»Aber ... wie soll ich das geheimhalten?« erkundigte sich der Neuling.

»Indem Sie Ihre Gelder telegrafisch bei verschiedenen Buchmachern anlegen. Ich kenne selbst mehr als ein halbes Dutzend Leute, die gern bis zu fünfhundert Pfund Rennwetten telegrafisch annehmen würden. Folgen Sie meinem Rat und schreiben Sie an sie, damit sie gestatten, daß Sie bei ihnen ein Konto eröffnen. Sie können sich ja ausbedingen und bestätigen lassen, daß sie Wetten bis zu fünfhundert Pfund von Ihnen telegrafisch annehmen und ausführen.«

»Das ist ein schlauer Gedanke«, erwiderte der andere nach kurzer Überlegung. »Was mache ich aber, wenn ich gewinne, und die Kerle leugnen ab, daß sie meine Wette angenommen haben?«

»Das können sie doch nicht, denn ich sagte Ihnen ja schon, daß Sie auf Bestätigung bestehen müssen. Kommen Sie, wir wollen ins Schreibzimmer gehen. Dort gebe ich Ihnen meine Adressen, und Sie können die Briefe gleich absenden. Sie brauchen keine Angst um Ihr Geld zu haben, denn die Leute sind alle sichere und wohlbekannte Geschäftsleute.«

»Aber die Starterliste?«

»Zerbrechen Sie sich nicht den Kopf über diese Dinge«, beruhigte ihn Limmerburg. »Das Pferd ›Year Book‹, das so gelobt wird, hat gegen ›Billy Boy‹ überhaupt keine Chancen.«

Den Abend verbrachten sie mit Briefschreiben. Mr. Limmerburg war so entgegenkommend, seinem jungen Freund etwa acht Adressen von Buchmachern zu nennen, die, wie er sagte, sicherlich telegrafische Wetten ausführen und im Gewinnfalle ohne weiteres bezahlen würden. Er mußte es ja wissen, denn er war bei allen von ihnen Mitbesitzer. Mr. Cannes hätte das leicht feststellen können, wenn er sich die Mühe gemacht hätte, im Rennjahrbuch nachzusehen, was er aber nicht tat.

Am selben Abend noch hatte Limmerburg mit seinem Satelliten eine lange Besprechung.

»Year Book ist ein tadelloser Gaul, gegen den Billy Boy überhaupt keine Chancen hat. Als Besitzer ist ein Mr. Robinson genannt. Wer mag der Mann sein?«

Stinie lachte leise.

»Wahrscheinlich genau eine solche Type wie Cannes«, meinte er. »Er hat mehr Geld, als er ausgeben kann. Sein Vater war in der Automobilbranche und hat sich gleichfalls dem Rennsport gewidmet.«

»Können wir ihn kaufen?« fragte Limmerburg nachdenklich.

»Für ein Butterbrot«, bekräftigte Stinie Moss. »Er wohnt hier im Hotel und hat, soviel ich weiß, unter den Rennleuten wenig Bekannte. Wenn du willst, rede ich mit ihm.«

»Nein, das werde ich selbst besorgen.«

Ja, Mr. Robinson befand sich, wie der Portier auf Limmerburgs Frage mitteilte, in seinem Zimmer. Dem Mutigen gehört die Welt. Der Buchmacher beschloß, den Stier bei den Hörnern zu fassen. Er fand Mr. Robinson im eleganten Schlafrock, im Lehnstuhl seines Schlafzimmers, vor sich ein Buch, im Mund eine Pfeife.

»Entschuldigen Sie, wenn ich stören sollte, Mr. Robinson«, bat der späte Besucher. »Ich heiße Limmerburg. Sie werden von mir gehört haben, nicht wahr? Meine Buchmachergeschäfte sind ziemlich ausgedehnt.«

»Ja, ich habe von Ihnen gehört. Setzen Sie sich doch, bitte. Womit kann ich Ihnen dienen?«

»Ich befinde mich in einer prekären Lage, Mr. Robinson. Sie lassen am Samstag ein Pferd laufen, nicht wahr?«

»Ja, meinen Year Book. Ich glaube, er wird der Sieger werden.«

»Nun«, Mr. Limmerburg nahm den feierlichen Ton eines Predigers an, »dann will ich Ihnen mitteilen, daß einer meiner nettesten jungen Freunde ruiniert sein wird.«

Mr. Paul Robinson riß erstaunt seine Augen auf.

»Wie meinen Sie das?« fragte er verwundert.

»Ich werde Ihnen das erklären«, erwiderte der Besucher, der ein glänzender Lügner war. »Mr. Cannes – der junge Freund, von dem ich sprach – hat sein Pferd Billy Boy eintragen lassen. Bitte, reden Sie niemand gegenüber davon, Sir.«

»Unsere Unterredung betrachte ich als streng vertraulich.«

»Mr. Cannes hat bisher sehr schwere finanzielle Verluste erlitten, Mr. Robinson. Er will nun sein ganzes Geld auf Billy Boy setzen, um ein für alle Male den Kopf freizubekommen. Das einzige Pferd, das wirklich ein Gegner für das seine wäre, ist Year Book.«

Mr. Paul Robinson schien nachzudenken.

»Nun, dann lasse ich eben mein Pferd nicht laufen«, entschloß er sich. »Es ist ja noch in mehreren Rennen eingetragen und wird wohl eines davon gewinnen. Welches, ist ja gleichgültig.«

Mr. Limmerburg schüttelte abwehrend den Kopf.

»Nein, das geht nicht, Sir«, widersprach er. »Ich wollte Ihnen – bitte, nehmen Sie meinen Vorschlag nicht übel – raten, Year Book zwar laufen zu lassen, aber so, daß er . . .«

». . . . verliert«, vollendete der andere den Satz. »Na, das ließe sich vielleicht machen, das heißt: gegen eine Vergütung.«

Diese Worte verschlugen dem erstaunten Limmerburg den Atem. Er hatte beabsichtigt, bei diesem Mr. Robinson seine rührseligsten Akkorde anzuschlagen, und fand zu seinem Erstaunen, daß der junge Pferdebesitzer nicht ganz so jung und unerfahren war, wie er aussah. Limmerburg hatte schon vieles erlebt, aber eine derartig offen zur Schau getragene Skrupellosigkeit war ihm noch nicht vorgekommen. Er lachte.

»Na, darüber werden wir uns nicht in die Haare geraten«, beschied er den anderen. »Genügen Ihnen hundert Pfund?«

»Nein; fünfhundert sofort bar auf den Tisch, und Year Book ist für das Samstagrennen tot und begraben.«

Der Blick, mit dem Limmerburg den Hausherrn musterte, wurde immer bewundernder. Er zog seine Brieftasche und zählte fünf Einhundert-Pfund-Noten auf den Tisch.

»Sie sind mir ein feiner Ganove«, meinte er.

»Möglich«, gab der andere offen zu. »Wollen Sie ein Gläschen mit mir trinken?«

Limmerburg nahm an, um einige Minuten später Mr. Stinie Moss aufzusuchen.

»Alles in Butter, Stinie. Es bedurfte keiner langen Überredungskünste; ich habe die Sache geregelt. Er wollte sein Pferd gar nicht laufen lassen, aber das hätte uns nichts genützt. Jetzt werden wir gegen Year Book wetten.«

»Dann wird es mit seiner Favoritenherrlichkeit bald vorbei sein«, prophezeite Stinie und hatte sich, wie die Ereignisse bewiesen, nicht getäuscht. Der Renntag war für Mr. Limmerburg eine Goldquelle geworden. Zwischen zwei Rennen sah er den aufgeregten Mr. Cannes auf sich zukommen, der aus dem Telegrafenamt herausgetreten war.

»Alles fein, fein«, meinte der junge Mann, unterdrückten Jubel in seiner Stimme. »Alle die Leute, an die ich auf Ihren Rat hin geschrieben hatte, haben meine Wetten angenommen und bestätigt. Viertausend Pfund im ganzen.«

»Bravo. Vergessen Sie nur nicht Ihre alten Freunde, wenn Sie gewinnen.«

»Nie werde ich das tun«, versprach der Glückliche. »Sie haben mir einen großen Gefallen erwiesen, und ich bin nicht undankbar. Glauben Sie, daß ich mich auf meine Buchmacher verlassen kann?«

»Zweifellos. Kommen Sie, wir wollen uns das Rennen ansehen.«

»Sie glauben doch nicht, daß Year Book gewinnt?«

»Nein.« Limmerburg glaubte bestimmt zu wissen, daß er die Wahrheit sprach, denn er hatte ja ein Vermögen gegen das Pferd gesetzt. Schon hatten die Rennbahnbesucher Lunte gerochen, und Year Book war nicht mehr der Favorit, der er bisher gewesen war. Man konnte Wetten mit 5:1 anbringen, während noch heute morgen solche mit 1:2 nur mit Achselzucken entgegengenommen worden waren.

Merkwürdig genug: Trotz aller Zweifel in die Qualität Year Books konnte man auf Cannes' Favoriten Billy Boy Wetten so hoch wie zwanzig und dreißig zu eins abschließen.

Die Pferde kamen gut ab. Das rotweiße Jackett, das Year Books Jockey trug, stand in Front und verlor den Platz nicht mehr. Billy Boy hatte den Platz inne, den Limmerburg ihm vorausgesagt hatte: den letzten.

Immer noch den Blick auf den weitausgreifenden Year Book gerichtet, wandte sich der Buchmacher an Stinie.

»Year Book läuft mir zu gut«, sagte er, ohne seine Besorgnis zu verbergen.

»Er wird gleich zurückfallen«, tröstete ihn sein Freund. »Harrogate macht das Rennen.«

Aber Year Book fiel nicht zurück. In der Kurve war er immer noch erster und setzte auch seinen weiteren Weg wie eine gutgeölte Maschine fort. Mit vier Längen ging er als Sieger durchs Ziel.

Die Ausdrücke, mit denen Limmerburg den glücklichen Besitzer des Favoriten belegte, waren einigermaßen unparlamentarisch.

»Er hat uns ›geschoben‹. Na, das macht schließlich nichts. Wir machen unseren Verlust an Billy Boy wieder gut. Hier kommt das Kamel, das auf ihn gesetzt hat.«

›Das Kamel‹ war Mr. Cannes, der sich eben durch das Gedränge seinen Weg suchte.

»Dabei macht er noch ein ziemlich freudiges Gesicht«, verwunderte sich Stinie.

»Ja, wir müssen ihn noch mehr zur Ader lassen«, stimmte

Limmerburg zu. »'n Tag, Mr. Cannes! Schade, Sie haben Pech gehabt!«

»Meinen Sie Billy Boys wegen?«

»Natürlich. Ich dachte bestimmt, daß er gewinnen würde.«

»Ich nicht«, gab der erstaunliche Mr. Cannes zur Antwort.

»Sie nicht?« Limmerburg war überrascht.

»Ganz und gar nicht. Ich wußte, daß er Letzter werden würde. Er ist es ja auch geworden, nicht wahr?«

Ein furchtbarer Gedanke tauchte in Limmerburg auf.

»Auf welches Pferd hatten Sie denn eigentlich gewettet?« fragte er, gespannt der Antwort harrend.

»Auf Year Book natürlich. Ich konnte viertausend Pfund auf ihn placieren«, gab Cannes, faunisch lächelnd, zurück. »Lauter verläßliche Buchmacherfirmen, Mr. Limmerburg; alles bei Leuten, die mit Ihnen arbeiten.«

Limmerburg schien einem Schlaganfall nahe zu sein.

»Erwarten Sie wirklich, daß Sie Ihre Gewinne ausbezahlt bekommen?« fragte er höhnisch, als er sich ein wenig von seinem Schrecken erholt hatte.

»Natürlich, was glauben Sie denn?« gab der junge Mann voller Vertrauen zurück. »Ich weiß, daß ich mein Geld bekomme, denn ich bin überzeugt, daß Sie kaum den Wunsch hegen werden, wieder vor dem Jockeyklub-Ausschuß zu erscheinen. Wenigstens in den nächsten Jahren nicht.«

Mr. Limmerburg antwortete nicht, sondern schluckte nur krampfhaft.

Später am Tag beichtete er seinem Bundesgenossen Stinie.

»Moss«, jammerte er. »Wir sind behackt worden, und ich muß die Medizin schlucken, ob ich will oder nicht. Die beiden jungen« –, er gebrauchte eine nicht druckfähige Bezeichnung – »haben bestimmt zusammengearbeitet. Der eine hat bare fünfhundert Pfund ergaunert, und der andere, mein Gott, beinahe zwanzigtausend Pfund.«

»Warum aber willst du denn bezahlen?« wollte Stinie wissen.

»Sei doch kein Esel. Ich habe genug von dem einen Mal, wo mich die Ausschußmitglieder vor ihr Gericht zitierten. Ich habe zwei Jungens auf der Schule, und meine Frau soll nächste Woche der Königin vorgestellt werden. Wenn ich nur wüßte, wer die beiden Halunken sind.«

Er erfuhr es niemals. Der Preller hatte seine und Pauls Identität zu gut unter der Maske zweier Grünlinge verborgen.

Mrs. Millicent K. Yonker hieß die unmäßig reiche Dame, die 496 Fortman Square wohnte und das Palais des Earl von Brandsham gemietet hatte. Sie besaß einen großen Automobilpark, eine Loge in der Königlichen Oper und nannte alle die anderen Kleinigkeiten ihr eigen, die dazu dienen, das Leben einer Frau zu verschönen. Ihre Freunde kannten sie jedoch unter dem Namen ›Milwaukee Meg‹ als die beste Bauernfängerin, die je in den USA ihr Unwesen getrieben hatte. Sie war eine schlanke, recht ansehnliche junge Person mit hübschen, vielleicht etwas zu hellen Augen und reichem, rotgoldenem Haar.

Sie saß gerade in ihrem künstlerisch ausgestatteten Boudoir, als sich ein junger Mann bei ihr melden ließ. Mit sachverständigen Augen musterte er die wundervolle Perlenkette, die den schlanken Hals der Hausherrin umschloß, warf abschätzende Blicke auf die kostbaren Brillantringe, die ihre Finger schmückten, und musterte mit Kenneraugen die liebreizende Gestalt der Dame.

»Mr. Anthony Smith?« fragte sie. »Sie sind Berichterstatter des ›Daily Megaphone‹, nicht wahr?«

Sie sprach mit dem breiten amerikanischen Akzent. Der Besucher verbeugte sich, und Mrs. Yonker fuhr fort:

»Sie wollten mich wegen des Wohltätigkeitsbasars interviewen, den ich zu veranstalten beabsichtige?«

»Nein, eigentlich nicht. Es handelt sich mehr um Mr. Seton Kerriman, über den ich von Ihnen einige Auskünfte zu erhalten wünsche, Mrs. Yonker«, gab der Reporter zurück.

Falls er geglaubt hatte, die Dame würde bei Nennung des Namens erschrecken oder gar erblassen, so hatte er sich getäuscht. Sie beschränkte sich auf ein leichtes Stirnrunzeln.

»Mr. Seton Kerriman?« wiederholte sie nachdenklich. »Der Name klingt mir bekannt.«

»Es ist der Herr, der sich gestern im ›High Cross‹ Hotel erschoß«, half ihr Anthony Smith auf die Sprünge.

»Entsetzlich! Warum aber kommen Sie zu mir? Ich kenne ihn doch gar nicht.«

»Doch, ich glaube, ja. Darf ich mich setzen?«

Sie nickte zustimmend.

»Wie kommen Sie auf die Idee, daß mir der Mann bekannt war?« erkundigte sie sich.

»Weil ich weiß, daß er vor drei Tagen mit Ihnen speiste, und mir weiter bekannt ist, daß Sie vorige Woche mit ihm zusammen das Theater besuchten und er nur deshalb von Leicester nach London kam, um Ihnen, damit Sie schweigen, fünftausend Pfund in bar auf den Tisch zu zahlen.«

Wieder nur ein leichtes Stirnrunzeln.

»Damit ich schweige?« fragte Mrs. Yonker verwundert. »Das klingt recht romantisch.« Die Ironie war unverkennbar. »Schweigegeld? Weswegen denn, Mr. Smith?«

»Weil Sie durch Ihre Leute ausfindig gemacht hatten, daß der unglückselige junge Mann in Südafrika im Zuchthaus gesessen hatte. Das war, ehe er die Hinterlassenschaft seines Onkels antrat. Seit drei Jahren zahlte er Ihnen ein jährliches Schweigegeld von fünftausend Pfund, fällig jeweils am 21. Juni. Zum Selbstmord wurde er durch Ihre kürzlich an ihn gestellte Forderung von fünfundzwanzigtausend Pfund getrieben.«

Sie zuckte nicht einmal zusammen, als sie diese wuchtigen Anschuldigungen hörte. Mit einem leichten Lächeln des Spottes musterte sie ihn.

»Klug, sehr klug«, murmelte sie. »Wie ist es Ihnen denn gelungen, das alles herauszubekommen?«

»Das hat ja mit der Sache selbst nichts zu tun«, wies Anthony die Frage zurück.

»Jetzt hören Sie mir mal gut zu.« Ihre Wangen röteten sich leicht. »In London treibt sich seit einiger Zeit ein Gauner herum, der die Ganoven um die Früchte ihrer Arbeit prellt. Man kennt ihn unter der Bezeichnung ›Preller‹. Haben Sie schon etwas von ihm gehört?«

»Jawohl.«

Sie spielte mit ihrem Spitzenkragen und fuhr fort, ohne Anthony auch nur einen Blick zuzuwerfen:

»Sein Beruf besteht darin, daß er arme Gauner, die endlich einmal einen Coup gelandet haben, beschwindelt und hereinlegt. Glauben Sie nicht, daß es begreiflich wäre, wenn er seine Tätigkeit nunmehr auch auf – hm – Erpresser ausdehnt?« Sie blickte ihn starr an: »Ich meine, Erpresser zu erpressen versucht?« Er antwortete nicht. »Nun?« fragte sie.

Jetzt erst lächelte er. – »Zwanzigtausend Pfund Schweigegeld, Mrs. Yonker«, sagte er. Sie nickte.

»Dachte ich es mir doch!« Lachend schritt sie ihrem Pult zu. »Mein lieber, guter Preller«, sagte sie und wandte ihm ihr Gesicht zu. »Sie halten mich für klug genug, das viele Geld zu verdienen, das Sie vorhin erwähnten ... Und ich sollte mich von einem Fremden, mit dem ich das erstemal in meinem Leben zusammenkomme, so ins Bockshorn jagen lassen?«

Anthony stimmte in ihr Lachen ein.

»Im Gegenteil, Mrs. Yonker«, erwiderte er. »Ich halte Sie für eine sehr vorsichtige Person. Hinter jener Tür dort« – er wies auf eine durch einen Vorhang verhüllte Öffnung in der einen Wand – »wartet Mr. van Deahy, einer Ihrer privaten Beschützer. Durch klug versteckte Gucklöcher beobachtet uns ein zweiter Wächter, Mr. Thomas Sethern, ebenfalls bei Ihnen in Lohn und Brot.«

»Wirklich wunderbar, wie Sie das erraten haben«, spottete sie. »Aber ich bin über Ihre Kenntnisse gar nicht so überrascht, wie Sie zu glauben scheinen. Ich wußte, daß ein Mann, der einen Ruf wie Sie genießt, sich über die Lage der Dinge vorher eingehendst unterrichten würde.« Sie öffnete ein auf dem Rauchtisch liegendes Etui, brannte sich eine Zigarette an und bot auch ihm eine Zigarette an.

»Sie könnten doch eigentlich mit uns zusammenarbeiten«, schlug sie vor.

»Ich muß leider verzichten«, gab er ironisch zurück. Er schob das Etui zur Seite. »Dieser Verzicht erstreckt sich sowohl auf Ihr Angebot der Mitarbeit als auch auf die präparierte Zigarette, die Sie mir eben anboten. Mich interessiert für den Augenblick mehr Ihre Entscheidung über das Schweigegeld.«

»Darauf kann ich Ihnen sofort Antwort geben«, meinte sie. »Sie werden es nicht bekommen.«

Ein leises Klopfen drang an Anthonys Ohr. Es kam aus der Richtung des Vorhangs, auf den er die Hausherrin hingewiesen hatte.

»Ich werde mich mit meinen Freunden beratschlagen«, erklärte nun Mrs. Yonker, die ebenfalls das Klopfen gehört zu haben schien. »Wie Sie vorhin ganz richtig bemerkten, befindet sich jemand im Nebenzimmer.«

Anthony verbeugte sich, und Mrs. Yonker verließ ohne ein weiteres Wort den Raum. Sie blieb nur kurz weg.

»Mein Freund stimmt Ihrem Verlangen zu, Mr. Preller«, sagte sie. »Er glaubt zwar, daß die verlangte Summe unverschämt hoch ist, will sie Ihnen aber trotzdem bezahlen, wenn er eine Garantie haben kann, daß Sie uns in Ruhe lassen werden.«

»Diese Bürgschaft werde ich Ihnen wohl kaum geben können«, erklärte der Besucher. »Im Gegenteil, ich muß Sie bitten, England auf dem allerschnellsten Wege zu verlassen. Das Geld, das Sie mir zu geben haben, ist eigentlich der Kaufpreis für Ihre Freiheit und nichts weiter.«

»Gut. Kommen Sie heute abend um acht Uhr wieder. Nein, wir haben nicht so viel Geld im Haus, denn, wie Sie sich denken können, haben wir Angst vor ungebetenen Abnehmern.« Sie erhob sich. »Also um acht Uhr.«

Anthony verließ das Haus nicht so ruhig, wie er es vor kurzer Zeit betreten hatte. Die Bereitwilligkeit Mrs. Yonkers, ihm den Betrag von zwanzigtausend Pfund zu bezahlen, beunruhigte ihn. Als er das Hotel erreichte, beriet er sich mit Paul, der ihn erwartet hatte.

»Die ganze Sache ging viel zu glatt«, meinte er. »Sie hat noch irgendeinen Trumpf in der Hand.«

»Ich glaube, in diesem besonderen Fall hast du es an Diplomatie fehlen lassen«, erklärte Paul mit leichtem Vorwurf. »Du entdeckst eine Erpresserbande, und statt ihr mit allen deinen Künsten zu Leibe zu rücken, eröffnest du den Angriff ohne jede Vorsichtsmaßregel. Hältst du Mrs. Yonker für so dumm, daß sie auf den ersten Anhieb klein beigibt?«

Anthony schüttelte verneinend den Kopf.

»Mit der Art Frauen, zu denen sie gehört, kannst du nur etwas auf direktem Wege erreichen, Paul«, gab er zu bedenken. »Der Aufbau ihrer Bande ist so vollkommen wie nur möglich. Ihr Aufklärungsdienst ist organisiert wie kein zweiter. Mich hat sie ja auch sofort erkannt. Auf welche Weise, entzieht sich natürlich meiner Kenntnis.«

Nachdenklich schritt er im Zimmer auf und ab.

»Diesmal habe ich eine Aufgabe«, fuhr er fort, »die anscheinend nicht so leicht zu lösen ist wie sonst. Milwaukee Meg, alias Mrs. Yonker, befaßt sich ja nicht nur mit Erpressungen, sondern hat auch mit der Seltzerbande zu tun.«

»Wie kommst du auf diesen Gedanken?« fragte Paul überrascht. »Ich glaubte bisher, die Seltzerbande befasse sich nur mit Banknotenfälschungen und arbeite auf eigene Faust. Meiner Meinung nach würde Meg kaum so sorglos vorgehen, wenn das, was du vermutest, der Fall wäre. Die Polizei ist ja den Seltzers scharf auf den Fersen. Deshalb wolltest du ja auch mit jener Gesellschaft nichts zu tun haben, Anthony!«

»Das stimmt«, gab der andere zu. »Du weißt, daß es zu meinen unverbrüchlichen Regeln gehört, niemals eine Bande zu neppen, hinter der die Polizei her ist. Es könnte mir sonst passieren, daß ich mit den Verfolgten zusammen ins Netz gerate. Nein, nein«, sagte er nachdenklich, »die Sache ging mir zu glatt. Macht euch fertig, heute abend zu rücken! Gib Sandy Bescheid, daß er mit dem großen Wolseley-Wagen an der Ecke des Fortman Square wartet. Du bleibst bei ihm und paßt auf, für den Fall, daß irgend etwas Unvorhergesehenes passiert. Ich werde meinen Revolver mitnehmen, sicher ist sicher.«

Man ließ den Preller ohne weiteres bei Mrs. Yonker vor. Sie begrüßte ihn mit einem Lächeln. Bei seinem Eintritt erhob sie sich von der Chaiselongue, auf der sie gelegen hatte.

»Nun?« Sie blickte an ihrem Besucher vorbei, und als er der Richtung ihrer Blicke folgte, sah er auf dem Tisch einen Stapel Banknoten liegen. »Dort liegt Ihr Raub, Sie – Gauner!«

Anthony warf einen Blick auf die Bündel.

»Hoffentlich sind es echte«, sagte er anzüglich.

»Hatten Sie etwas anderes erwartet?«

»Eigentlich ja. Ich glaubte, Sie wollten mir einige Muster der Künstlerschaft von Seltzers Bande andrehen.«

Sie schien seine Worte als guten Witz zu betrachten.

»Zählen Sie die Banknoten«, bat sie. »Ich will sie Ihnen gern zusammenpacken, wenn Sie fertig sind.«

Sobald er die Banknoten gezählt hatte, nahm sie sie ihm ab und packte sie in ein großes Kuvert, dessen Klappe sie zuklebte.

Anthony streckte schon seine Hand nach dem Umschlag aus, als ihn eine schrille Stimme aufhorchen ließ.

»Hände hoch!«

Betroffen wandte sich Anthony um. Ohne daß Mrs. Yonker es bemerkt hatte, hielt er schon seinen Revolver in der Rechten. Das Zimmer war leer, nur das Schnattern eines in der Zimmerecke untergebrachten Papageis belehrte den Preller, von wem der Zuruf stammte. Das Lachen der Hausherrin setzte Anthony einigermaßen in Verlegenheit.

»Sie fürchten sich doch nicht etwa vor einem Papagei?«

»Das war nicht die Stimme des Vogels«, gab er zurück. Er steckte den Umschlag mit den Banknoten in seine Tasche.

»Die arme Polly«, meinte sie lachend. »Sie würde stolz sein, wenn sie wüßte, daß sie den großen Preller ins Bockshorn gejagt hat. Stecken Sie ruhig Ihren Revolver ein, mein lieber Freund.«

»Ich ziehe vor, ihn schußbereit zu haben.«

Erst als die Tür hinter ihm ins Schloß fiel, steckte er die Waffe wieder ein. Als er die Treppe zur Straße hinunterschritt, sah er eine Anzahl Männer auf das Haus zukommen; ein uniformierter Polizist befand sich unter ihnen.

Das also war die Falle, die man für ihn vorbereitet hatte! Ein Lichtschein traf sein Auge. Er stammte von Pauls Taschenlampe und machte ihn auf die drohende Gefahr aufmerksam. Der erste der Männer streckte schon seine Hand nach Anthony aus. Anthony bückte sich rasch, und dadurch entkam er seinem Häscher. Ohne sich auch nur ein einziges Mal umzusehen, raste der Preller der Straßenecke zu, wo er seinen Wagen wußte. Von allen Seiten erklangen die Pfeifensignale der überlisteten Polizeibeamten. Im selben Augenblick erreichte Anthony das Auto, an dessen Steuer ihn Sandy startbereit erwartete. Paul hielt die Tür offen, und wenige Augenblicke später raste der Wagen die Oxford Street entlang, dem Soho Square und der Charing Cross Road zu.

»Bieg links ein, Sandy«, befahl Anthony. »Es wird eine Zeitlang dauern, ehe das Überfallkommando unterwegs ist. Wenn wir Glück haben, wird es uns gelingen, aufs Land hinauszugelangen.«

»Hast du das Geld?« erkundigte sich Paul.

»Ja, hier ist es.«

Er zog es aus der Tasche und zeigte seinem Verbündeten den Umschlag. Als er das Geld wegstecken wollte und versuchte, das Kuvert zu falten, stieß er auf Widerstand. Er riß den Umschlag auf. Beim Licht der Taschenlampe erkannte er das Hindernis und pfiff überrascht vor sich hin.

Zwei Tage später speiste Mrs. Yonker, alias Milwaukee Meg, mit ihrem Verbündeten Mr. van Deahy. Die Mienen der beiden waren finster.

»Es hat nicht geklappt, Meg«, meinte van Deahy.

»Was willst du damit sagen?«

»Nun, du hattest die Gelegenheit, dem Preller das Handwerk zu legen und gleichzeitig die Polizei von Seltzers Spur abzulenken. Folge mir, Meg, und schaffe Adolph Seltzer so schnell wie möglich aus England heraus. Laß überhaupt die Banknotenfälscherei vorläufig bleiben.«

»Seltzer ist schon weg. Ich werde mich auch nicht mehr mit seinen Sachen befassen«, gab Meg zurück. »Aber daß mir der

Preller durchgeschlüpft ist, paßt mir gar nicht. Ich glaubte, ich hätte ihn sicher. Als du ›Hände hoch‹ brülltest, vertauschte ich die Umschläge, und er steckte den seinen in die Tasche, ohne zu wissen, daß er genügend falsche Banknoten mit sich trug, um dafür zehn Jahre Zuchthaus zu bekommen. Um ganz sicher zu gehen, hatte ich ihm noch eine Druckplatte der Seltzers mit eingepackt. Ich kann nicht verstehen, daß die Polizei ihn entkommen ließ. Hast du wirklich rechtzeitig angerufen?«

Van Deahy nickte.

»Er hat eben Schwein gehabt und ist durchgerutscht. Nimm dich in acht vor ihm, Meg, er wird versuchen, sich zu revanchieren.«

Sie lachte und warf einen Blick auf ihre juwelengeschmückte Armbanduhr.

»Wenn wir uns nicht beeilen, werden wir die Ouvertüre versäumen«, meinte sie. Dann zeigte sie ihrem Gast ein herrliches Handtäschchen, wie es Damen der ersten Gesellschaft im Theater zu tragen pflegen.

»Donnerwetter!« staunte er. »Wo hast du denn das her?«

»Ein unbekannter Bewunderer hat es mir zugeschickt. Es muß einige hundert Pfund gekostet haben. Sieh dir nur das Diamantenschloß an!« Sie öffnete die Tasche und zeigte ihm das Innere der Tasche: »Und dieser Spiegel! Ist er nicht herrlich?«

Van Deahy zahlte, und die beiden traten ins Vestibül hinaus. Die Vorstellung schien schon begonnen zu haben, denn das Vestibül war leer. Nur drei Herren standen vor der Tür. Als Mrs. Yonker erschien, traten sie auf sie zu.

»Entschuldigen Sie, meine Dame«, redete sie der eine an. »Ich bin Inspektor Colforth von Scotland Yard. Wir haben einen Brief bekommen, wonach Sie mit der Seltzerbande in Verbindung stehen. Der eine der Seltzers wurde heute in Dover verhaftet.«

Nicht ein Wimperzucken verriet die Gefühle Megs. Sie sah ihn mit großen Augen an.

»Das ist Unsinn, was Sie da gegen mich vorbringen«, sagte sie.

»Die Denunziation gibt weiter an, daß Sie gefälschte Banknoten mit sich herumtrügen.« Er wies auf die Handtasche: »Und zwar wurde berichtet, daß Sie die Noten in diesem Täschchen verborgen hätten. Außerdem soll sich auch eine Druckplatte der Noten in der Tasche befinden, versteckt hinter einem Spiegelchen.«

Sie nahmen ihr die Tasche weg und fanden die beschriebenen Gegenstände.

Ohne mit der Wimper zu zucken, hörte sich Milwaukee Meg einige Wochen später das Urteil an, das der Schwurgerichtsvorsitzende über sie sprach. Erst als sie abgeführt wurde, um die verhängte Zuchthausstrafe anzutreten, ließ sie eine Bemerkung fallen, die den meisten im Saal Anwesenden ein Rätsel war.

»Mit dem Preller werde ich abrechnen, sobald ich herauskomme«, hatte sie laut und ungeniert gesagt.

»Viel Spaß dabei, geliebte Freundin«, gab Anthony zurück und erhob sich von dem Sitzplatz, den er im Saal während der Verhandlung innegehabt hatte.

Wie ein Fuchs in die Falle ging

»Die Wohnung Mr. Heimers, 940 Parkside, Wimbledon, wurde gestern von einem Einbrecher heimgesucht. Schmuckstücke im Wert von etwa viertausend Pfund Sterling werden vermißt. Die Polizei ist der Meinung, daß auch dieses Verbrechen auf einen Einbrecher zurückgeführt werden muß, der in Diebeskreisen unter dem Spitznamen ›Der Löwenzahn‹ bekannt ist. Das ist der siebente Einbruch in einem einzigen Monat. Die Methoden des Einbrechers waren in allen gemeldeten Fällen die gleichen. Er dringt ein, während die Hausbewohner beim Essen sitzen ... und so weiter und so weiter.«

»Und was sollen diese ›und so weiter‹ besagen?« erkundigte sich Paul, als Anthony die Vorlesung unterbrach.

»Nicht viel«, erwiderte der Preller. »Was hältst du von der Sache?«

»Meinst du, von den Einbrüchen oder von Mr. ›Löwenzahn‹ selbst? Nun, ich glaube, daß er ein sehr schlauer Fuchs ist. Das einzige, was mir bei seinen Methoden auf die Nerven fällt, ist die Gewohnheit, irgendeinem unglücklichen Dienstmädchen, das ihm bei seiner Arbeit über den Weg läuft, eins mit einem Knüppel zu versetzen.«

»Ja, klug ist er, gleichzeitig aber auch brutal«, meinte Anthony nachdenklich. »Diese Brutalität bezeugt, daß er kein sehr intelligenter Mensch sein kann, Paul. Nebenbei gesagt, stimmt das, was die Zeitung angibt, nicht ganz. Nicht der siebente, sondern bereits der neunte Einbruch kommt auf sein Konto. In allen Fällen, die ich von Anfang an verfolgt habe, ist sein Trick, sein Köder, derselbe.«

»Ein Köder?« Paul war offensichtlich überrascht. »Deshalb also hast du dich mit einer solchen Ausdauer in die alten Zeitungen vertieft?«

Anthony nickte. Seit drei Tagen hatte er mit einer Sorgfalt, die einer wichtigeren Sache würdig gewesen wäre, alle Zeitungen durchgelesen, die seit Monatsfrist erschienen waren.

»Merkwürdige Dinge sind mir aufgefallen«, fuhr er fort. »Jedesmal, wenn ein Einbruch gemeldet wurde, fand sich in den einige Tage früher erschienenen Tageszeitungen in der ›Gesellschaftsrubrik‹ eine kleine Notiz mit der Mitteilung, daß Mr. und Mrs. Soundso an dem und dem Tag in ihrer Wohnung dort und dort eine Gesellschaft, einen Tanztee oder sonst etwas Ähnliches veranstalten würden. Vorige Woche brachte der ›Daily Megaphone‹ etwas von einer demnächst bei Mr. Heimer stattfindenden Gesellschaft und erwähnte dabei die wunderbare Smaragdsammlung, die der Gastgeber sein eigen nennt, oder vielmehr bis gestern abend nannte.«

»Und welche Gedankengänge löste diese Kenntnis bei dir aus?«

»Verschiedene. Der eine betrifft die Geistesverfassung des Einbrechers. Er scheint ein vorzüglicher Psychologe zu sein, der mit der Eitelkeit seiner begüterten Mitbürger rechnet und sie sich zunutze macht. Er geht von dem sehr richtigen Standpunkt aus, daß ein Mensch, der sich seines Vermögens brüstet, auch ein leichtsinniger Hüter seiner Schätze sein müsse. Hast du jemals gelesen, daß sich die Rothschilds oder die Vanderbilts über die Größe ihrer Vermögen interviewen lassen? Nein, bestimmt nicht. Sie werden demzufolge auch nicht beraubt werden. Andererseits gibt es eine gewisse Menschenklasse, meist sind es Neureiche, die es sich nicht verkneifen können, täglich der staunenden Welt zu verkünden, daß sie soundso viel Geld oder wertvolle Juwelen im Haus liegen haben. Auf dieser Linie arbeitet unser Mr. Löwenzahn. Ich habe herausgefunden, daß bei allen Einbrüchen gerade die Stücke aus den Schätzen der Bestohlenen fehlen, die einige Tage vorher von den Opfern den Berichterstattern gegenüber als besonders wertvoll erwähnt worden waren. Nur die Sachen, die herumlagen und ohne besondere Mühe greifbar waren, hat er mitgenommen. Du weißt ja, daß es leichter ist, dem Verwalter eines Kunstmuseums Uhr und Kette zu klauen als das in seiner Verwahrung befindliche Königsszepter von 1490. Auf dieses konzentriert sich die Aufmerksamkeit des berufenen Hüters, während er den Diebstahl seiner eigenen Schmuckstücke gar nicht in Erwägung ziehen und deshalb auch nicht merken würde, ehe es zu spät ist.«

Anthony schwieg. Nachdenklich klopfte er taktmäßig auf die Lehne seines Klubsessels.

»Ich habe aber auch noch andere Theorien, doch von ihnen will ich später sprechen. Weißt du, daß ich die größte Lust hätte, mit unserem Mr. Löwenzahn einen Gang zu wagen? Gewiß, man würde ein Anlagekapital brauchen, aber der Versuch wäre das Geld wert. Gib mir mal die Zeitung! Danke! Hier sind die Inserate; sieh bitte einmal nach, ob du ein passendes Haus, möbliert und in der Nähe von Ascot gelegen, inseriert finden kannst. Etwa fünfzehn bis sechzehn Pfund wöchentlich Miete wäre mir nicht zu hoch. Die Dienerschaft muß aber mitgemietet werden können. Ich stelle mich dir hiermit als Mr. Machilatos, einen reichen griechischen Sonderling, vor. Sandy wird mich begleiten, während du zu meiner Verfügung stehen wirst. Du wirst dem neu zu gründenden Haushalt also nicht angehören, das heißt, daß . . .«

». . . ich in einem kleinen, obskuren Hotel wohnen und mit allen möglichen Leuten die Gewinnchancen der Ascot-Rennen besprechen soll, nicht wahr?« vervollständigte Paul den Satz und verzog sein Gesicht zu einer schmerzlichen Grimasse.

»Du wirst aber wenigstens die innere Befriedigung empfinden, daß die Leute, mit denen du dich unterhalten wirst, keine Ahnung haben, wer und was du bist. Darin bist du ihnen gegenüber im Vorteil, denn du weißt, wer sie sind«, gab der Preller zurück.

In der Zeitung waren drei Inserate, die für Anthonys Zweck in Frage kamen. Ein Haus in Bagshott und eines in der Nähe von Goodwood schienen passend. An die Vermieter oder deren Agenten sandte Anthony noch am selben Abend Telegramme.

Beim Abendbrot sagte er zu Paul:

»Du, höre, dieser Agent ist wirklich ein Mensch, der kein Gras unter seinen Füßen wachsen läßt.«

»Agent?« Verwundert blickte Paul den Freund an. »Wen meinst du?«

»Ich depeschierte an den Vermieter von Bagshott. Ich habe schon seinen Bescheid. Er bittet mich, ihn morgen früh, gleich nach dem Frühstück, aufzusuchen oder ihn hier zu empfangen. Ich hatte die Sache für viel schwieriger gehalten. Übrigens hätte ich mir mein Inserat ersparen können.«

»Was soll denn das nun wieder heißen? Welches Inserat?«

»Geduld, mein Freund«, gab Anthony zurück. »In ein paar Tagen sollst du alles erfahren.«

Der Agent des Hausbesitzers von Bagshott erschien am nächsten Morgen, während der Preller sich noch sein Frühstück schmecken ließ. Er warf einen Blick auf die ihm vom Diener gereichte Karte. »Mr. Roland Robyns«, las er.

Mr. Robyns war das Muster eines modernen Kaufmanns, der keine Zeit zu verlieren hat, liebenswürdig, elegant und ein wenig gesprächig.

»Ich glaube, Sir«, meinte er auf eine Frage des künftigen Mieters, »daß das Haus für den Betrag, den ich Ihnen als Miete zu berechnen hätte, halb geschenkt ist. Außerdem dürfte es gerade für Sie wundervoll passen. Sie sind Invalide, Sir, nicht wahr?«

»Leider, ja«, gab Anthony wehmütig zu.

Er saß, in Erwartung des Besuchs Mr. Robyns' noch im Schlafrock am Frühstückstisch und machte, bleich geschminkt und in sich zusammengesunken, wirklich den Eindruck, krank zu sein.

»Für Sie würde, wie ich Ihnen schon sagte, das Haus außerordentlich günstig sein«, fuhr Mr. Robyns fort. »Die Luft ist wie Sekt, und . . . die Miete außerordentlich niedrig.«

Sie war es auch wirklich. Der Preller war aber von der Geringfügigkeit des Betrages kaum so überrascht, wie Mr. Robyns vermutet haben mochte, denn er ahnte ja den Zweck, den man mit der niedrigen Miete erreichen wollte.

»Wenn das Haus wirklich so nett ist, wie Sie sagen«, gab Anthony zurück, »würde ich selbstverständlich sofort mieten und schon morgen meinen Diener hinschicken.«

»Ich kann ihn selbst mitnehmen, Sir, wenn Sie wünschen«, erbot sich der Agent. »Er kann mich morgen vormittag um elf im Waterloo-Bahnhof treffen.«

Der Preller nickte zustimmend. Als der Besucher endlich gegangen war, klingelte er. Sandy erschien.

»Vergiß nicht«, mahnte er ihn, »daß ich Invalide bin und du so eine Art männliche Krankenschwester. Robyns erwartet dich auf dem Bahnsteig, und ich glaube kaum, daß du ihn nicht erkennen wirst. Er trägt eine Gardenie im Knopfloch und hat den elegantesten Zylinder auf, den ich seit langer Zeit habe bewundern dürfen.«

»Hoffentlich will er nicht von mir wissen, was dir fehlt«, meinte Sandy, der sich vor den erwarteten Fragen Mr. Robyns' fürchtete. Das Gegenteil traf ein. Der Agent bestritt die Kosten der Unterhaltung beinahe allein. Er schien einen großen Respekt vor den Mitgliedern des englischen Adels zu haben, denn er kam während seines Gesprächs immer wieder auf die zahlreichen Bekannten zurück, die er angeblich in den höheren Gesellschaftskreisen hatte.

»Ihr Herr scheint vermögend zu sein«, klopfte er auf den Busch.

Sandy gab es unumwunden zu.

»Ich dachte mir's schon«, meinte der andere.

Am selben Abend erstattete Sandy dem Preller Bericht.

»Du kannst das Haus, wenn du willst, sofort beziehen. Es ist dort wirklich herrlich, und der Mann mit dem Zylinder hat nicht gelogen, als er behauptete, es sei eine nicht wiederkehrende Gelegenheit.«

Vierzehn Tage später erschien in allen wichtigeren Londoner Tageszeitungen folgende Verlustanzeige:

VERLOREN:

›Ein kleiner Karton, enthaltend zwanzig gleichgroße Perlen. Verlustort wahrscheinlich zwischen Waterloo- und Ascot-Bahnhof. £ 500.– Belohnung dem ehrlichen Finder, wenn er das Päckchen an Mr. Machilatos, Holly Heath Lodge, Bagshott, Ascot, abliefert.‹

Eine Unmenge Leute, darunter die Polizei von Ascot, schienen sich für dieses Inserat höchlichst zu interessieren. Als die Vertreter der Polizei in Holly Heath Lodge erschienen, erfuhren sie dort, daß der Verlierer an chronischem Asthma leide und niemand empfangen könne. Sein Kammerdiener, unstreitig schottischer Abstammung, erklärte jedoch den Besuchern, daß Mr. Machilatos keineswegs den Geldverlust, sondern nur den Verlust an sich bedaure, denn er sei ein leidenschaftlicher Juwelensammler, der sich hauptsächlich auf Perlen verlegt habe. Die Polizei sei deshalb von dem Verlust nicht benachrichtigt worden, weil der kranke Herr nicht gewünscht habe, die Polizei mit seinen Angelegenheiten unnötig zu belästigen. Nein, die Bahn treffe keine Schuld.

Auch der unvermeidliche Zeitungsberichterstatter sprach vor, Mr. Machilatos empfing ihn persönlich und gab ihm mit leiser Stimme in seinem gebrochenen Englisch die gewünschten Auskünfte.

»Er wird anbeißen«, meinte der Invalide, als der Reporter gegangen war. Dann brannte er sich eine Zigarre an. »Mr. ›Löwenzahn‹ wird den Angelhaken, den ich ihm durch die Zeitung hinhalte, schlucken wie ein gefräßiger Hecht.«

»Was willst du denn mit dem ›Löwenzahn‹ anfangen, wenn du ihn in die Finger bekommst?« erkundigte sich der neugierige Sandy.

Sein Herr lächelte grimmig.

»Er wird der Ariadnefaden werden, der mich zu seinem vergrabenen Schatz führt. Fünfzig Prozent aller seiner bisherigen Beute für mich.«

»Und wenn er dich nicht hinführt?« fragte der Schotte gespannt.

»Zerbrich dir nicht unnötig den Kopf, Sandy. Er wird mich führen.«

Zwei, drei, vier, fünf Tage vergingen, ohne daß Mr. ›Löwenzahn‹ auch nur das geringste Lebenszeichen von sich gegeben hätte. Anthony hatte Befehl gegeben, die Salonfenster auch bei Nacht offenzulassen, um dem erwarteten Besucher das Eindringen so bequem wie nur möglich zu machen. Er selbst hatte sich täglich auf den Rasen vor das Haus fahren lassen, um etwaigen Beobachtern die Gewißheit zu geben, daß er wirklich krank sei. Die Woche verging, und Anthony wurde schon ungeduldig.

»Ich habe es bald satt, den Kranken zu spielen, Paul«, beklagte er sich, als ihn sein Gehilfe gegen Mitternacht, wie vereinbart, besuchte. »Ich will noch ein paar Tage warten, und wenn er dann noch nicht gekommen ist, werde ich den Fall aufs Verlustkonto schreiben und ihn aufgeben. Ich habe die Sache nicht besonders gut arrangiert. Ich hätte erst die Verlustanzeige einsetzen und dann dies Haus mieten müssen.«

»Warum?«

»Vollkommen falsche Taktik«, meinte der Preller kopfschüttelnd. »Ich sehe das jetzt erst richtig ein.«

Gegen neun Uhr begab er sich in sein Zimmer. Er ließ Sandy unten zurück. Es war die dem Besuch Pauls folgende Nacht.

Um elf wollte er Sandy ablösen, aber der lehnte ab.

»Nein, laß nur«, widersprach er. »Ich bin noch gar nicht müde.

Außerdem ist Mr. Wensley« – unter diesem Namen wohnte Paul im Hotel – »in der Nähe und möchte vielleicht hereinkommen.«

»Gut«, gab Anthony nach. »Ich werde mich in meinen Lehnstuhl setzen und versuchen, ein wenig einzunicken. Wecke mich, ehe es hell wird. Wir können dann beide schlafen gehen, wie es sich für anständige Leute gehört.«

Er stieg wieder in sein Schlafzimmer hinauf und versuchte zu lesen. Er konnte sich nachher nicht erinnern, besonders müde gewesen zu sein, aber er schlief sofort ein. Das Gefühl zunehmender Kälte weckte ihn. Verschlafen öffnete er die Augen und erkannte die Ursache des kalten Luftstroms, der ihn geweckt hatte. Vor ihm stand ein Mann, dessen untere Gesichtshälfte hinter einem roten Taschentuch verborgen war. In der Rechten hielt der Besucher eine langläufige Pistole, deren Mündung keinen Zentimeter vom Kinn des Schläfers entfernt war. Das Fenster stand offen.

»Regen Sie sich nicht unnötig auf, mein Freund«, sagte der Eindringling. »Vor allen Dingen schweigen Sie, das heißt, wenn Sie noch ein wenig länger leben wollen.«

»Was wünschen Sie?« fragte ihn der Überraschte, der erst jetzt zur vollen Erkenntnis der Lage kam.

»Nur einige der Juwelen, die Sie mit solchem Sammeleifer zusammengetragen haben.«

Anthonys Blicke musterten die Entfernung vom ›Löwenzahn‹ zur Tür. Der andere hatte seine Gedanken erraten und lachte.

»Ihr Genosse befindet sich in guter Obhut«, sagte er. »Er wollte mich an der Tür zum Wintergarten abfangen, nicht wahr? Ha, ha! Ich kam nämlich durch die Haustür.«

»Wen bezeichnen Sie als meinen ›Genossen‹?« erkundigte sich der Preller, um Zeit zu gewinnen.

»Ihren Kammerdiener. Schluß mit dieser Unterhaltung! Sie haben doch sicherlich allerhand Werte im Haus, sonst würden Sie wohl kaum einen ständigen Wächter halten, wie?«

»Ja, Diamanten, Smaragden und Perlen«, meinte Anthony ironisch. »Wollen Sie die Schatzkammer sehen?«

»Sie wollen wohl Spaß machen? Wenn Sie frech werden, lege ich Ihnen einen Maulkorb um. Stehen Sie auf.«

Anthony gehorchte.

»Ehe wir uns weiter unterhalten«, sagte er, »möchte ich von Ihnen wissen, was Sie mit meinem Diener angefangen haben.«

»Ich habe ihm eins versetzt.«

»So? Nun, das ändert die Sache. Ich wollte Sie billig davonkommen lassen.«

»Lassen Sie diesen Unsinn«, drohte der Einbrecher. »Und – sprechen Sie nicht so laut! Wenn nur das Geringste geschieht, was mir nicht paßt, sende ich Sie in den ewigen Schlaf.«

Der Preller lachte.

»Ich habe gar keine Sehnsucht nach den Dienern, die ich mit dem Haus zusammen gemietet habe«, erklärte er. »Los, gehen Sie voran.«

»Nein, führen Sie mich.«

In aller Ruhe erhob sich der Preller und schritt, während ihm der ›Löwenzahn‹ die Mündung des Revolvers auf den Nacken gepreßt hielt, der Tür zu. Er befand sich bereits in deren Nähe, als er sich plötzlich umwandte, dem anderen den Revolver aus der Hand schlug und ihn höhnisch anlachte.

»Lassen Sie mich los!« brüllte der andere auf, nachdem er sich vergebens dem schmerzhaften Zugriff zu entziehen versucht hatte. »Lassen Sie los, verflucht ...«

Da traf ihn Anthonys Faust mit voller Wucht unter das Kinn, und mit einem Schmerzensschrei stürzte er zu Boden. Das erste, was der Sieger tat, war, dem Bewußtlosen die verhüllende Maske vom Gesicht zu reißen. Es war, wie er vermutet hatte, der elegante Mr. Robyns. Es würde einige Augenblicke dauern, ehe der Mann wieder zur Besinnung kommen dürfte. Der Preller raste dem Wintergarten zu, wo Sandy eben wieder zum Bewußtsein erwacht war. In aller Eile berichtete er, was geschehen war.

»Ich habe von dem Schlag gar nichts gefühlt«, erklärte Sandy. »Der Lump muß mich von hinten niedergeschlagen haben.«

»Ich hätte voraussehen können, daß er durch die Haustür kommen würde«, meinte Anthony. »Ich habe diese ganze Sache von Anfang an vermasselt. Kannst du mit hinaufkommen? Ich möchte dich bei seinem Verhör dabei haben.«

»Da kannst du deinen Kopf darauf verwetten«, gab der Mißhandelte zurück. »Wenn es sich darum handelt, dem Mann, der mich so hinterlistig niedergeschlagen hat, die Daumenschrauben anzulegen, bin ich dabei, und wenn ich aus dem Grab steigen müßte.«

Als die beiden eintraten, war Mr. Robyns eben dabei, die Augen aufzuschlagen. Er musterte seine Gegner verwundert.

»Stehen Sie auf!« befahl ihm sein Bezwinger. »Setzen Sie sich dorthin auf jenen Stuhl. Sie werden mir die Fragen beantworten, die ich jetzt an Sie stellen werde.«

»Wollen Sie die Polente holen lassen?« erkundigte sich der vorsichtige Robyns, während er sein schmerzendes Kinn rieb.

»Nein«, beruhigte ihn der Preller. »Vorläufig nicht. Aber die Sore werden Sie mit mir teilen, die Sie bisher auf Ihren Raubzügen gemacht haben, mein sehr verehrter Herr ›Löwenzahn‹. Andernfalls werden Sie etwas erleben, was Ihnen nicht sehr angenehm sein dürfte.«

»Woher wußten Sie, daß ich es war?« fragte der Mann verwundert.

»Daß Sie der ›Löwenzahn‹ waren, wußte ich schon lange. Ich habe ein wenig die Zeitungen studiert, und sie haben mir einiges Wissenswerte verraten. Ein paar Erkundigungen, die ich noch einzog, genügten, um mir klarzumachen, daß alle die Häuser, die bestohlen worden waren, von demselben tüchtigen Hausagenten vermittelt wurden. Wirklich fein hatten Sie das gemacht: Häuser teuer zu mieten, um sie dann billig Ihren Opfern weiterzugeben.«

»Ich habe in das Geschäft über achttausend Pfund stecken müssen«, beklagte sich der andere, schien aber auf seine Klugheit mehr als stolz zu sein.

»Sie hatten sie wohl immer für ein Jahr gemietet, nicht wahr?« erkundigte sich Anthony, der nicht umhin konnte, die Raffiniertheit Robyns' zu bewundern.

Mr. Robyns nickte. »Immer unter einem anderen Namen«, erklärte er. »Ich nahm natürlich nur solche Häuser, deren Besitzer mir das Untervermieten gestatteten. Das Haus in Wimbledon hat mich dreitausend Pfund gekostet, aber da ich wußte, daß Heimer eine derartige Villa suchte, kam ich ihm unter dem Namen ›Jones‹ zuvor. Darin liegt ja mein Trick: ausfindig zu machen, wer ein Haus sucht und natürlich Geld hat. Ich biete ihnen das Gesuchte zu absurd billigen Preisen. Es ist wirklich leichter, als Sie vermuten.« Er warf Anthony einen fragenden Blick zu: »Sie sagten etwas von ›Sore teilen‹?« fügte er mißtrauisch hinzu. »Sie sind doch vielleicht nicht etwa von der Polente?«

»Verdächtigen Sie nicht die arme Polizei«, rügte ihn Anthony streng. »Die Sache ist nur, Mr. Jones oder Mr. Robyns oder Mr. Löwenzahn: Irgendwo hier in der Stadt haben Sie Ihr kleines, aber wohlassortiertes Raublager, nicht wahr? Auch Ihre Bank dürfte etwas von Ihnen auf dem Konto stehen haben, wie? Sie werden sofort einen Scheck – ja, einen Barscheck – ausstellen, und zwar über zwölftausend Pfund.«

»Warum denn gerade zwölftausend?« verwunderte sich sein Opfer.

»Weil ich die Summe aufgrund sorgfältiger Berechnungen der Erträge Ihrer Raubzüge im letzten Jahr mit insgesamt vierundzwanzigtausend Pfund eingeschätzt habe und mit fünfzig Prozent daran beteiligt sein will. Wenn Sie zahlen, glaube ich, Ihnen versprechen zu können, daß Sie ohne weitere Aderlässe davonkommen werden.« – »Und wenn ich's nicht täte?«

Der Preller lächelte. Er hatte einen Totschläger aus der Tasche gezogen und spielte nun damit. Robyns musterte das Instrument mißtrauisch und ängstlich. Unruhig bewegte er sich auf seinem Platz hin und her.

»Wenn Sie nicht einverstanden sein sollten«, beantwortete nun nach dieser stummen, aber beredten Szene der Preller die an ihn gestellte Frage, »dann wird morgen ein unbestechlicher Polizist ›Mr. Löwenzahn‹ finden, und zwar mit untrüglichen und unleugbaren Beweisen seiner bisherigen, so lohnenden nächtlichen Tätigkeit.«

Mr. Robyns atmete tief auf.

»Na, meinetwegen«, sagte er. »Aber einen Scheck kann ich Ihnen schon deshalb nicht geben, weil ich kein Scheckbuch hier habe.«

»Ich habe eines.« Anthony schloß ein Fach seines Schreibtisches auf. »Hier sind Scheckbücher jeder englischen Bank. Wählen Sie die Ihre aus. Und machen Sie schnell, denn unser Freund hier, den Sie so unsanft behandelt haben, wartet nur auf die Gelegenheit, Ihnen eins auszuwischen.«

Mr. Robyns traf unter den ihm gereichten Scheckformularen seine Wahl, füllte eines aus und unterschrieb.

Dann reichte er es finster seinem Peiniger. Anthony las es sorgfältig.

»Schön. Ein Barscheck. Sie dürfen nun hinauf in die Dachkammer. Sie werden ja wissen, wo sie liegt. Sandy, versperr die Tür hinter ihm und gib ihm, wenn er frech wird, eins auf den Schädel. Sie werden dort oben bleiben«, wandte er sich an seinen Gefangenen, »bis wir das Geld geholt haben.«

Mr. Robyns erhob sich und folgte dem rachedürstenden Sandy, der vorsorglich den Totschläger bereit hielt.

»Warten Sie mal einen Augenblick«, hielt ihn Anthony zurück, als Robyns schon die Schwelle überschreiten wollte. »Sie könnten mir die Adresse Ihres Hutlieferanten mitteilen: Ihr Zylinder imponiert mir, und ich möchte mir einen gleichen anschaffen.«

Mr. Sparkes, Detektiv

»Kannst du dich auf Mrs. Millicent K. Yonker besinnen?« wandte sich der Preller an Paul. Sein Gehilfe nickte. Die beiden saßen an einem glühendheißen Sommernachmittag in einem Ruderboot, das sie unter einem schattigen Baum verankert hatten. Ein kühles Lüftchen fächelte die Wangen der beiden Urlauber.

»Die Erpresserin? Natürlich erinnere ich mich ihrer. Was ist denn mit ihr los?« wollte Paul wissen.

»Sie ist entlassen worden«, gab ihm sein Freund Bescheid.

Paul erhob sich überrascht. »Aber Mensch, sie hatte doch zehn Jahre bekommen?« verwunderte er sich.

»Weiß ich alles, aber der Fall kam vor das Oberste Gericht, und das Urteil wurde wegen eines Formfehlers aufgehoben. Der amerikanische Botschafter mischte sich ein, worauf man sie freiließ. Es stand heute morgen in der Zeitung. Ich habe es mit eigenen Augen gelesen.«

»Hm! Ich glaube, für dich wird bald die Hölle losbrechen.«

Anthony nickte. »Du magst recht haben«, gab er zurück, »denn Meg ist eine der wenigen, die mich jemals wirklich gesehen haben. Du entsinnst dich doch ihrer letzten Worte, als sie nach der Urteilsverkündung abgeführt wurde, nicht wahr? Sie hat eine richtige Bande, trefflich organisiert und geführt, und sie wird ihre Bluthunde so bald wie möglich auf mich loslassen. Daran zweifle ich keinen Augenblick.«

»Warum, zum Donnerwetter, werden eigentlich diese ausländischen Verbrecher nicht abgeschoben?« erregte sich Paul in komischer Entrüstung. Eine Lachsalve quittierte diesen Ausfall. Erst nach geraumer Zeit hatte sich der Preller von seiner wirklich berechtigten Heiterkeit so weit erholt, daß er auf die nächste Frage Pauls antworten konnte: »Weißt du, wo sie sich aufhält, Anthony?« hatte ihn der Freund gefragt.

»In Highbury Manor House, Wilcombe on Sea«, gab der Preller Auskunft. »Ihr gegenwärtiger Name ist Miss Morrison.«

»Du scheinst deinen Nachrichtendienst wirklich ganz hervorragend organisiert zu haben«, konstatierte Paul.

»Ich bin mein eigener Nachrichtendienst. Ich folgte Ihrer Hoheit nach Wilcombe und sandte mir von dort, da ich bemerkt hatte, daß auch ich Schritt für Schritt von ihren Leuten verfolgt wurde, selbst ein Telegramm. Ein Vertreter Madames blickte mir die ganze Zeit, während ich es niederschrieb, über die Schulter. Mit dem Telegramm wollte ich zweierlei erreichen: Erstens wollte ich meiner Freundin die Gewißheit geben, daß ich meinen Spionagedienst auf der Höhe halte, und zweitens sollte sie keinen Zweifel darüber haben, daß ich weiß, wo sie sich aufhält. In einigen Tagen werde ich dich nach Wilcombe schicken, Paul, wo du dich, scheinbar zwecklos, als Privatdetektiv herumtreiben sollst. Miss Morrison und ihre Bande sollen dadurch die Überzeugung bekommen, daß sie und ihr Haus unter Beobachtung gehalten werden. Besonders sollst du dein Augenmerk auf eine Miss Stillington richten.«

»Wer, zum Donnerwetter, ist denn nun wieder diese Miss Stillington?« erkundigte sich Paul überrascht.

»Miss Stillington ist die Person, die das Pech gehabt hat, als Gesellschafterin Miss Morrisons engagiert zu werden. Wie ich erfahren habe, weiß sie nichts von dem wirklichen Charakter ihrer Brotherrin.«

Paul setzte sich bequemer in seinem Stuhl zurecht und brannte sich eine Pfeife an.

»Und was beabsichtigst du mit allen diesen Vorbereitungen zu erreichen? Glaubst du, daß Meg ihr Raubgut in Highbury Manor House versteckt hält?«

Anthony nahm eine geheimnisvolle Miene an.

»Ja, das glaube ich. Van Deahy ist bei ihr, und er hätte doch vor allen Dingen Ursache, sich versteckt zu halten.«

»Warum aber verläßt sie England nicht für immer? Geld hat sie doch wohl genug!«

»Weil sie mit mir aufräumen will«, erwiderte Anthony. »Sie wird dem Preller eins auswischen, und wenn sie selbst dabei vor die Hunde gehen sollte.«

»Ich wünschte, das letztere geschähe, ehe sie noch mehr Unheil anrichten kann«, meinte Paul. »Wann soll ich abreisen?«

»Übermorgen, mit dem Nachtzug. Vergiß aber nicht zu berücksichtigen, daß du dort rings von ihren Spionen umgeben bist; sogar deine Post wird überwacht werden.«

»Aber warum . . .«

»Qui vivra verra«, zitierte Anthony mit einem Augenzwinkern. »Ich habe so eine kleine Ahnung, als wenn ich doch wieder den Siegeslorbeer in diesem Kampf erringen würde.«

Wilcombe war keineswegs ein Badeort, den eine im gesellschaftlichen Leben stehende junge Dame sich als Aufenthalt ausgesucht hätte. Für Milwaukee Meg, alias Mrs. Yonker, alias Miss Morrison, war es aber der geeignetste Fleck, um dort ihr Hauptquartier aufzuschlagen. Das Städtchen lag abseits von den großen Verkehrsadern des Landes und zu weit ab von der Hauptstadt, um ein wünschenswertes Ziel von Wochenendlern zu sein. Schmutzige Straßen, von geschmacklosen Häusern eingefaßt, führten zum sogenannten Luxusviertel. Die Promenade, ironischerweise Strandpromenade genannt, wies ein einziges stilgerechtes Haus auf – alt und geräumig. Es war entstanden, als an die moderne Baukunst und die Fünf-Minuten-Bauten noch nicht zu denken war. Milwaukee Meg hatte dieses Haus als Wohnsitz erkoren, da es ihr alle Vorbedingungen, die sie an ihre Wohngelegenheit zu stellen gewöhnt war und stellen mußte, zu erfüllen schien.

Einige Tage nach der Unterredung zwischen Anthony und Paul spazierten Milwaukee Meg und ein junges Mädchen mit tiefen grauen Augen und feinen Gesichtszügen im Garten vor dem Haus auf und ab. Niemand, der Miss Morrison zum erstenmal sah, würde in ihr die Frau wiedererkannt haben, die vor kurzer Zeit, zu langjähriger Zuchthausstrafe verurteilt, aus der Anklagebank von Old Bailey abgeführt worden war.

Die Dame aus Milwaukee redete, und zwar allem Anschein nach in recht ungeduldiger Stimmung.

»Meine liebe Miss Stillington«, sagte sie eben zu ihrer Begleiterin, »wie kann man so entsetzlich naiv sein? Ich weiß bestimmt, daß Mr. van Deahy nicht die geringsten beleidigenden Absichten hatte. Er ist einer meiner ältesten Freunde.«

Das junge Mädchen an ihrer Seite antwortete nicht, und Miss Morrison fuhr erregt fort:

»Ich weiß, daß Sie ihm außerordentlich sympathisch sind. Finden Sie das so schrecklich? Die meisten jungen Damen würden sich geschmeichelt fühlen, das Ziel so unverhohlener Bewunderung zu sein.«

»Auch ich habe es gern, wenn ich jemand sympathisch bin«, gab das Mädchen zurück. »Was ich aber nur ungern sehe, ist, wenn mich ein Mann, den ich vor kaum einer Woche kennenlernte, auf Schritt und Tritt mit seinen Liebeserklärungen verfolgt. Ich kann jedenfalls seine Gefühle nicht erwidern.«

Miss Morrison lachte.

»Sie müssen sich eben noch an die Welt und ihre Methoden gewöhnen, mein liebes Kind.« Meg legte ihre Hand auf die Schulter ihrer Gesellschafterin. »Sie sind nicht mehr in Ihrem Dorf, sondern inmitten der großen Welt.« Sie verzog ihr Gesicht zu einer Grimasse. »Wenigstens in einem kleinen Ausschnitt davon.« Sie fügte den Nachsatz hinzu, nachdem sie einen ironischen Blick auf ihre nähere Umgebung geworfen hatte.

Ein junger Mann kam auf die beiden Frauen zu, und als sie ihn am jenseitigen Ende des Gartens auftauchen sah, verabschiedete sie ihre Begleiterin mit einem Kopfnicken.

»Hör mal«, begrüßte sie den Neuankömmling, »du darfst bei diesem jungen Mädchen nicht zu sehr ins Zeug gehen. Poussiere, soviel du willst, aber erst, wenn unsere Sache erledigt ist. Gegenwärtig können wir es uns nicht gestatten, wegen einer Lappalie unseren ganzen Plan aufs Spiel zu setzen.«

Van Deahy nickte zustimmend.

»Ich bin auf Miss Stillington wie versessen«, erwiderte er sorglos. Miss Morrison lächelte sarkastisch.

»Du hast immer jemand, auf den du versessen bist«, meinte sie anzüglich. »Laß das Mädchen vorläufig in Frieden. Vielleicht kannst du dich ihr später nähern und mit ihr einig werden.«

»Wann wollen wir denn reisen?«

»Sobald ich mit dem Preller abgerechnet habe«, erwiderte das Mädchen hart. »Ich habe dir ja gesagt, daß ich mich an ihm rächen werde, und zwar so, daß er mich nicht so schnell vergessen dürfte.«

»Hast du seinen Spion heute morgen gesehen? Da draußen steht er.« Er wies über die Gartenmauer. »Er telegrafiert ständig nach London, und zwar an jemand, der noch nicht im Adreßbuch steht. Ich habe nachgesehen, um mich zu vergewissern, ob ich seinen Auftraggeber kenne.«

»Die Telegramme sind in Code abgefaßt, nicht wahr?« erkundigte sich Meg. Von Deahy nickte.

»Ich möchte nur wissen, was der Esel mit seiner Spioniererei bezweckt? Was will er denn damit erreichen?«

»Was er erwartet und bezweckt? Wahrscheinlich Brummschädel für sich und seine Mitarbeiter. Er glaubt wohl, wenn er uns dauernd im Nacken sitzt, den kommenden Angriff abwehren zu können. Wißt ihr schon, wo der Preller wohnt?«

»Nein.« Van Deahy schüttelte betrübt den Kopf. »Drei unserer besten Spürhunde arbeiten in London. Wir hoffen aber bald, durch das Postamt herauszubekommen, wo die Telegramme hinbestellt werden.«

»Das würde uns auch nichts nützen, denn sicherlich arbeitet er unter einer Deckadresse.«

»Das glaube ich nicht. Nun, wir können ja abwarten und sehen, was daraus wird.«

»Während du in der Zwischenzeit Miss Stillington in Ruhe lassen wirst«, schloß Miss Morrison die Unterredung.

Van Deahy stimmte diesem Befehl schweren Herzens zu. Eine Woche verging, ohne daß sich etwas Neues ereignet hätte. Nach Ablauf der Frist stürmte van Deahy eines Tages aufgeregt zu seiner Chefin.

»Wir haben Glück gehabt«, verkündete er jubelnd.

»Nun?«

»Wir haben einen Brief von dem Beobachter hier erwischt. Er heißt Paul und wohnt in der Seaview Road. Leider haben wir nur die Telegramme und den Brief hier abfangen können. Hier ist er!«

Er reichte ihr die Papiere. Milwaukee Meg riß den Umschlag auf.

»Postlagernd für Mr. Smith?« las sie die Adresse. »Wie hast du ihn denn klammern können?«

»Indem wir den Wächter bewachten«, lachte van Deahy. »Einer unserer Beobachter hatte ihn beobachtet, als er einen Karton hellblauen Schreibpapiers und Umschläge kaufte. Wir haben deshalb bei der Post auf diese farbigen Briefe aufpassen lassen. Das ist der erste, der durchkam.«

›Mein lieber Mr. Smith‹, lautete das Schreiben. ›Die Arbeit ist zum Davonlaufen. Ich glaube auch nicht, daß es viel Zweck haben wird, noch länger hierzubleiben. Ich habe von der Dame noch nichts bemerkt, und die Sache wird mir nachgerade langweilig. Eben empfing ich Ihren Brief, in dem Sie mir mitteilten, daß jemand von der Auskunftei Quilter meinen Posten hier übernehmen wird. Ich glaube zwar nicht, daß er viel mehr als ich ausfindig machen wird, stimme Ihnen aber in dieser Anordnung gern zu. Er wird Ihnen ja seine Berichte direkt erstatten können. Ich rate von Telegrammen ab. Er soll Sie in London aufsuchen und Ihnen alles Notwendige in Ihrer Wohnung mitteilen. Ich werde für Mr. Sparkes ein Zimmer reservieren lassen. (So heißt er doch, nicht wahr?) Er wird sich hier hoffentlich wohler fühlen als ich. Paul.‹

Die Augen Megs schimmerten in seltsamem Feuer.

»Ich glaube«, sagte sie mit mühsam unterdrückter Aufregung, »wir werden unseren Freund erwischen. Früher oder später graben sich Leute wie der Preller selbst ihr Grab. ›Mr. Smith‹ wird sich wundern.«

Am nächsten Tag tauchte ein neues Gesicht auf der Strandpromenade auf. Das Mädchen beobachtete den Neuankömmling von einem Fenster ihrer Wohnung und sandte dann van Deahy aus, um das Terrain aufzuklären. Kurz darauf kam er mit Neuigkeiten zurück, die ihr viel Spaß bereiteten.

»Er heißt Sparkes und ist Privatdetektiv«, berichtete er.

»Was für eine Sorte ist er denn?«

»So ein eingebildeter Geck im mittleren Alter. Schnaps und Bier scheinen seine Hauptnahrungsmittel zu sein. Im übrigen sitzt er den ganzen lieben langen Tag auf einer Bank und läßt sich von der Sonne bescheinen. Wenn du einen Spaziergang machst, kannst du ihn gar nicht übersehen. Starke Brauen, rote Nase und einen Backenbart wie ein Dschungeldickicht.«

Sie folgte dem Rat ihres Komplicen und fand die Beschreibung zutreffend. Mr. Sparkes saß auf einer Bank und starrte, müßig die Daumen drehend, auf die See hinaus. Als Miss Morrison an ihm vorbeispazierte, blickte er nicht einmal auf.

»Jetzt haben wir unseren Freund, den Preller«, meinte Meg, als sie wieder zu Hause eintraf.

»Wie willst du es denn anfangen?« erkundigte sich van Deahy.

»Das wirst du bald merken. Jener Sparkes hat das, was ich am meisten benötige: die Adresse des Prellers.«

Am gleichen Nachmittag schickte sie ihre Boten aus. Von diesem Augenblick an brauchte sich Mr. Sparkes nicht mehr über Langeweile zu beklagen. Er lernte einige recht nette Leute kennen, die bei ihm stehenblieben, auf die Regierung schimpften, das Wetter besprachen und auch sonst gern einen kleinen Klatsch mit ihm anfingen. Einer der neuen Bekannten lud Sparkes zu einer Erfrischung ein. Nach langem Zögern lehnte er ab.

»Es tut mir leid . . . nichts würde mir besser passen . . .«, sagte er, »aber ich habe hier einen Auftrag zu erfüllen. Wenn ich mit Ihnen ginge, würde ich vielleicht meinen Posten verlieren.«

Der andere lachte ihn aus, und nach weiterer Überredung begleitete Sparkes den neuerworbenen Freund in die nächste Kneipe.

»Kennen Sie die Leute, die in dem Haus gegenüber der Bank, wo Sie saßen, wohnen?« erkundigte sich der Spion ganz nebenbei.

»Jawohl«, erwiderte Sparkes.

»Nette Leute sind's – alte, gute Freunde von mir. Natürlich haben sie eine Menge Feinde. Hoffentlich gehören Sie nicht auch zu ihnen.« Der Abgesandte Megs blickte seinen Trinkgefährten an.

»Ich tue nur, was mir befohlen wird«, umging Sparkes geschickt die Frage.

»Schön. Ich will mit offenen Karten spielen, Sir«, meinte plötzlich der andere. »Sie sind hier, um jenes Haus zu beobachten, nicht wahr? Die Bewohnerin des Hauses fühlt sich durch Sie bedrückt und belästigt.«

Sparkes schwieg.

»Ich weiß nicht, wie Sie von Ihren Auftraggebern entlohnt werden, aber ich könnte Ihnen hundert Pfund zuschanzen, ohne daß nur das geringste herauskäme.«

»Hundert Pfund?« Das Interesse Sparkes' schien erwacht. »Natürlich müßte ich meine Pflicht . . .«

»Der Auftrag, den ich für Sie habe, würde mit Ihren Instruktionen nicht im Widerspruch stehen«, beruhigte ihn der neugefundene Wohltäter. »Wenn Sie das Geld verdienen wollen, kommen Sie heute abend hinauf zu meinen Freunden dort drüben. Sie können ja warten, bis es dunkel geworden und niemand in der Nähe ist, der Sie beobachten könnte.«

Sparkes kratzte sich nachdenklich die Nase, strich sich seinen wirren Bart glatt und sagte endlich:

»Nun, wenn es wirklich nicht gegen meine Pflicht geht und . . .«

»Also halb elf, nicht wahr?« unterbrach ihn der Versucher. »Wollen Sie kommen?« Sparkes nickte.

Er sollte, wie ihm der andere nun mitteilte, durch das Tor bis zum Haus hinaufgehen und dort an die Tür klopfen. Er würde empfangen werden, und zwar von ihm, dem Freund, selbst.

Genau zur festgesetzten Minute schlürfte Mr. Sparkes den Weg zum Haus hinauf und hatte kaum die halbe Entfernung zurückgelegt, als jemand aus dem Schatten der Bäume heraustrat und ihm die Hand auf den Arm legte. Er wandte sich überrascht um und erkannte in dem fahlen Mondlicht die Gestalt eines jungen Mädchens.

»Ich rate Ihnen vom Betreten des Hauses ab«, warnte sie ihn. »Ich hörte die Leute dort oben über Sie sprechen. Sagen Sie mir doch bitte, was hier eigentlich vor sich geht?«

»Gar nichts, Miss«, erwiderte Sparkes überrascht.

Das Mädchen schien von der Auskunft nicht befriedigt.

»Man sprach über Sie. Ich kenne Sie und weiß, daß Sie unser Haus beobachten. Warum das? Madame sagte mir, daß Sie erwartet würden und – bitte, sagen Sie mir doch, was los ist!«

»Machen Sie sich keine Sorgen, Miss. Aber«, er senkte seine Stimme zum Flüstern, »wenn ich Ihnen raten kann, verlassen Sie diese Stellung so bald als möglich.«

Er beobachtete sie, bis sie im Dunkel des Gartens untergetaucht war, und setzte dann seinen Weg bis zur Tür fort. Noch ehe er klopfen konnte, wurde sie vor ihm geöffnet. Sein Gesellschafter vom Morgen stand auf der Schwelle, und als er Sparkes erkannte, führte er ihn in einen eleganten Salon. Miss Morrison und Mr. van Deahy begrüßten ihn höflich. Ein weißgedeckter Tisch mit Tellern und einladenden Flaschen besetzt, harrte des Besuchers.

Die Einleitung war kurz. Miss Morrison lud den Gast ein, Platz zu nehmen, und kam gleich auf den Grund der Einladung zu sprechen.

»Ich erkläre mich einverstanden, Ihnen zwei Wochen lang jede Woche einhundert Pfund zu zahlen«, sagte sie, »wenn Sie das tun, was ich Ihnen befehle. Nach Ablauf der beiden Wochen erhalten Sie einen weiteren Bonus von hundert Pfund als Belohnung für gute Dienste.«

»Entschuldigen Sie, Madame«, erwiderte der also Beglückte. »Verlangen Sie auch nichts, was meinem Auftrag von anderer Seite widerspricht?«

»Mann«, gab sie ungeduldig zurück, »glauben Sie denn, ich würde Ihnen dreihundert Pfund zahlen, nur um das Vergnügen zu genießen, mich mit Ihnen zu unterhalten? Wollen Sie meinen Vorschlag annehmen oder nicht?« Die Frage klang sehr entschieden.

Sparkes dachte einen Augenblick angestrengt nach.

»Ich nehme ihn an«, gab er dann zurück.

»Gut. Sie sind klüger, als ich dachte. Wohin senden Sie Ihre Telegramme?«

»Ich sende gar keine, sondern berichte alle paar Tage mündlich.«

»Wohin?« rief sie aufgeregt.

Sparkes zögerte.

»Gib ihm das Geld!« befahl Miss Morrison ihrem Genossen.

Van Deahy nahm eine Brieftasche heraus und zählte langsam und geduldig einhundert Pfund in Banknoten ab. Das kleine Bündel legte er vor den Detektiv. Sparkes nahm es auf, faltete es und versenkte es in seine Tasche.

»604 Cathedral Buildings, Westminster«, gab er Auskunft.

»Gut. Wohnt Ihr Auftraggeber dort?«

»Ja, Miss. Er bewohnt zehn Zimmer, wovon zwei überhaupt nie benutzt werden. So hat man mir berichtet«, fügte er hinzu.

»Dort hat er sicherlich seinen Raub aufbewahrt«, meinte van Deahy.

Meg schritt aufgeregt im Zimmer auf und ab. Endlich nahm sie wieder Platz.

»Darauf müssen wir ein Glas Sekt trinken«, sagte sie. »Sie trinken ihn doch gewiß gern, Mr. Sparkes, nicht wahr?« wandte sie sich an ihn.

»Jawohl, Miss«, erwiderte Sparkes trocken. »Ehe wir aber anfangen, Miss, möchte ich Ihnen noch etwas mitteilen.« Er senkte seine Stimme. »Ja, mein Auftraggeber ist reich. Kann uns auch wirklich niemand zuhören?« Er blickte sich besorgt nach der Tür um, die hinter einem Vorhang verborgen lag.

»Nein«, beruhigte ihn van Deahy.

»Bitte, sehen Sie doch lieber nach, Sir. Ich bin aufgeregt wie ein Schuljunge vor dem Examen.«

Van Deahy begab sich zur Tür, öffnete sie und schritt mit Miss Morrison ins angrenzende Zimmer, dessen Beleuchtung er ebenfalls einschaltete, um Sparkes zu beruhigen.

»Sie sehen, daß wir wirklich allein sind«, meinte er, als sich alle wieder im Zimmer befanden. »Was gibt es denn?«

»Er will das Land verlassen, Sir, und zwar schon in zwei oder drei Wochen.«

»Ausreißen will er?« Das Mädchen war aufgesprungen. »Das ist wirklich wichtig. Wohin will er denn?«

»Soweit ich schließen konnte – nach Spanien.«

»So, so? Prosit Mr. Sparkes!« Sie trank ihm zu.

»Prosit«, wünschte auch van Deahy und nahm einen tiefen Schluck.

»Schmeckt großartig«, erklärte Mr. Sparkes und wischte sich genießerisch den Mund ab.

Die anderen beiden starrten ihn an, immer noch ihre Gläser in der Hand. Van Deahy war der erste, der zusammenbrach. Mr. Sparkes fing gleich darauf Miss Morrison elegant und sicher in seinen Armen auf.

Dann nahm er das kleine Fläschchen, das er bisher in seiner Hand verborgen gehalten und aus dessen Inhalt er etwas in die Sektgläser der anderen geschüttet hatte, und steckte es wieder in seine Tasche. Nun verließ er das Zimmer, dessen Tür er sorgfältig hinter sich verschloß. Während der nächsten Viertelstunde war er eifrig mit der Durchsuchung des Schlafzimmers Miss Morrisons beschäftigt. Endlich verließ er das Haus und sprang in seinen vor der Tür haltenden Wagen.

»Alles in Ordnung?« fragte der Chauffeur.

»Völlig, Paul. Ich konnte nur auf diese Weise ins Haus gelangen, aber ich glaube, es hat sich gelohnt. Ich habe Megs ganzes Vermögen mitgenommen. Los, Paul!«

Paul grinste über das ganze Gesicht und trat auf den Gashebel.

Der U-Boot-Jäger

»Ich mache mir über eines Sorgen«, meinte Anthony, als der Zug von Torquay, in dem er mit Paul saß, in London-Paddington einfuhr.

»Was bedrückt dich denn, Tony? Hoffentlich nichts Wichtiges?«

»Ich zerbrach mir über Milwaukee Meg den Kopf.«

»Was ist denn mit ihr?«

»Das Schlafmittel, das ich ihr gab, wird wohl nunmehr seine Wirkung verloren haben. Gesundheitlich wird es ihr also gut gehen, wenn sie auch etwas knapp an Geld sein dürfte.«

Es war erst eine Woche her, seit er die betreffende Dame um ihre irdischen Schätze erleichtert hatte. Es war nicht die Reue über diese Tat, die ihn bedrückte.

»Ich hatte dir doch erzählt, Paul, daß Meg eine Gesellschafterin engagiert hatte, nicht wahr? Ich sah sie zwar nur einige kurze Augenblicke, aber . . .«

». . . sie genügten dir, wie?« vollendete Paul.

»Was soll das heißen?« fragte Anthony hochmütig.

»Nichts, mein Junge, nichts!« erklärte Paul mit unschuldiger Miene.

»Das Mädchen versuchte, mir zu helfen«, fuhr sein Freund fort, »und hat sich, allerdings unbewußt, damit in große Gefahr begeben. Ich erkundigte mich nach ihr und glaubte bestimmt, sie habe ihre Stellung bei Miss Morrison aufgegeben. Du kannst dir meine Überraschung vorstellen, als ich erfuhr, daß sie immer noch bei unserer geliebten Freundin weilt. Das gefällt mir gar nicht, denn sie hatte ja auch schon Verdacht gegen ihre Brotgeberin geschöpft. Ich riet ihr, die Stellung aufzugeben. Vielleicht hätte ich sie über alles aufgeklärt, ich befürchtete aber, daß Meg sie mir als Lockvogel entgegengesandt hatte.«

»So, so? Sie ist noch mit Meg zusammen? Merkwürdig.«

»Ja. Ich hatte jemand hingeschickt, und habe erfahren, daß es die junge Dame war, die die Opfer meines Tricks bewußtlos aufgefunden hatte.«

Der Preller hatte Sorgen. Er sagte kein Wort mehr, bis sie endlich in Brixton eintrafen, wo er seit einigen Monaten ein Haus gemietet hatte. Dann erst kam er wieder auf das Gespräch auf der Bahn zurück.

»Ich möchte meinen Kopf verwetten, daß sie nicht zur Bande gehört«, meinte er. »Der Gedanke, sie dort im Haus zurückgelassen zu haben, beunruhigt mich.«

»Wir fahren also hin, wie?« fragte Paul. Anthony nickte.

»Vor einigen Monaten habe ich einen U-Boot-Jäger erstanden, den die Regierung mit anderen Schiffen hatte versteigern lassen«, berichtete er. »Du kennst sie ja, die schnellen Boote, die uns Amerika während des Krieges geliefert hat. Es liegt für mich voll Betriebsstoff in Torquay bereit. Ich glaube aber nicht, daß wir weiter als bis Bilbao zu fahren brauchen. Uns würde ja auch eine kurze Seereise nichts schaden, denn auch in anderer Beziehung wird uns eine kleine Luftveränderung nur Vorteile bringgen.« Er lachte, und Paul stimmte in sein Gelächter ein. Als sich beide wieder beruhigt hatten, fuhr Anthony fort:

»Lebensmittel und alles, was wir nötig haben, befindet sich an Bord. Sogar Marineuniformen habe ich besorgt, wenn wir sie vermutlich auch nicht brauchen werden. Pässe mit Visen für Spanien sind gleichfalls vorhanden.«

Paul seufzte. Er wußte, daß in letzter Zeit die Polizei auf ihr Treiben aufmerksam geworden war und daß unter Umständen

Schwierigkeiten für sie entstehen konnten. Anthony hatte sich viele zu Feinden gemacht. Zweimal war er von seinen Opfern gesehen worden. Was lag näher als der Gedanke, daß man gegen ihn etwas zusammenbrauen würde? Aber – er hatte nicht nur Feinde, sondern auch Freunde: Freunde, die er sich durch seine Freigebigkeit erworben und gehalten hatte. Paul und Sandy, sein Bursche während des Krieges, wurden von ihm so reichlich mit Geld versehen, daß sie es vorzogen, ihr Los mit dem seinen zu verknüpfen, statt sich regelmäßig Beschäftigung zu suchen. Diener, Kammerdiener oder Sekretär, wie immer man ihre Stellung zu Anthony bezeichnen mochte – sie blieben ihm treu.

Am selben Morgen war Paul nach Torquay gefahren, um dort Ereignisse abzuwarten, von deren Entwicklung er nicht die geringste Ahnung hatte. Der Preller hatte ihn zwei Stunden lang allein gelassen, um seinen U-Boot-Jäger, den ›Flying James‹, noch einmal zu überholen.

»Vorläufig habe ich genügend Geld«, meinte Anthony, »so daß wir uns deswegen wohl kein Kopfzerbrechen zu machen brauchen. Lauter amerikanisches, das ja überall ohne weiteres genommen wird.« Plötzlich unterbrach er sich, als sei ihm eben ein unangenehmer Gedanke gekommen. »Ich habe, glaube ich, eine Dummheit gemacht, Paul«, sagte er endlich. »Ich habe das ganze Geld im Schließfach.«

»Warum machst du dir Sorgen?«

»Ich hatte keine Zeit mehr, es an einem sicheren Ort unterzubringen«, erklärte der Preller. »Bei der Sorglosigkeit, mit der ich bisher zu meinem Gelddepot ging, habe ich ganz vergessen, daß mich Meg ja auch einmal verfolgen lassen und herausbekommen könnte, wo ich meinen Raub aufbewahre.« Er lachte. »Schwamm drüber! Was mache ich mir überhaupt Kopfzerbrechen über sie; Meg ist nicht so intelligent, wenn sie auch scharf wie eine Rasierklinge sein mag.«

»Jedenfalls wird sie klüger sein müssen als die Bankleute«, meinte nun auch Paul. »So schnell geben die einem Unbekannten keine Gelegenheit, an das Vermögen der Kunden heranzukommen.«

Die beiden setzten sich zu dem von Sandy bereiteten Mahl, aber Anthony war immer noch schweigsam. Was mochte jenes Mädchen mit den hübschen grauen Augen machen, die, ungeachtet der ihr drohenden Gefahr, ihn an jenem Abend im Garten Megs gewarnt hatte? Der Preller hatte einen seiner Vertrauten zu ihr gesandt mit der Bitte, ihre gegenwärtige Stellung bei Miss Morrison aufzugeben und sich ihm anzuvertrauen. Paul wußte von diesem Brief nichts, aber auch Anthony konnte nicht ahnen, daß seine Warnung an Miss Stillington in falsche Hände, und zwar in Megs Hände, gefallen war.

Er setzte sich am nächsten Morgen zum Frühstück nieder, ohne die Ahnung kommenden Unheils von sich weisen zu können. Paul bemerkte seine nachdenkliche und sorgenvolle Miene, sagte aber nichts. Als Sandy die Speisen hereinbrachte, legte er eine Zeitung auf den Tisch.

»Das geht mir doch über die Hutschnur«, meinte er.

»Was regt dich denn so auf?« fragte ihn Anthony, der auf alles vorbereitet war.

»Hier, hast du die Todesanzeige gelesen, deine eigene Todesanzeige, Anthony?«

»Zeig her!« Er nahm Sandy die Zeitung ab.

›S m i t h. Anthony Smith, 24 Jahre alt, verschied plötzlich nach kurzer Krankheit in seiner Wohnung, 409 Balham Road, Brixton. Die Zeitungen in den Kolonien werden gebeten, diese Nachricht nachzudrucken.‹

Der ›Tote‹ legte das Blatt stirnrunzelnd auf den Tisch.

»Wie geisterhaft mich das anmutet«, sagte er. »Ich möchte nur wissen, was man mit diesem Inserat erreichen will.«

»Ruf doch den Verleger an«, riet Paul. »Er soll ein sehr netter Mann sein.«

»Ja, ich werde ihn aufsuchen, sobald wir hier mit dem Frühstück fertig sind«, erklärte Anthony. »Vielleicht kann er uns auf die Spur bringen.«

»Kann ich dir irgendwie behilflich sein?« erkundigte sich Sandy, der immer dabei war, wenn irgend etwas aufregend zu werden versprach. Den Hieb, den ihm ›Löwenzahn‹ versetzt hatte, hatte er schon lange vergessen.

»Nein, gegenwärtig nicht«, gab sein Chef zurück. »Wenn ich dich brauche, sage ich es dir schon.«

Paul fuhr Anthony im Wagen zu der Redaktion der Zeitung, die die Todesanzeige gebracht hatte, und wartete unten, während sich der Preller nach den Einsendern der Todesnachricht erkundigte. Man konnte ihm die erbetene Auskunft nicht geben, denn das Inserat war bei einer der Filialen der Zeitung aufgegeben worden. Als sich Anthony wieder zu seinem Auto zurückbegab, begegneten ihm zwei, anscheinend der Arbeiterklasse angehörige Männer, die, unter dem Bann des zu reichlich genossenen Alkohols, in einer lauten Auseinandersetzung begriffen waren. Plötzlich hob der eine von ihnen die Hand und schlug seinem Gegner ins Gesicht. Nach dem Schlag trat er zurück, um zu entkommen, und stolperte dabei über Anthony.

»Verzeihung, Sir«, rief der Trunkene aus. »Sie waren doch Zeuge, nicht wahr, daß jener mich zuerst anzugreifen versuchte?«

Anthony schob ihn zurück.

»Schade, daß er Ihnen nicht einen richtigen Hieb versetzt hatte, ehe Sie Gelegenheit fanden, mich mit Ihren genagelten Sohlen auf meine Füße zu treten«, gab er zurück. Die beiden Streitenden gingen weiter.

»Fahren wir nach Brixton zurück?« erkundigte sich Paul. Sein Freund nickte.

»Ja, es wird besser sein, auch wenn unseres Bleibens dort nicht mehr lange sein wird.«

»Warum?«

»Weil uns unsere Freunde bereits auf den Fersen sind. Verdammt noch einmal, mir gefällt diese Sache ganz und gar nicht.«

»Glaubst du, sie hat die Todesanzeige aus Ulk oder als Warnung an uns eingesetzt?«

Der Preller schüttelte den Kopf.

»Keines von beiden«, meinte er. »Sie macht derartige Sachen nicht ohne triftigen Grund.«

Als sie am ›Elephant and Castle‹ vorbeifuhren, vermißte Anthony seine Uhr.

»Sie ist verschwunden«, rief er Paul zu. Mit einem Fluch setzte er hinzu: »Was bin ich doch für ein Esel! Der ganze Streit war für mich inszeniert.«

»Was meinst du?« fragte der Freund überrascht.

»So schnell wie möglich zur Bank!« befahl sein Freund. »Der Schlüssel meines Bankschließfaches hing an der Uhrkette, und die verdammte Bande wußte das!«

Der Wagen wendete und raste über die Westminster Bridge zur Bank zurück. Als sie die Straße erreichten, in der das Bankgebäude stand, sahen sie von weitem, wie ein Auto eben um die nächste Straßenecke verschwand. Der Pförtner, der Anthony kannte, stand, als er seiner ansichtig wurde, wie vom Schlage getroffen still.

»Aber – aber – Sir?« stotterte er. »Ich dachte . . .?!«

». . . ich sei gestorben, nicht wahr? Ich möchte den Geschäftsführer sprechen. Wo ist er? Schnell, schnell!«

Er wurde sofort vorgelassen. Auch dieser Beamte konnte sein Erstaunen nicht ganz verbergen.

»Mr. Smith? Wo kommen Sie denn her? Ich dachte . . .«

». . . ich sei gestorben, nicht wahr?« wiederholte Anthony zum zweitenmal dieselbe Frage. »Was ist denn hier los?«

»Vor kaum fünf Minuten kam der Anwalt, dem Sie die Verwaltung Ihres Nachlasses übergeben hatten, mit allen Dokumenten und Schlüsseln hierher, öffnete Ihr Fach und nahm alles mit, was darin war.«

»So, so?!« meinte Anthony gedehnt.

»Die Sache stimmt wohl nicht ganz, Sir? Diebstahl?« erkundigte sich der Bankdirektor.

»Ja, aber Sie brauchen die Polizei nicht damit zu belästigen, Sir«, beruhigte ihn der Preller. »Ich werde alles selbst viel besser erledigen.« Er verließ die Bank und stieg wieder in seinen Wagen.

»Alles gestohlen«, teilte er Paul mit. »Jeder Cent ist weg.«

»Milwaukee Meg, nicht wahr?«

»Ja, sie hat das wirklich bewunderungswürdig arrangiert«, konnte Anthony sich nicht verkneifen, der Feindin ein Lob zu zollen. »Der Anwalt wurde natürlich von einem ihrer Komplizen gespielt; das Inserat sollte den Bankdirektor auf meinen Tod aufmerksam machen und ihn auf den Besuch meines Testamentsvollstreckers vorbereiten. Er erscheint mit Schlüssel und allen Dokumenten, stellt sich als Anwalt vor und schleppt alles weg. Vorzüglich, wirklich sehr gut gemacht. Aber jetzt, meine sehr verehrte Miss Morrison, alias Mrs. Yonker, alias Milwaukee Meg – jetzt nimm dich vor mir in acht.«

Er gab die Fahrt nach Brixton ganz und gar auf. Ein kleines Zimmer, das er als Büro eingerichtet hatte, um für alle Fälle gerüstet zu sein, mußte ihm auch heute dazu dienen, die Verkleidung anzulegen, die er für seine Mission brauchen würde. Nach allen Seiten gingen Telegramme ab; ein Anruf in der Wohung Megs ergab, daß sie bereits vor zwei Tagen, unbekannt wohin, abgereist sei. Schon am nächsten Morgen erhielt der Preller Auskunft über ihr Fahrtziel, denn die Post brachte ihm einen Brief, auf Papier des Dampfers ›Obo‹ geschrieben.

›Mein lieber Mr. Smith‹, lautete das Schreiben. ›Wir befinden uns auf dem Weg nach Südamerika. Sie würden keine Schwierigkeiten haben, uns verhaften zu lassen, denn unser Schiff hat drahtlose Telegrafie. Vielleicht überlegen Sie es sich, ehe Sie die Polizei unterrichten, denn was würden Sie antworten, wenn man Sie fragte, wo Sie all das Geld, das Ihnen gestohlen worden ist, herhaben? In unserer Begleitung befindet sich das wirklich nette, junge Mädchen, das so sehr Ihre Bewunderung erregt zu haben scheint. Der rührende Brief, den Sie ihr schrieben, befindet sich in meinem Besitz oder vielmehr in dem Mr. van Deahys, der ebenso wie Sie sich außerordentlich für die junge Dame interessiert. Vielleicht treffen wir uns einmal in Südamerika. Dann werde ich die Ehre haben, Ihnen mitzuteilen, wie wundervoll einfach der ganze Film abrollte, der Ihnen Ihr gesamtes Vermögen kostete. Ihre wirklich sehr ergebene Milwaukee Meg.‹

Anthony las den Brief zweimal und reichte ihn erst dann seinem Freund.

»Was soll denn nun werden?« erkundigte sich Paul, nachdem er das Schreiben gelesen hatte.

»Warte!« Anthony rief Sandy. »Fahre, so rasch du kannst, zur Südamerikanischen Dampfschiffahrtsgesellschaft, Sandy«, gebot er ihm, »und suche ausfindig zu machen, welche Kabinen diese Bande belegt hat. Bring mir, wenn möglich, auch einen Kabinenplan des Schiffes. Wenn Miss Stillington wirklich mitgefahren ist, dann muß Meg ihren Namen ›Miss Morrison‹ beibehalten haben. Erkundige dich also nach ihr unter diesem Namen.«

Als sich Sandy auf den Weg gemacht hatte, blätterte Anthony in Lloyds Register.

»Die ›Obo‹ fährt zwölf Knoten und verließ Southampton gestern nachmittag um drei«, unterrichtete er Paul. »Hast du bemerkt, wie schön sie sich alles ausgerechnet hatte? Jetzt ist es neun; um elf Uhr dreißig fährt der nächste Zug nach Torquay. Der englische ›Riviera Expreß‹. Nein, es besteht kein Grund, sich zu sorgen.«

»Was beabsichtigst du zu unternehmen?« erkundigte sich sein Sekretär.

»Nach Bilbao zu fahren. Ehe wir aber dorthin gelangen, wird sich noch verschiedenes ereignen.«

»Hast du denn Geld? Meg hat dir doch alles weggenommen. Wenn du etwas brauchst . . .«

»Nein, danke. Alles hat sie doch nicht erwischt. Ich habe immer noch etwa tausend Pfund auf der Bank liegen und werde, ehe ich sie noch verbrauchen kann, mehr haben. Ich werde einen Barscheck ausschreiben, und du kannst für mich das Geld holen.«

Nach einer halben Stunde brachte Sandy die erwarteten Berichte.

»Den Wagen kannst du in die Garage fahren, Sandy«, gebot ihm Anthony. »Um elf Uhr dreißig erwartest du mich in Paddington, rechtzeitig, um den Zug nach Torquay zu erreichen.«

Paul brachte das Geld. Dann begaben sie sich zum Bahnhof. Während der ganzen Fahrt nach Westengland sprach Anthony kaum ein Wort. Er brachte die meiste Zeit mit dem Studium von Fahrplänen und dem Kabinenplan des Dampfers ›Obo‹ zu. Um sieben Uhr abends kamen sie in Torquay an; es wurde jedoch neun, ehe sie den Mann, in dessen Obhut sich das Boot befand, ausfindig gemacht hatten. Endlich war das Boot seefertig.

Anthony übernahm den Motor, und der U-Boot-Jäger nahm mit leisem Keuchen seine Fahrt seewärts auf. Erst als sie die offene See erreicht hatten, brach Anthony das Schweigen.

»Diese Marineuniformen werden uns sehr zustatten kommen«, meinte er. »Ich glaube, die ›Obo‹ werden wir gegen Tagesanbruch sichten. Zieh dich so marineecht wie möglich an, Paul, denn du sollst als mein Erster Offizier auftreten. Sandy ist Obermaschinist. Mach die Flaggen fertig zum Signalisieren. Hast du das Signalcodebuch zur Hand, Sandy?«

»Jawohl«, entgegnete Sandy und trank in aller Ruhe seinen Kakao aus.

»Steuere dem Eddystone Leuchtturm zu. Mehr südlich. Dort wollen wir uns bis zur Dämmerung aufhalten. Wenn ich richtig gerechnet habe, werden wir bald drei Schiffe auftauchen sehen: die ›Arizona‹ nach New York, den Tramp ›Carpeto‹ und die ›Obo‹, nach Südamerika bestimmt. Ich habe mich in Lloyds Register genauestens unterrichtet und ausfindig gemacht, daß diese drei die einzigen Schiffe sind, die wir sichten werden.«

Um zwei Uhr morgens tauchte die ›Arizona‹ am Horizont auf. In der nächtlichen Stille war das Arbeiten ihrer Maschinen deutlich zu hören. Um drei zeichnete sich die ›Carpeto‹ am östlichen Horizont ab. Nach einer halben Stunde stand wieder eine Rauchwolke am Horizont: Die ›Obo‹ war aufgetaucht.

»Los, Sandy, bleib mit ihr parallel. Wir müssen sie bis heute abend im Auge behalten. Sie wird dann ungefähr in der Nähe von Land's End sein.«

Sie folgten dem Schiff den ganzen Tag über und riefen es gegen Nachmittag an, als die See von anderen Fahrzeugen frei war. Gleich darauf antwortete die ›Obo‹, und Anthony sandte ihr den Befehl: »Legen Sie bei! Wir kommen an Bord.«

Er sah aus wie ein wirklicher Kapitänleutnant. Vom Mast seines Fahrzeugs flatterte die Kriegsflagge. Gehorsam unterbrach die ›Obo‹ ihre Fahrt, und wenige Minuten später legte der U-Boot-Jäger an ihrer Seite an. Anthony rannte die ausgeworfene Leiter hinauf und begrüßte den ihn erwartenden Kapitän.

»Sie haben Passagiere an Bord, Sir«, sagte er diktatorisch. »Ich muß die Leute sehen und mit ihnen sprechen.«

»Die einzigen Passagiere, die wir an Bord haben, Sir«, entgegnete der Kapitän, »sind zwei Damen und ein Herr, die erst im letzten Augenblick an Bord kamen. Der Herr ist ein Freund unseres Reeders, sonst hätten wir die Leute, da wir vollbeladen sind und keine Passagiere nehmen, gar nicht mitgenommen. Was wollen Sie denn von ihm?«

»Er ist spionageverdächtig«, gab Anthony zurück, obwohl der Krieg seit Jahren beendet war.

»Sie sind im Salon«, berichtete der Kapitän. »Sie trinken gerade ihren Tee. Die eine junge Dame ist seekrank.«

»Eine bleiche, kaum den Kinderschuhen entwachsene Dame?« erkundigte sich Anthony.

»Ja, Sir. Ich werde Ihnen den Weg zeigen.«

Die Tür zur Kabine Miss Stillingtons war verschlossen.

»Hier wohnt die junge Dame, Sir. Ich glaube, sie ist ein bißchen . . .« Er zeigte auf seine Stirn.

»Ich verstehe, aber ich muß sie trotzdem sprechen, denn sie ist es, hinter der ich her bin.«

Er warf sich gegen die Füllung, die seinem Ansturm nachgab. Das Mädchen lag in der Koje, sprang jedoch, als sie des Eindringlings ansichtig wurde, überrascht auf.

»Bitte, übernehmen Sie einen Augenblick die Bewachung der jungen Dame, Herr Kapitän«, bat der Preller. »Ich möchte die Kabinen der anderen beiden Passagiere durchsuchen.«

Die Durchsuchung wurde eingehendst durchgeführt. In der Koje Milwaukee Megs fand Anthony eine Stahlkassette, die er mit einem merkwürdig geformten Schlüssel öffnete. Er entnahm ihr eine Brieftasche, die er zärtlich in seine Tasche schob. Dann begab er sich zum Kapitän zurück.

»Bitte lassen Sie durch einen Ihrer Leute die junge Dame in mein Schiff bringen«, bat er ihn. Der Kapitän lächelte verstohlen, als er die Bezeichnung ›Schiff‹ für das Motorboot hörte, das an der Seite des großen Bruders auf den Wellen wie eine Nußschale auf und nieder tanzte.

»Ich werde mich jetzt einmal nach den anderen Passagieren umsehen«, meinte Anthony, als sich Miss Stillington auf dem Weg ins Boot befand.

Beim Abstieg in den Speisesaal begegneten ihm Milwaukee Meg und van Deahy. Das Mädchen wurde schneeweiß, als sie den Revolver bemerkte, den der Preller auf sie gerichtet hielt.

»Ich suche Sie«, verkündete ihr der Feind, »und bin weit hergekommen, um Sie zu treffen.«

»Dieser Mann ist ein Schwindler, Sir«, wandte sich Meg an den Kapitän. »Bitte schützen Sie mich.«

Anthony hatte keinerlei Absicht, Meg mit sich zu nehmen, verriet dies aber mit keiner Silbe.

»Haben Sie einen Haftbefehl, Sir?« erkundigte sich der verwirrte Kapitän.

»Nein. Ich ließ ihn versehentlich in Devonport liegen.«

»Ohne einen Haftbefehl kann ich Ihnen die Dame nicht übergeben«, erklärte der Schiffsführer.

»Er hat mich bestohlen, Sir, lassen Sie ihn nicht weg.«

Der Kapitän kratzte sich verlegen den weißen Kopf.

»Ich weiß wirklich nicht, was ich tun soll«, meinte er ratlos. »Ich werde mich drahtlos erkundigen, was geschehen soll.«

»Ich rate Ihnen«, sagte Anthony energisch, »nach Plymouth zurückzufahren.« Er wußte, daß der Kapitän das nicht ohne großen Zwang tun würde. »Hier ist meine Karte.«

Er händigte dem anderen die Visitenkarte ein. Widerwillig nahm sie der Kapitän entgegen. Ehe er noch bemerkte, was vorging, hatte sich Anthony umgedreht und raste nun über das Deck der Leiter zu, die in sein Boot führte.

»Los!« befahl er Sandy.

Miss Stillington saß auf einem Deckstuhl vor der Kabine, als der Preller auf das Deck seines Schiffes zurücksprang.

»He, Sir, dort unten! Kommen Sie sofort zurück!«

Es war der Kapitän, der ihm den Befehl nachgebrüllt hatte. Neben ihm stand Meg, die erregt auf ihn einsprach. Ihre Bewegungen sagten deutlicher als Worte, was der Inhalt ihrer Ausführungen war. Sandy hatte den Motor angeworfen, und die beiden Schiffe entfernten sich rasch voneinander. Paul, den Kopfhörer am Ohr, grinste über das ganze Gesicht.

»Die ›Obo‹ ruft Plymouth an«, berichtete er.

»Funke dazwischen«, befahl ihm Anthony und drehte das Steuer, bis sein Schiff die Nase direkt nach Süden gerichtet hielt.

Ein merkwürdiges Filmabenteuer

Bilbao ist wirklich eine heiße Stadt, aber die junge Dame, die eben unter dem schattigen Dach des Restaurants eines der besten Hotels der Stadt ihre geeiste Limonade schlürfte, merkte von dieser drückenden Hitze wenig. Sie war jung und hübsch, aber ihre Schönheit wurde durch ständiges Stirnrunzeln zunichte gemacht. Es verunzierte ihr Gesicht. Nach spanischer Mode war sie ganz in Schwarz gekleidet. Im Hotelregister hatte sie sich als Madame Gilot aus Paris angemeldet, was aber nicht verhinderte, daß sie bei der Polizei der ganzen Welt als Milwaukee Meg berüchtigt war. Van Deahy befand sich in ihrer Gesellschaft.

»Nun?« fragte sie ihn.

»Nichts Neues«, brummte er. »Die spanischen Detektive haben so wenig Geschick wie ein Kind, jemand ausfindig zu machen.«

»Darin bin ich nicht deiner Meinung«, widersprach ihm Meg. »Gonzalez ist der klügste Kopf in Spanien. Er war bei der Kriminalabteilung, ehe er Schwindeleien beging und hinausgeworfen wurde.«

»Dann muß es eben daran liegen, daß uns der Preller über ist«, gab van Deahy zurück.

»Unsinn!« Dieser Name schien Meg nervös zu machen. »Er ist auch nicht klüger als die Polizei. Weißt du auch, daß der Kerl uns beinahe unser gesamtes Vermögen gestohlen hat?«

Van Deahy lachte.

»Darf ich dich vielleicht daran erinnern, meine liebe Meg«, meinte er, »daß uns immer noch genug zum Leben bleibt? Ich hielt zu dir, als du dich an dem Preller rächen wolltest, aber daß du dich nur deswegen nach Spanien begibst, um dem Preller seine Gelder abzunehmen, das grenzt an Wahnsinn.«

»Du hast also Angst?« höhnte sie.

»Ja«, gab er zu. »Ich fürchte mich vor seiner Klugheit und Erfindungsgabe. Habe ich nicht Ursache dazu? Du mußt dir die ganze Sache auch ein wenig von meinem Standpunkt aus betrachten, Meg. Ein junger Engländer, klug und kaltblütig, nimmt sich allen Ernstes vor, Ganoven auszubeuten. Er hat Kumpane, die nur wenig hinter ihm zurückbleiben: einen ehemaligen Offizier, tapfer und kaltblütig, und einen Soldaten mit gleichen Eigenschaften. Ich bin überzeugt, daß, wüßte die große Öffentlichkeit, was er treibt, er der Sympathien aller sicher sein könnte. Er läuft ja auch bei seinen Unternehmungen keinerlei Gefahr, denn die Lämmlein, die er schert, wagen es ja gar nicht, sich zu wehren, aus Angst, es käme der Wolf – die Polizei! Du und ich haben trotz alledem nicht schlecht abgeschnitten. Außer den sechzigtausend Pfund, die du leichtsinnigerweise nach Spanien mitgebracht hast, liegt noch allerhand gutes Geld von uns in Südamerika. Darum, Meg, laß es genug sein und komm mit mir. Du weißt, daß ich dir dies schon geraten hatte, als wir an Bord des Torpedobootes nach Devonport zurückfuhren.«

Madame erhob sich.

»Ich bin anderer Meinung«, sagte sie. »Wenn du Angst hast, ist das deine Sache. Ich werde nicht locker lassen, ehe ich ihm nicht seinen Raub wieder abgejagt habe. Nicht einen Augenblick früher werde ich die Jagd aufgeben, ehe ich mich nicht mit seinem Geld in meiner Tasche in Südamerika befinde.«

Van Deahy zuckte die Achseln. Er wollte gerade eine Antwort geben, als einer der Hotelpagen sich Meg näherte und ihr etwas auf spanisch meldete.

»Führen Sie den Herrn hierher«, gebot sie in gleicher Sprache. Dann wandte sie sich an ihren Komplicen: »Es ist Gonzalez«, erklärte sie. Einige Minuten später trat ein untersetzter, dunkelhäutiger Herr ein.

»Nun, was haben Sie zu melden?« empfing ihn Madame.

Der Besucher entnahm seiner Aktentasche ein Bündel Papiere und blätterte darin.

»Señora«, sagte er endlich, »ich habe bei meinen Nachforschungen Erfolg gehabt. Ich habe den Herrn, für den Sie sich interessieren, gefunden. Er langte vor sechzehn Tagen mit zwei anderen Herren und einer hübschen jungen Dame in einem Motorboot hier an. Sie wohnten im ›Hotel de las cuatro Naciónes‹, während die Dame mit dem ersten nach England fahrenden Dampfer Bilbao verließ.«

Milwaukee Meg nickte verständnisvoll.

»Er hat Miss Stillington in Sicherheit gebracht! Nun, ich glaube, er hat damit klug gehandelt. Du bist dein Mädchen los, van Deahy«, meinte sie ironisch.

Ihr Komplice lachte.

»Ich gräme mich nur, wenn ich Geld verliere«, gab er zurück.

»Was haben Sie sonst noch zu berichten, Gonzalez?« wandte sich Madame Gilot an den Detektiv.

»Die drei Herren blieben nach der Abreise der jungen Dame noch eine Zeitlang im Hotel wohnen und fuhren dann nach Madrid. Dort kamen sie vor acht Tagen an und stiegen im ›Hotel de la Paix‹ an der Puerta del Sol ab.«

»Sie wohnen wohl auch jetzt noch dort?‹ erkundigte sich Meg. Aber der andere schüttelte verneinend den Kopf.

»Nein, Señora. Ich verfolgte ihre Spuren nach Burgos, wo sich eine kleine Villa des Marquis d'Algeciras befindet. Diese Villa haben sie gemietet und auch schon bezogen. Es sind dieselben Herren, die hier im Hotel gewohnt und sich dann nach Madrid begeben hatten. Darüber besteht kein Zweifel, daß es die Herren sind, für die sich Madame so sehr interessiert.«

»Ja, es scheint so«, meinte Meg. »Der zweite ist, wenn der Preller keine andere Verwendung für ihn hat, sein Sekretär, und der dritte spielt den Kammerdiener.«

»Diesmal ist der Sekretär auch als Diener beschäftigt«, meinte Gonzalez.

»Wie lange werden sie wohl in jener Villa wohnen bleiben?« wollte Meg wissen.

Der Spanier zuckte die Achseln.

»Das weiß ich nicht. Der Herr hat das Haus für drei Monate gemietet. Was er aber in Burgos, dem ödesten Platz unter der Sonne, macht, das weiß ich . . .«

Madame unterbrach ihn.

»Setzen Sie Ihre Leute auf die Fährte, Gonzalez«, befahl sie. »Und lassen Sie jene Männer in Burgos nicht aus den Augen. Halten Sie sich ständig zu meiner Verfügung, damit Sie bereit sind, wenn ich Sie plötzlich benötige.«

Sie überreichte ihm ein Päckchen spanischer Banknoten, für die sich der Detektiv mit einer Verbeugung bedankte.

»Ich stehe zu ihrer Verfügung, Madame«, versprach er.

Vierzehn Tage später saßen Anthony und Paul im Wintergarten der Villa in Burgos.

Der Tag war wie alle vorhergehenden schwül gewesen, obwohl noch an diesem Morgen ein heftiges Gewitter über der Stadt niedergegangen war. Der Garten war jedoch schattig und wurde von der kühlen Brise, die von Osten her wehte, angenehm durchlüftet.

»Jetzt verstehe ich erst, was man unter ›Château en Espagne‹ versteht«, meinte Paul und holte sich mit fauler Bewegung eine Zigarette aus dem Etui. »Die Hitze! Die reine Hölle.«

Sein Freund und Gebieter antwortete nicht. Seine Augen blickten in die Ferne und hatten einen geistesabwesenden Ausdruck. Nachdenklich biß er sich auf die Lippen.

»Dreimal habe ich versucht, mich mit ihm zu unterhalten«, philosophierte Paul laut vor sich hin. »Er ist entweder zu faul zu antworten, oder er schwitzt seinen Verstand aus. Vielleicht könnte er« – dies mit einem lustigen Seitenblick auf das schweigende Ziel dieser Bemerkungen –, »wenigstens durch eine Handbewegung verraten, daß noch Leben in ihm weilt. Lange genug wohnen wir ja schon hier, um die spanische Art zu reden angenommen zu haben.«

»Entschuldige«, bat Anthony, als wäre er eben aus einem tiefen Traum erwacht, »ich habe wirklich nicht gehört, was du sagtest.«

Paul lachte.

»Ja, sie ist jetzt schon über eine Woche wieder in England«, meinte er. »Sie wird wohl bald schreiben.«

Anthony errötete. »Was, zum Teufel, meinst du damit?«

»Sei kein Schaf! Ich dachte nur, ich wüßte, über wen du so nachdachtest.« Er beeilte sich aber gleichwohl, das Thema zu wechseln: »Darf ich dich nach berühmtem Muster fragen: Quo vadis? Wohin wir uns von hier aus begeben wollen?«

»Irgendwohin«, erwiderte der andere gleichgültig. »Ich hatte schon die Absicht, auch einmal Australien kennenzulernen. Wir könnten uns in bequemen Etappen durch Spanien bis nach Gibraltar durcharbeiten und von dort das Schiff nehmen.«

»Um uns in Gibraltar von Bord holen zu lassen, nicht wahr? Du, Anthony, Spanien ist ein verdammt heißes Loch, aber wenn ich die Wahl zwischen einem englischen Zuchthaus und zehn Jahren weiteren Aufenthalts in dieser Gegend habe, ziehe ich das letztere vor.«

»Du hast recht«, gab der Preller zu. »Wir würden uns in die Höhle des Löwen begeben, wenn wir nach Gibraltar führen.«

»Was macht denn Meg?« Paul wandte sich einem anderen Thema zu, das beide interessieren konnte. »Ist sie schon in Südamerika?«

»Sie ist in England. Die letzte Nachricht, die ich über sie erhielt, kam von Devonport.«

»Donnerwetter! Sie ging nach England zurück?«

»Als ich ihr den Raub abgejagt hatte, telegrafierte der Kapitän der ›Obo‹ nach Devonport. Man sandte ihm einen Zerstörer, auf dem dann Meg die Heimfahrt nach England antrat.«

»Verdammt frech von ihr.«

»Sie bringt noch ganz andere Dinge fertig. Ihr ganzes Trachten geht nur auf eines hinaus: mit mir quitt zu werden. Ich habe eine Ahnung, als triebe sie sich, Revolver in der Tasche, in Spanien herum, errötend meinen Spuren folgend. Ich habe da von dem Besitzer dieser Villa einen Brief bekommen«, schloß er abschweifend und holte das Schreiben aus seiner Tasche.

»Vom Marquis d'Algeciras?« fragte Paul.

»Ja, das Schloß, das wir hier bewohnen, scheint eine große geschichtliche Vergangenheit zu besitzen, denn es soll vom Cid selbst erbaut worden sein. Die Hispano-Film Co. möchte hier einen Film drehen, um eine historische Szene geschichtsecht darzustellen. Der Marquis bittet mich nun, zu gestatten, daß die Aufnahmen hier stattfinden.«

»Ahnte ich doch schon immer, daß du noch einmal beim Film landen würdest«, erklärte Paul.

»Man wird mich nicht zur Mitwirkung auffordern, wenn es das ist, was du meinst. Sie bringen ihre eigenen Leute mit, und ich komme, da es sich nicht um ein Lustspiel handelt, nicht in Frage.«

»Du erniedrigst dich selbst ganz unnötig«, gab Paul höflich zurück. »Wann soll es denn losgehen?«

»In zwei bis drei Tagen. Ich habe dem Marquis telegrafiert, daß ich gegen die Filmerei hier nichts einzuwenden hätte. Der Direktor der Filmgesellschaft hat mir daraufhin sofort einen von Dankbeteuerungen überfließenden Brief geschrieben und mich benachrichtigt, daß er bereits früh um neun mit einem reich assortierten Lager von Rittern, Edeldamen, Räubern und ähnlichem Gelichter hier eintreffen werde.«

»Das klingt interessant«, murmelte Paul.

Am Mittwoch früh erschienen die erwarteten Filmleute unter Führung eines älteren, gesprächigen Spaniers, der sich wegen der

Belästigung der Mieter des Schlosses vielmals entschuldigte. Anthony hörte ihm vergnügt zu.

»Eine Bitte hätten wir noch«, schloß der Direktor. »Und zwar möchten wir Sie ersuchen, sich mit Ihrer Dienerschaft nicht im Haus aufzuhalten und sich überhaupt so weit wie möglich von den Aufnahmepunkten zu entfernen. Wenn in diesem Film des Mittelalters auf einmal jemand in moderner Kleidung auftauchte, wäre die ganze Sache verdorben.«

»Das sehe ich ein«, erklärte Anthony. »Vielleicht geben Sie mir einen kleinen Auszug aus Ihrem hiesigen Programm?«

Eine schöne Señora, erklärte der Regisseur, befände sich in diesem Schloß als ständig bewachte Gefangene und riefe vom Gitterfenster aus einen vorüberreitenden Ritter zu Hilfe. Die schöne Dame sei eine Nonne, fügte er hinzu.

»Sie erscheint also verschleiert, nicht wahr?« fragte Anthony.

»Gewiß, Señor, denn die geistlichen Schwestern jener Periode trugen ja alle einen dichten Schleier.«

»Und der rettende Ritter? Was ist mit ihm?« fuhr Anthony in seinen Erkundigungen fort, denn er war nunmehr aufs höchste interessiert. »Wird man wenigstens sein Gesicht sehen können?«

Der andere schüttelte lächelnd den Kopf.

»Nein, denn er trägt ja sein Visier geschlossen.«

»So, so! Wie heißen denn die betreffenden Herrschaften, die die Hauptrollen spielen?«

Das wußte der Regisseur selbst nicht. Man hatte ihn ausdrücklich nur für diesen Film engagiert. Sie seien, soweit er unterrichtet war, Franzosen, denn man habe zur Bedingung gemacht, daß ein Spielleiter gesandt werde, der Französisch spreche. Der Regisseur hatte die Schauspieler für die Nebenrollen zusammengetrommelt und erwartete die Stars, die Nonne und den Ritter, in kurzer Zeit. Sie warteten seine Nachricht in einem kleinen, etwa dreißig Kilometer entfernten Gasthaus ab und würden erst erscheinen, wenn alles zur Aufnahme bereit sei. Die Herrschaften wünschten dann sofort nach Frankreich zurückzureisen. Das wenigstens wußte der Regisseur genau, denn er hatte den großen Tourenwagen der beiden gesehen.

»Schön«, meinte Anthony und begab sich auf die Suche nach Paul.

»Gib Sandy Auftrag, alles zur sofortigen Abreise bereitzuhalten«, befahl er ihm. »Er soll uns mit dem Wagen in dem kleinen Gehölz erwarten, das einige Kilometer nördlich von hier liegt. Wenn er ein Auto kommen sieht, soll er sich versteckt halten.«

»Was geht denn nun schon wieder vor?« wollte Paul wissen.

»Später werde ich es dir sagen. Erwartet mich beide im Wäldchen.«

Erst gegen elf traf das erwartete Auto ein. Zwei merkwürdige Gestalten entstiegen ihm, als es vor dem Tor des Schlosses anhielt. Die eine war ein Ritter in silberner Rüstung, die andere – eine Nonne, tief verschleiert. Der Regisseur begrüßte die beiden Neuankömmlinge und ließ die übrigen Schauspieler sofort zusammenrufen.

»Es ist alles bereit«, verkündete er seinen Auftraggebern. »Der Herr, der das Schloß bewohnt, hat mir Erlaubnis gegeben, sein Haus als mein Eigentum zu betrachten und mich darin nach Belieben zu bewegen. Darf ich Sie führen, Señora?« Er bot der Nonne galant den Arm und führte sie ins Haus.

Dort erwartete Anthony seine Gäste. Er reichte der Verschleierten die Hand und murmelte auf französisch einige Begrüßungsworte. Als er dem Mädchen die Hand entgegenhielt, zuckte es einen Augenblick zurück, erwiderte dann aber mit leiser Stimme den Gruß. Der Regisseur führte sie in Anthonys Schlafzimmer, das als Gefängnis für die Nonne dienen sollte.

Der Hausherr trat in den Garten hinaus und beobachtete einige Minuten die Aufnahmen, ehe er sich entfernte.

»Hier müssen Sie sich hinstellen, Pizarro«, brüllte unterdessen der Spielleiter den übrigen Schauspielern zu. »Soll das eine Verbrecherphysiognomie sein, die Sie da aufgesteckt haben? Ich vermag nur Blödsinn darin zu erkennen. Hier, Gomez, Sie haben wie ein Soldat über den Hof zu laufen, nicht wie eine Holzpuppe. Dort oben das Fenster ist es, wo die Nonne gefangengehalten wird, nicht im Keller, wo Sie hinblicken!« Er schöpfte tief Atem und wandte sich an den Ritter, der mit geschlossenem Visier auf den Zeitpunkt seiner Rolle gewartet hatte. »Bitte, treten Sie nunmehr vor, Monsieur, und halten Sie sich im Bereich der Kamera. Wenn ich sage ›Jetzt!‹, ziehen Sie Ihr Schwert und greifen diese Leute an. Dann erst wird die Dame die Strickleiter heruntergelassen, über die Sie sich in ihr Gefängnis zu begeben haben.«

Van Deahy schwitzte unter seinem Stahlpanzer und dem schweren Helm wie im Backofen. Er fluchte im stillen dem Regisseur, den Schauspielern und vor allen Dingen Meg, die diesen Plan ausgebrütet hatte und im Augenblick sicherlich im Begriff war, die Schatzkammer des Prellers auszuräumen. Er durfte nicht ungeduldig werden. Vielleicht war das Geld in einem Schrank eingeschlossen, den Meg erst öffnen mußte. Sie konnte es nicht zum erstenmal. Er mußte sich also bescheiden und warten, bis Milwaukee Meg soweit war. Endlich erschien sie am Fenster und winkte. Sie hatte Erfolg gehabt. Van Deahys Herz schlug vor unterdrücktem Triumphgefühl hoch auf. Gewiß, er war gegen diesen Plan gewesen, aber nun vergaß er alle seine Einwendungen. Das Mädchen am Fenster hielt ein in schwarzes Papier eingehülltes Paket in der Hand.

»Ich hab's!« rief sie freudig.

Zur größten Überraschung des Regisseurs warf sie jedoch keine Strickleiter hinunter, sondern trat gleich darauf wie eine gewöhnliche Sterbliche durch die Haustür.

»Ich hab's!« wiederholte sie. Dann wandte sie sich an den Spielleiter: »Wir werden diese Aufnahmen um einige Zeit verschieben müssen.«

»Aber – aber – aber, Madame!« wehrte sich der Regisseur. »Was soll aus allen diesen Leuten hier werden?«

»Die Aufnahmen müssen verschoben werden«, gab sie brüsk zurück. »Komm!« Sie ergriff den eisengeschienten Arm des ›Ritters‹ und eilte mit ihm dem Auto zu. Aber die Gartentür, die bisher offengestanden hatte, war nunmehr verschlossen. Durch die Gitterstäbe sah sie Anthony, der anstelle ihres Chauffeurs am Führersitz des Wagens saß. Bei ihrem Anblick wandte er sich ihr lächelnd zu:

»Schachmatt, Meg!« rief er. »Sie hatten alles schön für mich gepackt, nicht wahr? Hier im Wagen befindet sich doch sicherlich der Rest Ihres Raubes, wie? Feine Idee übrigens, die Sache mit der Filmerei, das muß ich zugeben, aber . . .«

»Wir sind quitt, Mr. Preller«, rief sie ihrem Gegner zu und hielt ihm das Paket entgegen, das sie in seinem Schlafzimmer geraubt hatte.

»Lauter alte Zeitungen, mein Liebling«, höhnte er. »Ich hatte sie für Sie bereitgelegt. Auf Wiedersehen.«

Eine Woche später erst hörte Meg wieder vom Preller. Die Nachricht kam in Form eines Briefes, der, an Milwaukee Meg adressiert, in ihrem Brieffach im Hotel zu Bilbao steckte.

›Verehrteste Meg!
Ich habe Spanien den Rücken gewandt, und da das Geschäft in den letzten Wochen wirklich einträglich war, will ich einen kurzen Urlaub antreten. Ich würde es aufs tiefste bedauern, wenn ich Ihnen den letzten Penny geraubt hätte, aber ich habe eine Ahnung, als hätten Sie noch irgendwo genug Geld versteckt, um davon leben zu können. Mein Gewissen ist also wieder einigermaßen beruhigt. Wenn Sie wenigstens das behalten wollen, was Sie noch haben, dann würde ich Ihnen raten, mich von nun an in Ruhe zu lassen und mir nicht zu folgen. Die Hälfte des Schatzes, den Sie mir freundlicherweise zur Verfügung stellten, habe ich einem edlen Zweck, der Gründung einer Kolonie für mittellose Invaliden, zugeführt.
Ihr ergebener Preller‹

Das Mädchen von Gibraltar

Baltimore Jones hatte in der Levante reinen Tisch gemacht; vom Piräus bis Alexandrien, von Tripolis bis Messina hatten müde, erschöpfte Männer auf Kosten des Inhalts ihrer Brieftaschen seine Fingerfertigkeit im Kartenspielen bewundern dürfen. Immer lächelnd, hatte er Piaster und Drachmen, Lire, Pfund Sterling und Dollars eingeheimst, immer und immer wieder – höhnischer Trost – den Leidtragenden die Worte zugerufen: »Schade, aber – was will man machen, wenn einem das Glück so treu bleibt?« Es gehörte zu seinen ständigen Redensarten: »Nicht jeder kann gewinnen.« Dies mochte zutreffen, aber wo Baltimore Jones mitspielte, kam nur er als Gewinner in Frage, gleichgültig, wie Fortuna die Karten mischte. In seiner Hüfttasche ruhte, wohlverwahrt, ein dickes Banknotenbündel, mit dem er, um eine Abschlußsitzung zu veranstalten, eines schönen Tages in Gibraltar landete.

Zu tun hatte er eigentlich wenig in diesem langweiligen Städtchen, das sein Leben nur Englands Gnade verdankte. Zu Tode gelangweilt, war er dem Heulen nahe, während er sich – sehr gegen seinen Willen – beim Klang der Instrumente des Alameda-Orchesters spät abends ›erholte‹. Seine Aufmerksamkeit wurde auf ein schluchzendes junges Mädchen gelenkt, das immer noch auf einer versteckten Bank saß, obwohl sich alle militärischen und Zivilpersonen schon auf dem Nachhauseweg befanden.

Baltimore Jones hörte eine Weile zu. Dann erhob er sich und versuchte, die Weinende – Agathe Maccall, genannt Bessie – zu trösten. Seine weiche, wohllautende Stimme, die auch einem Griechen das Geld aus der Tasche zu ziehen vermochte, versagte nicht. Bessie Maccall unterbrach ihr Schluchzen, um ihm ihre Leidensgeschichte zu erzählen. Sie war Gouvernante im Haus des Oberst Sipp, dessen Gattin ihr das Leben sauer machte. Nachdem Bessie sich beruhigt hatte, begleitete er sie nach Hause und sah unter dem Licht eines Kandelabers zum erstenmal ihr Gesicht. Und was er sah, erschien ihm gut und annehmbar. Von nun an traf er sich mit ihr an jedem Konzertabend, bis er nach Ablauf einer Woche dieser platonischen Verehrung überdrüssig wurde. Seine Einladung, zum Wochenende nach Algeciras zu fahren und dort am Sonntag einem Stierkampf beizuwohnen, hatte Bessie Maccall zu seinem Erstaunen als ›unpassend‹ abgelehnt. Er hatte sein schwerstes Geschütz aufgefahren, hatte alle seine Beredsamkeit spielen, alle Sprüche aufmarschieren lassen, die längst verstorbene Lebemänner für derartige Situationen auf Lager hatten – alles war vergebens gewesen. Bessie Maccall blieb in diesem Kampf um ›Prinzipien‹ Siegerin.

Erst nach Ablauf einer Woche lächelte Mr. Jones das Glück, Bessie hatte einen neuen Auftritt mit Frau Oberst Sipp gehabt, der dem Faß den Boden ausgeschlagen hatte. Baltimore Jones unterstützte den Sturm auf die geschwächte feindliche Position noch dadurch, daß er ihr in glühenden Worten die Herzlichkeit des Willkommensgrußes vor Augen hielt, der ihr bei ihrer Rückkehr nach England gewiß sei. Alles schien demnach für die Pläne Mr. Jones' gutzugehen; er sah sich am Ziel seiner Wünsche, wenn nicht . . .

Der Preller hatte seinen Urlaub abgebrochen. Er glaubte, es sei genügend Zeit verflossen, man habe ihn vergessen und über seine anrüchigen Taten sei Gras gewachsen. Er war heute zum erstenmal nach Gibraltar gefahren, während Paul, sein Sekretär, in Algeciras zurückgeblieben war und sich inzwischen im herrlichen Garten des Hotels Regina Christina nach Kräften langweilte. Erst als Sandy sich seinem Sitzplatz näherte, blickte Paul auf, und ein Ausdruck von Interesse huschte über sein Gesicht, als er den Dritten im Bund willkommen hieß.

Der letzte Dampfer von Gibraltar ist eben angekommen«, meldete Sandy. »Der Chef dürfte an Bord sein. Etwas Besonderes?«

»Das weiß ich nicht, Sandy«, gab Paul zurück. »Er fuhr hinüber, um die Sache, die da zwischen Baltimore Jones und Miss Agatha Maccall spielt, genauer zu untersuchen.«

»Ach so, die Gouvernante?«

»Ja«, beschied ihn der andere kurz.

»Ich bin jetzt genauso klug wie vorher«, meinte Sandy und entfernte sich.

Wenige Augenblicke später erhob sich Paul, um seinem Chef entgegenzugehen. Der Preller schien in bester Laune zu sein.

»Warum so lustig?« erkundigte sich sein Sekretär.

»Lustig? Nein, übermütig bin ich«, gab der Preller zurück. »Ich habe einen herrlichen Tag verlebt.«

»Und anscheinend auch einen Teil der Nacht?«

»Der Abend verlief leider nicht so wunschgemäß«, meinte Anthony. »Dieser Baltimore Jones ist ein sehr zurückhaltender Mann. Ich weiß aber gleichwohl Bescheid, denn ich stand hinter der Bank auf der Alameda, während ihm Bessie Maccall die traurige Geschichte ihres Daseins beichtete.«

»Ich dachte, sie hieß Agatha?«

»Tut sie auch, aber sie nennt sich Bessie, das heißt Baltimore Jones gegenüber hat sie diesen Namen genannt. Eine Tante von ihr wohnt in Stirling. Sie ist die einzige Verwandte, der sie nähersteht. Dann sind noch drei Vettern vorhanden, die schon frühzeitig ihre Heimat verließen und irgendwo in London in Stellung sind. Die Tante heißt Maggie. Bessie besuchte in Glasgow die Schule und brachte einmal vierzehn Tage Ferien in Blackpool zu. Das ist alles, was ich vom Stammbaum der Maccalls erfahren konnte. Was Baltimore Jones betrifft, so weiß ich über ihn bedeutend mehr.«

»Er ist ein Ganove, nicht wahr?«

»Ja, und ein ganz großer«, bestätigte der Preller. »Sein Schlafzimmer ist, was Mechanismen zum Schröpfen der geistig Armen betrifft, die reine Maschinenfabrik. Siebenundzwanzig Pack Spielkarten hat er sich so fein gezinkt, daß er sie jederzeit mit großem Gewinn für sich selbst verwenden kann. Ich habe mir erlaubt, ihm fünf davon abzuservieren und hierher mitzubringen. Wenn er sie vermißt, so läßt sich das natürlich nicht ändern, aber ich glaube es nicht, denn er hatte es heute sehr eilig.«

»Ist er hier in Algeciras?«

»Ja, er mußte plötzlich von Gibraltar abrücken und wohnt

nun hier im ›Continental‹. Er kam eben mit mir zusammen an. Mittlerweile hat er zwei Plätze im Madrider Schlafwagen reservieren lassen, da er Miss Bessie Maccall in ihr Heimatland zurückbegleiten will.«

»So, so!« erwiderte Paul gedehnt. »Das bedeutet natürlich, daß das arme Mädchen über Madrid nicht hinausgelangen wird. Morgen früh wollen sie weiter, nicht wahr?«

Anthony nickte.

»Agatha wird ihn zeitig morgen früh treffen, denn sie hat früh eine halbe Stunde frei, um ihren Verdauungsspaziergang zu machen. Anstatt nach Hause zurückzukehren, wird sie das Schiff nach Algeciras besteigen und hier Baltimore Jones treffen. Eine Woche lang habe ich mich mit der Frage gequält, ob ich es wagen dürfe, nach London zurückzukehren. Mit dieser neuesten Entwicklung sind alle Zweifel zerstoben: Wir fahren nach England.«

»Komm, wir wollen packen«, meinte Paul lakonisch. Dann kehrten sie ins Hotel zurück und begannen mit den Vorbereitungen zur Abreise.

Am frühen Morgen stieg das frische junge Mädchen in Algeciras an Land und wurde von Baltimore Jones empfangen, einem gutaussehenden jungen Mann von militärischem Äußeren, mit sorgfältig gepflegtem Schnurrbart. Das Mädchen schien nervös zu sein, dennoch strahlten ihre hübschen Augen.

»Ach, ich habe solche Angst gehabt«, meinte sie. »Im letzten Augenblick glaubte ich die Frau Oberst am Kai zu bemerken. Gott sei Dank war es nur eine Täuschung.«

»Machen Sie sich keine Sorgen mehr, meine Liebe«, beruhigte sie Jones. »In ein paar Tagen werden Sie sich schon auf dem Weg von London nach Norden befinden.«

»Wir fahren doch heute bis Paris durch, nicht wahr?« erkundigte sich das Mädchen.

»Ich glaube, wir haben in Madrid einige Stunden Aufenthalt, aber Sie brauchen sich deshalb keine grauen Haare wachsen zu lassen«, erwiderte ihr Begleiter.

Das Mädchen seufzte erleichtert auf, aber ehe es noch etwas sagen konnte, kamen drei Männer auf die beiden zu. Sie waren im Begriff vorüberzugehen, als der eine plötzlich seinen Schritt verhielt.

»Donnerwetter!« rief er aus. »Ist das nicht Bessie Maccall?!«

»Meinst du unsere Kusine?« fragte der zweite neugierig.

»Natürlich ist sie es«, bekräftigte nun auch der dritte, Sandy. Er war Schotte, und als solcher besonders geeignet, den Verwandten einer Schottin zu spielen. »Wie geht's dir denn, Bessie? Kennst du mich nicht mehr? Sandy Maccall?«

»Nein, ich erinnere mich wirklich nicht«, entgegnete Bessie lächelnd. »Sie sind wirklich meine Vettern?«

»Jawohl, wir alle drei.« Es klang wie ein Sprechchor, als die drei jungen Leute gleichzeitig die Verwandtschaft bestätigten. »So ein Zufall, hier unsere Kusine Bessie zu treffen.«

Das junge Mädchen freute sich über die Begegnung, obwohl sie nicht einen einzigen der so unvermutet aufgetauchten Verwandten wiedererkannte. Nur Baltimore Jones teilte diese Freude nicht. Nervös fingerte er an seinem Schnurrbart herum und musterte die drei Neuankömmlinge mit mißtrauischen Blikken.

»Eure Gesichter kommen mir wirklich nicht bekannt vor, aber ich muß ja, als ich euch zum letztenmal sah, noch ganz klein gewesen sein«, fuhr Bessie, schon zutraulicher geworden, fort.

»Ich weiß, wo du uns zuletzt gesehen hast«, sagte Anthony. »Es war in Stirling. Ich erinnere mich noch ganz genau an dich, denn ich vergesse ein Gesicht niemals. Wann hast du sie denn zuletzt gesehen, Sandy?« wandte er sich an ihn.

»Sie war noch ganz klein«, log Sandy tapfer. »Ich wollte sie in Glasgow besuchen, aber sie hatte sich während der Ferien nach Blackpool begeben. Wie lange mag das schon her sein?«

»Das war vor vier Jahren«, half ihm das Mädchen. »So ein Zufall! Kennt ihr Mr. Jones?« fragte sie die drei.

Sie verbeugten sich höflich, und Mr. Jones erwiderte die Verbeugung. Sie fragten ihn, wie es ihm ginge, und Mr. Jones erwiderte »gut«; dann sprach er die Hoffnung aus, daß auch sie sich wohl befänden, ohne diesen Wunsch wirklich zu empfinden.

»Komm, Bessie, wir müssen einsteigen«, wandte er sich an seine Begleiterin.

»Wo wollt ihr denn hin?« erkundigte sich der Preller.

»Nach Madrid«, gab die ›Kusine‹ Auskunft. »Mr. Jones hatte die Liebenswürdigkeit, mir anzubieten, mich nach London zu begleiten.«

»Mit diesem Zug?« rief Anthony erstaunt. »Merkwürdig, wir wollen ihn nämlich ebenfalls benutzen.«

Bessie freute sich aufrichtig.

»Großartig!« rief sie aus. »Das klappt aber gut.«

Baltimore Jones zerbarst beinahe vor Wut, ließ sich aber nichts anmerken. Er schritt mit dem Mädchen einige Meter voraus, während die drei ›Vettern‹ ihnen folgten.

»Kennen Sie die drei Kerle?« fragte er Bessie leise.

»Ob ich sie kenne? Nein, das nicht, aber sie sind meine Vettern.«

»Wie können Sie das behaupten?« fragte er erregt.

»Wie ich das behaupten kann? Welch komische Frage?« Sie lachte. »Natürlich sind sie meine Vettern. Sonst würden sie doch nichts von meiner Tante Maggie wissen und sich auch nicht erinnern können, daß ich vor vier Jahren während meiner Ferien in Blackpool war.«

Mr. Jones schwieg. Er führte sie in den Schlafwagen, während die anderen ihre Plätze im gleichen Waggon einnahmen. Der Zug war nur wenig besetzt, so daß sich Anthony zwei Abteile reservieren lassen konnte.

»Ich will mal sehen, wie du untergebracht bist, Bessie«, sagte er zu seiner ›Kusine‹.

»Lassen Sie nur«, mischte sich Baltimore Jones ein. »Ich habe für die junge Dame alles bestens erledigt.«

»Wirklich zu gütig von Ihnen«, bedankte sich Anthony, drängte aber den vor Zorn bebenden Mr. Jones zur Seite und begleitete das vom Luxus des Abteils sichtlich überraschte Mädchen.

»Nicht wahr, das ist schön«, meinte Anthony. »Und du kannst ganz allein in diesem Abteil wohnen.«

»Ich kenne mich in diesen Dingen gar nicht aus«, meinte das junge Mädchen. »Es wird schon seine Richtigkeit haben. Mr. Jones hat alles für mich geregelt.«

Jones befand sich neben Anthony, als dieser sich ihm zuwandte: »Sie hat doch das Abteil allein, nicht wahr?«

»Ich glaube, ja«, gab der andere widerwillig zu.

»Wie lange wirst du denn in Madrid bleiben, Bessie«, fragte Anthony die neuerworbene Verwandte.

»Wir fahren durch«, erklärte sie.

»Mit diesem Zug kannst du das nicht«, belehrte sie Anthony. »Erst am nächsten Tag gibt es Anschluß. Du wirst eine Nacht in Madrid bleiben müssen, was dir Mr. Jones bestätigen wird.«

Sie blickte ihren Begleiter erstaunt an.

»Sie sagten mir doch, der Zug habe sofort Anschluß«, rief sie vorwurfsvoll aus.

»Der Herr ist eben über Fahrpläne besser als ich unterrichtet«, gab Jones schroff zurück. »Vielleicht hat er recht.«

»Na, das ist ja nicht so schlimm, Bessie. Du kannst ja mit uns im Hotel de la Paix bleiben«, beruhigte Anthony seine Kusine.

»Ich habe aber Zimmer im ›Paris‹ reservieren lassen«, widersprach Jones.

»Na, Sie können uns ja besuchen«, winkte Anthony ab. »Wir werden uns immer freuen, wenn Sie kommen, nicht wahr, Bessie? Haben Sie eigentlich für sich selbst ein Bett reservieren lassen? Wenn nicht, kann ich Ihnen eines in meinem Abteil abtreten.«

Der andere nahm die Einladung widerwillig an.

Er wurde besser gelaunt, als ihm Anthony später am Abend sagte, daß er mit seinen beiden Vettern in Marokko Maultiere für die italienische Regierung eingekauft habe und seinen reichen Gewinn bei sich trage, um ihn in London zur Bank zu bringen. Er gab weiter an, daß er zu Bankschecks kein Vertrauen habe und sein Geld immer in bar mit sich führe. Die geschäftliche Tüchtigkeit Mr. Jones' erwachte sofort. Am nächsten Morgen – sie verließen eben im Auto den Madrider Südbahnhof – gesellte sich Mr. Jones zu den drei Vettern und teilte ihnen mit, daß er sie am gleichen Abend im Hotel aufsuchen würde.

»Wie wäre es mit einem kleinen Poker?« meinte er. »Ich verstehe ja nicht viel davon, und ihr werdet mir wohl mein Geld abnehmen, aber ihr seid mir sympathisch, und ich will das Risiko auf mich nehmen.«

Sandy übernahm die Antwort. Er musterte Mr. Jones mit einigem Mißtrauen. Dann sagte er lachend:

»Ich will mitspielen, möchte aber vorher von Ihnen wissen, was Sie als Gewinnerhand betrachten: ›Volles Haus‹ oder ›doppelte Paare‹?«

Vielleicht sei die Reise doch nicht umsonst gewesen, meinte Mr. Jones nachdenklich, während er sein Hotel allein betrat, obwohl er in Gibraltar geglaubt hatte, sein Schlafzimmer in Madrid mit Bessie teilen zu können. Am Abend suchte er die vier im Hotel de la Paix auf.

»Na, hier seid ihr doch alle«, begrüßte er sie jovial. »Wie geht es denn meiner kleinen Freundin?« Er schüttelte dem Mädchen die Hand.

»Sie will eben schlafen gehen«, berichtete Anthony. »Sie hat schwere vierundzwanzig Stunden hinter sich, und da wir morgen früh zeitig abreisen wollen, riet ich ihr, schlafen zu gehen.«

»Ich finde das sehr klug«, stimmte Baltimore Jones herzlich zu, obwohl er gehofft hatte, diese drei Lämmlein in Gegenwart der ›Kusine‹ zu scheren.

Sandy erwähnte das geplante Spiel zuerst.

»Ja, ich hatte gehofft, daß wir spielen würden«, meinte Jones, »und habe mir deshalb gestattet, gleich meine eigenen Karten mitzubringen, da man hier die richtigen ja doch nie bekommt.«

»Ja, das hatte auch uns Sorge bereitet«, gab Anthony zu. »Haben Sie etwas dagegen, vierhändig zu spielen? Natürlich wird es dadurch viel teurer«, warnte er.

»Ich mache alles mit. Wie hoch soll das Limit sein?« erkundigte sich Baltimore Jones.

»Limit? Das Wort kenne ich nicht«, meinte der Preller.

»Sie wollen ohne Limit spielen?« Die Pupillen des Spielers verengten sich vor unterdrückter Spannung.

»Ich werde nicht viel verlieren, denn ich spiele sehr vorsichtig.«

»Na, da werde ich wohl das Opfer sein müssen«, meinte Jones lachend. Er mischte und schnitt die Karten. »Sie geben, Mr. . . .«

»Nennen Sie mich Anthony«, gestattete der Preller großmütig. »Dadurch gewinnt das Spiel eine persönliche Note.«

Eine halbe Stunde lang ging das Spiel mit wechselndem Glück hin und her. Niemand verlor, niemand gewann viel.

»Das ist mir zu langweilig«, meinte Jones, der zum Geben an der Reihe war. »Geben Sie mir die Karten.«

Niemand schien bemerkt zu haben, daß er die Karten, die man benutzt hatte, mit einem Paket austauschte, das er bisher in seiner Hand verborgen gehalten hatte.

»Einen Augenblick«, hielt ihn Anthony zurück. »Welche merkwürdigen Zeichnungen sind das doch hier. Ist das nicht ein Tintenfleck?«

»Sehen Sie sich die Karten ruhig an, Anthony«, meinte Jones. Er hatte einen Augenblick lang geglaubt, man habe den Austausch bemerkt, aber die Erwähnung des Tintenflecks, der, wie er wußte, gar nicht existierte, sondern Teil der Kartenzeichnung war, beruhigte ihn wieder.

Anthony gab das Päckchen zurück.

»Entschuldigen Sie die Verzögerung«, bat er, und Jones fing an zu mischen.

Jones warf einen Blick auf seine Karten; er hatte vier Asse; es mußte ja auch so sein, denn er hatte die Karten so gemischt, daß er entweder diese vier Asse oder einen ›Flush‹ haben mußte.

»Mein Blatt ist gut«, meinte Anthony. »Ich werde halten!« Er zog eine Rolle Banknoten aus der Tasche, bei deren Anblick die Augen des Spielers glitzerten.

»Da du dein Geld zeigst, Anthony, möchte ich nicht hinter dir zurückstehen«, rief Paul aus, und warf ebenfalls ein Päckchen Noten auf den Tisch.

»Schotten sind vorsichtig«, erklärte nun auch Sandy, »und da ich einer bin, werde ich vorläufig nur dreihundert Pfund aufs Spiel setzen.«

Sandy war an der Reihe, er bot.

»Ich halte!« gab Jones zurück.

»Dreihundert höher!« rief Anthony.

»Nochmals dreihundert«, kam es von Paul.

Man hatte gekauft und abgelegt, und Baltimore befand sich, wie ein Tiger im Dschungel, in seinem Element. Er wartete auf die gemästeten Lämmchen, die bald unter seinem Messer verbluten sollten.

Der ›Pott‹ war schon auf dreitausend Pfund angewachsen, als Jones, mißtrauisch geworden, ob die anderen auch wirklich zahlen könnten, die Karten zu sehen verlangte. Paul und Sandy hatten gegen seinen Wunsch nichts einzuwenden; nur Anthony widersprach. Es war ein Glück für Jones, daß er den ›Pott‹ nicht höher trieb, denn Anthony war darauf vorbereitet, die auf dem Tisch liegende Summe zu verdoppeln, sobald er an die Reihe käme.

»Vier Asse«, verkündete Jones und legte sie auf den Tisch.

»Einen kleinen Flush«, sagte Sandy und warf die ›Drei‹, ›Vier‹, ›Fünf‹, ›Sechs‹ und ›Sieben‹ hin.

Jones erbleichte. Er schien kaum seinen Augen zu trauen. Dann nahm er die Karten Sandys und betrachtete eingehend jede einzelne. Mit sichtbarem Widerstreben zählte er einunddreißig Hundertpfundnoten ab und händigte sie dem glücklichen Gewinner, Sandy, ein.

»Schön!« meinte Paul, mischte und gab.

Jones betrachtete die ihm zugeteilten Karten. Er faßte neuen Mut, denn er hatte einen ›Flush‹, eine direkte Folge bis zum König. Er wußte, daß sein System nicht zweimal an einem Abend fehlgehen konnte, und sicherheitshalber hatte er, als Anthony die Karten auf den Tisch legte, damit Paul geben konnte, wiederum ein neues Päckchen für das alte ausgetauscht. Das Bieten begann, zuerst vorsichtig, dann höher und höher, und zwar auf

Jones' Veranlassung. Endlich lagen sechstausendfünfhundert Pfund auf dem Tisch.

»Ich möchte Ihre Karten sehen«, sagte Anthony.

»Ich gehe mit«, meinte Paul.

Sandy sagte gar nichts, sondern warf nach einem Blick auf seine Blätter die Karten auf den Tisch.

»Sie werden wohl berappen müssen, meine Herren«, erklärte Baltimore Jones, mit gut gespieltem Bedauern in seiner Stimme. »Glück in der Liebe, Unglück im Spiel! Manchmal winkt Fortuna diesem, manchmal jenem. Alle können wir doch nicht gewinnen, nicht wahr?«

»Was haben Sie denn?« fragte Anthony.

»Einen hohen ›Flush‹, Folge bis zum König.«

»Schade«, meinte Anthony. »Der meine geht bis zum As.« Er zeigte seine Karten; wie von einer höheren Macht getrieben bewegte sich die Hand Jones dem Banknotenhaufen zu, aber Anthony war schneller. Gewandt zählte er das Geld.

»Von Ihnen fehlen noch zweitausend, Mr. Jones«, sagte er.

»Ich gebe Ihnen morgen früh einen Scheck dafür. Ich habe nicht soviel Bargeld bei mir«, versprach der Gerupfte.

»Ich habe meiner seligen Tante auf dem Sterbebett versprechen müssen«, gab Anthony traurig zurück, »niemals für Spielgewinne einen Scheck anzunehmen. Suchen Sie nur, Mr. Jones, Sie werden schon noch irgendwo ein Päckchen Banknoten stecken haben.«

Fluchend zog Jones aus der Hüfttasche seinen Reservefonds und zählte zwanzig Hundertpfundnoten ab.

Er war nicht nur schmerzlich von seinem Verlust berührt, sondern auch höchst verwundert.

So etwas war ihm in seiner ganzen Falschspielertätigkeit noch nicht vorgekommen. Er war doch seiner Sache immer sicher gewesen und hatte die Karten stets so gut zu mischen verstanden, daß immer seine Mitspieler die Verluste zu tragen hatten.

»Ich will mein Glück nochmals versuchen«, entschloß er sich. Diesmal war Sandy mit Mischen an der Reihe. Wieder hatte Jones ein neues, seinem Rockärmel entnommenes Spiel eingeschmuggelt, ohne daß die anderen es bemerkt zu haben schienen. Er warf einen Blick auf seine erste Karte. Wenn alles stimmte, mußte sie das Karo-As oder der Treff-König sein, oder, wenn die dritte, von ihm vorbereitete Kombination richtig arbeitete, der Herz-König. Die erste stimmte: Es war das Karo-As, und freudig bewegt lehnte er sich in seinen Stuhl zurück. Nun war er nicht mehr zu schlagen. Er legte seine Karten hin, um die Beträge so hoch wie möglich zu treiben. Höher und höher ging es, bis Baltimore Jones wußte, daß er sein letztes bares Geld verwettet hatte und nicht mehr mitmachen konnte.

»Ich passe«, sagte nun auch Anthony. »Decken Sie auf!«

Paul hatte bereits seine Karten hingeworfen, als die zweitausend Pfund erreicht waren, während Sandy überhaupt nicht mitgeboten hatte.

»Darüber hinaus werden Sie wohl kaum können«, meinte Jones lachend, der bereits im Geist das gewonnene Geld zählte. »Einen Flush, As hoch.«

»Das wäre für mich natürlich hoffnungslos«, gab Anthony zu. »Zeigen Sie her!«

»Sie glauben mir wohl nicht?« fragte der andere lächelnd. Er drehte seine Karten mit den Gesichtern nach oben.

Es stimmte; es war ein großer ›Flush‹, mit As hoch, nur – durch irgendeinen Zufall hatte sich in ihn eine sechste Karte eingeschmuggelt.

»Sechs Karten?!« Erstaunt stellte es der Preller fest. »Das ist eine zuviel! Tut mir leid, aber das Geld gehört mir.«

Mit einem Ausruf der Wut riß Jones den Pott an sich.

»Legen Sie das Geld hin«, befahl ihm Anthony.

Sandy hatte sich bereits gegen die Tür gestellt, während der Revolver in Anthonys Hand Bände sprach.

Vom Augenblick, als Jones das Zimmer ohne sein Vermögen verließ, bis zu dem Augenblick, als die drei Paris hinter sich ließen, sahen sie den Falschspieler nicht wieder. Merkwürdig genug, Bessie Maccall war die erste, die von Jones sprach, als sie mit Paul im Gang des D-Zuges stand.

»Komisch«, sagte sie, »daß der arme Mr. Jones in Madrid krank werden mußte.« Anthony hatte einen Blick seines Sekretärs aufgefangen und folgte ihm ins Abteil.

»Unser Freund sitzt im Schlußabteil dieses Wagens«, berichtete Paul. »Außerdem befinden sich bei ihm zwei verwegen aussehende Galgenstricke. Das Theater wird also bald losgehen.«

Anthony nickte nachdenklich.

»Natürlich wird der Überfall in dem Tunnel zwischen Boulogne und Calais in Szene gesetzt werden«, sagte er. »Bis dahin haben wir unsere Ruhe.«

Seine Vermutung stimmte. Erst als der dahinrasende Zug im

Tunnel hinter Kap Gris Nez untergetaucht war,begannen sich die Ereignisse abzuspielen, die Anthony prophezeit hatte. Plötzlich verlöschten sämtliche Lichter im Wagen.

»Setz das Mädchen in die Fensterecke«, befahl Anthony. Paul folgte dem Befehl; dann schichtete er zur Verwunderung Bessies Polster und Decken um sie auf.

Der Angriff erfolgte mit überrraschender Plötzlichkeit. Eine Taschenlampe blitzte auf und warf einen kurzen Lichtschein auf das Gesicht des Prellers. Er hörte etwas durch die Luft pfeifen und duckte sich gerade noch rechtzeitig, um dem Schlag auszuweichen. Mit einem Knall traf der bleibeschwerte Knauf eines Spazierstockes das Samtpolster. Ehe der Angreifer die Waffe zum neuen Schlag heben konnte, hatte Anthony ihn gepackt und durch die Tür auf den Gang hinausgeworfen. Wieder blitzte das Licht auf, und in seinem Schein sah Anthony die Klinge eines Messers blinken. Er faßte nach der Hand, die es hielt, und drehte mit Aufbietung aller Kräfte das Gelenk des Angreifers nach unten. Es erscholl ein Ausruf des Schmerzes, den Paul mit einem wohlgezielten Fußtritt gegen einen unsichtbaren Körperteil beantwortete. »Los, deine Taschenlampe, Paul!«

Sandy beantwortete den Befehl, und ein Lichtkreis umspielte zwei auf dem Gang liegende reglose Gestalten.

»Bring sie hier herein, schnell!«

Beim Licht der Taschenlampe suchten sie nach weiteren Waffen. Sie fanden keine. Anthony raste den Gang entlang zum letzten Abteil des Wagens.

Baltimore Jones war kein Kämpfer vor dem Herrn. Auch die Aussicht, sich an seinen Überwindern im gestrigen Spiel zu rächen, konnte ihn nicht veranlassen, das sichere Abteil zu verlassen. Er wartete auf die Rückkehr seiner beiden Abgesandten, als Anthony plötzlich vor ihm stand und ihn mit der Lampe anleuchtete.

»Wer ist da?« fragte der geblendete Jones.

»Sieh mal an, wenn das nicht Mr. Jones ist!« Anthony gab sich den Anschein, als habe er eben erst die Anwesenheit des Spielers bemerkt. »Bleiben Sie sitzen, wenn Sie nicht einen Bauchschuß bekommen wollen, mein sehr geehrter Mr. Baltimore Jones.«

»Ein kleiner Raubüberfall, wie?« fragte Jones höhnisch, während die geschickten Finger des Prellers seine Taschen durchsuchten.

»Nein, danke. Ich habe, was ich suchte. Ihre beiden privaten Mordbeauftragten liegen, falls Sie sie suchen sollten, draußen auf dem Bahnkörper; das heißt, wenn der Zug, wie ich hoffe, beim Verlassen des Tunnels seine Geschwindigkeit vermindert.«

Das Erhoffte trat ein, der Zug fuhr langsamer. Anthony eilte in sein Abteil zurück, auf dessen Polstern immer noch die beiden Mordgesellen lagen. Ihr Bewußtsein fing langsam an zurückzukehren. Sie gaben ihren Gefühlen in französischer Sprache derartig Ausdruck, daß Anthony seinem Schöpfer dankte, daß Miss Maccall die Sprache nicht verstand. Er packte die beiden und führte sie auf die Plattform des Wagens. »Messieurs«, bemerkte er in ihrer Muttersprache »Sie können entweder abspringen oder hinausgeworfen werden. Was wählen Sie?«

»Sie haben mir den Arm gebrochen«, beschwerte sich der eine der beiden, den Paul bearbeitet hatte.

»Unsinn, er ist nur verstaucht. Wollen Sie springen oder geworfen werden?«

»Wir springen!« Als der Zug den Tunnel mit verminderter Schnelligkeit verließ, sprangen die beiden auf den Bahnkörper, und Anthony begab sich ins Abteil zurück.

Auf dem Dampfer nach Dover machte er Bessie ernsthafte Vorhaltungen. Er sprach wie ein Bruder zu ihr und riet ihr, in Zukunft sich niemals fremden Leuten anzuvertrauen, wenn sie je wieder eine Reise auf das Festland machte.

»Mr. Jones bat mich, Ihnen ein kleines Andenken zu überreichen«, schloß er seine Ermahnungen. »Ich sollte es Ihnen geben, als wir noch in Paris waren, vergaß es aber.«

»Seine goldene Uhr und Kette?« rief Bessie verwundert aus, als sie das ›Andenken‹ erkannte.

»Stecken Sie sie ruhig ein«, riet ihr Anthony, »und schenken Sie beides Ihrem Zukünftigen. Und . . . trauen Sie niemand.«

»Aber ich vertraue doch Ihnen«, meinte das Mädchen lächelnd.

»Das durften Sie auch, denn wir sind ehrliche Menschen«, gab Anthony zurück. Er begab sich zu Paul zurück und erzählte ihm, was er getan hatte.

»Jones wird wohl kaum auf diesem Dampfer sein?« erkundigte sich Paul.

»Nein, ich glaube nicht. Ich habe ihm den Paß und die Billetts abgenommen, und ohne diese beiden Dinge wird es ihm wohl nicht gelungen sein, in Calais an Bord zu kommen.«

»Einen Augenblick«, sagte sein Sekretär und hielt ihn am Ärmel zurück: »Sagtest du nicht eben, du hättest uns Miss Maccall gegenüber als ehrlich ausgegeben?«

»Ja, das habe ich getan«, gab Anthony kaltblütig zurück. »Du weißt, daß der Begriff ›Ehrlichkeit‹ nur relativ ist.«

»Und wie willst du diese Relativität auf uns anwenden?« erkundigte sich sein Freund.

»Wir sind mit der Ehrlichkeit wenigstens weitläufig verwandt«, beschied ihn Anthony. »Sobald wir das Mädchen sicher nach London geleitet haben, werde ich eine neue Laufbahn beginnen, gegen die unsere bisherige so aufregend ist wie ein Kreiselspiel unter Säuglingen.«

Eine Spielklub-Razzia

Gemächlich spazierten der Preller und sein Sekretär die Strandpromenade von Brighton entlang, anscheinend ganz in die Herrlichkeit des Sommermorgens vertieft. Ein zufälliger Beobachter konnte der Meinung sein, daß sie für nichts anderes Interesse hätten als für die letzte Mode in Herrenanzügen und Krawatten. Sie schwiegen, gemäß ihrer Vereinbarung, sich in der Öffentlichkeit so wenig wie möglich zu unterhalten. Anthony lebte in dieser Beziehung nach einer Theorie, die er einst folgendermaßen ausgedrückt hatte:

»Man kann sein Gesicht ändern, die Gestalt, alles, nur die Stimme kann man nicht verstellen. Eine Unmenge Leute kann an einem vorbeigehen, ohne dem Äußeren eines Menschen auch nur die geringste Aufmerksamkeit zu zollen; läßt man aber seine Stimme hören, dann ist es mit dem Verbergen vorbei.«

Erst als die beiden beim Frühstück saßen, fing Anthony zu sprechen an:

»Hier in Brighton gibt es für meinen Geschmack zu viel Leute, die nicht wissen, was sie mit ihrem Geld und ihrer Zeit anfangen sollen. Es macht mich nervös, wenn ich die alte Dicke in ihrem echten Chinchillamantel betrachte.«

»Der, wie ich fest glaube, über dreitausend Pfund gekostet haben muß«, stimmte ihm Paul mißmutig zu. »Es ist eine Verschwendung sondergleichen und außerdem sinnwidrig, denn der Mantel macht sie noch viel dicker, als sie wirklich ist.«

»Ich bin der gleichen Meinung«, gab Anthony zu. »Wenn wir aber hingingen und ihn ihr wegnähmen? Was, um Gottes willen, sollen wir mit dem Mantel anfangen?«

»Du könntest eine neue Autodecke gebrauchen«, schlug Paul vor.

Anthony lachte nur.

»Ist dir jemand auf der Promenade besonders aufgefallen?« erkundigte sich Paul.

»Groggenheimer mit einer Perle für vierhundert Pfund in der Krawatte. Dann der Kriegsgewinnler, der ekelhafte Stork, der einen Pelz trug, der deinem Ideal einer Decke wohl am nächsten käme. Ferner Mr. Kandeman ...«

»Kandeman? Wer ist denn der? Ich habe seinen Namen noch nie gehört.«

»Dachte ich es doch, daß dir der Name unbekannt sein würde«, meinte Anthony lächelnd. »Paul, ich schäme mich für dich: Du bist zwanzig Jahre hinter dem Mond zurück. Du bist wie ein vorjähriger Kalender. Du ...«

»Wenn du fertig bist mit Schimpfen, kannst du mir langsam sagen, wer jener Kandeman ist«, unterbrach ihn sein Freund.

Anthony antwortete nicht sofort. Erst als abgeräumt worden war, nahm er das Gespräch wieder auf.

»Kandeman ist ein außerordentlich reicher und geschmeidiger Herr, Vorsitzender der Antispiel-, der Antiraucher-, der Antialkohol-Ligen. Ich weiß ja nicht, ob dies die Bezeichnungen der Vereine sind, denen er vorsteht, nenne sie aber so, um dir einen Begriff zu geben, wie hoch er über uns steht.«

»Wovon lebt er denn? Diese ›Anti‹-Geschäfte ernähren ihn doch bestimmt nicht«, meinte Paul.

»Er arbeitet überhaupt nicht, außer vielleicht hin und wieder beim Kuponabschneiden. Er ist Besitzer der größten Lebensmittel-Engros-Firma Großbritanniens. Mit anderen Worten, der Schieber, der an der Spitze der Zuckergesellschaft steht, um dem englischen Publikum dieses angenehme Nahrungsmittel soviel wie möglich zu verteuern. Er wohnt 903 Prince's Gardens, London, ist Junggeselle, ein langweiliger Kerl und verbohrt bis dahinaus. Jede Art von Zeitvertreib, die ein wenig Vergnügen mit sich bringen würde, ist ihm verhaßt. Ich werde heute mittag mit ihm lunchen.«

Paul zog überrascht die Augenbrauen in die Höhe.

»Du willst wohl endlich eine neue Seite in deinem Lebensbuch aufschlagen?« fragte er. »Zeit wäre es, und vielleicht hast du auch Grund genug, dich endlich etwas zu bessern«, setzte er anzüglich hinzu.

»Jawohl, mein Sohn, ich bin im Begriff, mich zu bessern«, gab Anthony in aller Ruhe zurück.

Zu seinen Gewohnheiten gehörte es, allein und sorglos in allen möglichen Gegenden herumzuwandern. Versammlungen irgendwelcher Art übten stets eine große Anziehungskraft auf ihn aus. In allen solchen Veranstaltungen war, soweit sie öffentlich stattfanden, der Preller Stammgast. Gleichgültig, ob es sich um eine Säuglingspflege-Versammlung oder um eine Predigt irgendeines verstiegenen Anarchisten blutrünstigster Sorte handelte – der Preller war dabei. Am gestrigen Abend hatte eine Protestversammlung gegen die Freigabe des Sonntags für sportliche Veranstaltungen stattgefunden, und Anthony war einer der begeistertsten Zuhörer der flammenden Reden gewesen, die die Schutzgemeinschaft für Sonntagsruhe in Brighton vom Stapel gelassen hatte. Hier war es, wo er Mr. Kandeman kennengelernt hatte, einen hageren Herrn mit den hektisch geröteten Wangen eines Fanatikers, der noch den Backenbart der Vorväter trug. Anthony hatte es auf sich genommen, auch sein Teil zu den munteren Reden beizutragen, die vom Pult aus an die Versammlungsteilnehmer gerichtet wurden. Glänzender Redner, der er war, war es ihm leichtgefallen, die Aufmerksamkeit der Anwesenden zu fesseln. Mr. Kandeman hatte dem neuen Apostel der Bewegung seine herzlichsten Glückwünsche ausgesprochen und ihn eingeladen, mit ihm am nächsten Tag beim Lunch zusammenzutreffen. Der Köder, der ihm von Anthony hingehalten worden war, hatte seine Wirkung nicht verfehlt. Niemals moche es einen engstirnigeren Menschen gegeben haben als diesen Mr. Kandeman.

»Nein, mein Junge«, beantwortete der Preller eine Frage Pauls. »Ich glaube nicht, daß wir etwas dabei verdienen werden, außer ich bringe es fertig, den alten Truthahn zum Wetten zu bewegen.«

»Zum Wetten?« fragte Paul erstaunt. »Du glaubst doch nicht etwa im Ernst, daß ein Mensch seines Charakters wetten wird?«

»Wer weiß?« war die orakelhafte Antwort des Prellers.

Anthony zog seinen unmodernsten Anzug an und ging zum Essen. Eine schwarze Krawatte deutete seine, zum mindesten seelische Trauer an. Mr. Kandeman erwartete ihn bereits im Foyer des größten und teuersten Hotels des Badeortes und rieb sich, als er die reuige Miene seines Gastes sah, vergnügt die Hände.

»Na, da sind Sie ja, Mr. Jackson«, bewillkommnete er ihn. »Es freut mich, Sie pünktlich begrüßen zu können. Die jungen Leute von heute haben ja überhaupt keinen Zeitbegriff mehr. Vorige Woche ließ mich eine junge – hm – hm – Person volle fünf Minuten warten.«

»So etwas ist mir ganz und gar unverständlich«, erwiderte ›Jackson‹. »Schon mein teurer, vom Herrn abberufener Onkel John hielt stets auf Pünktlichkeit. Mein Gott, ich wünschte, ich hätte ihm auch in anderer Beziehung besser gefolgt.« Er seufzte. Kandeman musterte ihn mit dem Interesse, als sähe er sich einer Spezies Insekten gegenüber.

»Reue kommt nie zu spät«, dozierte er. »Ich sagte es Ihnen ja schon gestern abend, Mr. Jackson.« Er führte seinen Gast in den Speisesaal. »Ich habe einen Tisch in einer ruhigen Ecke gewählt, damit Sie, falls Sie mir etwas mitzuteilen haben, was nicht jeder zu hören braucht, ungeniert sprechen können.«

Als sie Platz genommen hatten, schenkte Mr. Kandeman seinem Gast ein Glas Wasser ein.

»Ich hasse zwar Wein, aber mein Arzt hat mir zum Essen ein Gläschen Rheinwein verordnet«, sagte er. »Da muß man schon ein wenig gegen seinen eigenen Wunsch leben.«

Für einen Menschen, der Wein haßte, trank er allerhand. Die Flasche, die er sich bestellt hatte, war schon halb leer, als er endlich das Gespräch wieder aufnahm.

»Entsetzliches Zeug«, meinte er. »Wasser, mein Sohn, Wasser ist es, was uns gesund und jung erhält. Man wird stark davon, denn auch die Löwen trinken es!« Er lachte über seinen eigenen Witz, ohne zu ahnen, daß Anthony im stillen an Esel dachte, die ebenfalls Wasser tranken. Sie waren beim Dessert.

»Nun, Mr. Jackson«, sagte der Gastgeber. »Sie sprachen doch gestern abend davon, daß etwas Ihr Gewissen bedrücke, nicht wahr? Vielleicht kann ich, frommer Christ, der ich bin, Ihnen Ihre Last tragen helfen?«

Nachdenklich und anscheinend in sich versunken, spielte Anthony mit seiner Gabel. Er machte ein Gesicht wie eine Naive, die zum ersten Male vor das Publikum treten soll.

»Ja, es ist so, Sir«, erwiderte er endlich traurig. »Mich bedrückt etwas, und als ich Sie gestern so herrlich reden hörte, wurde meine Reue um so größer.«

»Bitte, fahren Sie fort«, bat Mr. Kandeman, der die Unterhaltung interessant zu finden begann.

»Wenn ich doch nur den Mahnungen meines teuren Onkels gefolgt wäre«, seufzte der Reuige. »Niemals wäre ich zum gewerbsmäßigen Spieler herabgesunken.«

»Ein gewerbsmäßiger Spieler?«

»Ja, leider, Sir«, gab Anthony zu. »Ich bin ein gewerbsmäßiger Spieler, ein Hochstapler, ein Dieb, der vertrauende Menschen bestiehlt, ein Rennbahnhai und Gott weiß, was noch alles!« Er schwieg einen Augenblick, um dann mit leiser Stimme fortzufahren: »Noch vor einer Woche bildete ich mir viel auf meine Kunstfertigkeit ein, wollte noch ein reicher Mann damit werden, aber – was sind Schätze, die von Mäusen gefressen werden?«

»Ja«, pflichtete ihm Kandeman bei. »Was gewönne ich mit allen Schätzen der Welt, wenn ich meine Seele verlöre?«

»Ich wünschte mir, ›Greylegs‹ würde das Rennen verlieren, aber niemand hätte etwas davon, denn nur die Buchmacher würden die Verluste der anderen einstecken.«

»Greylegs? Was ist denn das?«

»Ein Rennpferd, sicherer Gewinner des Jesland Handicap. Ich zweifle an seinen Chancen nicht im geringsten und ebenso nicht daran, daß ich dadurch mindestens zwanzigtausend Pfund gewinnen werde. Das aber will gar nichts besagen, denn ob ich mein Geld durch Karten oder durch Pferde gewinne, bleibt sich alles gleich; das Publikum, das nicht soviel davon versteht wie ich, muß ja doch die Kosten für meine Gewinne aufbringen. Schrecklich!«

»Entsetzlich!« Der Ausruf mangelte der Überzeugung, denn Mr. Kandeman hatte noch nicht recht verstanden, warum sein Gast so zerknirscht war.

»Natürlich«, fuhr Anthony fort, und seine Miene klärte sich auf, »könnte ich ja meine Gewinne einem wohltätigen Zweck zuführen.«

»Jawohl, das wäre der beste Ausweg, denn es würde aus den Taschen von Spielern stammen, den Leuten zugute kommen, die es bitter nötig gebrauchen könnten. Aber, Mr. Jackson, woher wissen Sie so genau, daß – hm – Greylegs gewinnen wird? Wenn er das Rennen nicht macht, verlieren Sie ja Ihr Geld!«

»Das würde mich nicht so schwer treffen«, wehrte Anthony achselzuckend ab, »aber darüber mache ich mir nicht die geringste Sorge. Greylegs wird gewinnen, ohne Zweifel.«

»Mir sind natürlich die Ausdrücke, die in Rennkreisen üblich sein mögen, fremd«, meinte der Gastgeber, »und ich verstehe deshalb nicht, was Sie meinen, wenn Sie Greylegs als sicheren Gewinner bezeichnen.«

Anthony klärte ihn so gut wie möglich auf, und Kandeman folgte seinen Worten mit immer wachsendem Interesse. Die Mahlzeit verging mit dieser Unterhaltung. Nachher begab sich der Preller zu Paul zurück. Er legte ihm einen von Kandeman unterzeichneten Scheck über zweitausend Pfund vor.

»Unglaublich!« rief der Freund aus. »Wie kann Kandeman so ein Idiot sein?«

»Im Gegenteil, Paul«, belehrte ihn Anthony. »Kandeman ist ein sehr kluger Mensch. Gerade diese Leute sind am leichtesten zu rupfen. Nicht der Dumme wird von den Hunden gebissen, sondern der Überkluge. Nimm einen Mann wie ihn und mache ihm etwas plausibel, was er nicht versteht, und er wird dir durch alle Höllen folgen.«

»Das sind Gemeinplätze, Anthony«, meinte Paul.

»Gewiß, mag sein. Ein Geschäftsmann ist meist ein Mensch, der alles, was seine eigenen Geschäfte betrifft, sehr gut beherrscht. Gib ihm eine Nuß zu knacken, die aus einer anderen Branche stammt, und er wird an sie herangehen wie eine neugierige Maus und so lange knabbern, bis die Falle zuschlägt. Übrigens habe ich die Erfahrung gemacht, daß Leute, die die Welt oder auch nur die Menschheit in ihr verbessern wollen, die vertrauensseligsten Menschen sind, die es geben kann. Wenn du eine Schnapsbrennerei gründen willst, suche dir deine Teilhaber unter absoluten Temperenzlern, denn sie werden der Meinung sein, durch ihre Beteiligung den Verbrauch und die Güte der alkoholischen Getränke beeinflussen zu können. Wer sind die leichtesten Opfer von Kümmelblättlern? Nun, mein Junge, stets die Leute, die alles, was Kartenspiele betrifft, zu wissen glauben. Sie denken, sie sind zu klug, um betrogen zu werden. Ein Mann, der niemals eine Karte anrührt, wird auch nicht geneppt werden.«

»Du hast es also wirklich fertiggebracht, daß er auf Greylegs wettete?«

»Natürlich. Ich machte ihm plausibel, daß er ja mit seinem gewonnenen Geld die Spielleidenschaft bei anderen bekämpfen könne. Er stimmte mir zu und meinte, er werde es öffentlich bekanntgeben, daß er die Buchmacher mit von ihnen selbst beigebrachten Mitteln zu besiegen hoffe.«

»Vielleicht, vielleicht auch nicht«, erwiderte Paul skeptisch.

»Das letztere, mein Sohn, das letztere«, meinte Anthony. Er betrachtete nachdenklich den Scheck seines Opfers.

»Du hast recht«, sagte er dann, »es klingt unglaublich, aber – lebt nicht in uns allen ein klein wenig Habsucht?« Er faltete das Papier und steckte es ein. »Das ist aber noch lange nicht der beste Witz, den ich mir mit Mr. Kandeman leisten werde«, fuhr er fort. »Ich habe nach langer Überlegung zugestimmt, in seinem Haus und in Gegenwart seiner Freunde eine Sitzung abzuhalten, in der ich die Tricks der Falschspieler demonstrieren soll.«

»Was willst du denn damit bezwecken?«

»Vergiß nicht, Paul, daß mich Kandeman für einen gewerbsmäßigen Spieler hält«, machte ihn der Freund aufmerksam. »Ich will ihm zeigen, wie leicht es ist, das Publikum zu bestehlen. Er und einige seiner besten Freunde und Freundinnen werden Zeugen sein, wie man als Croupier in Monte Carlo die Besucher der Kasinos verlieren lassen kann, ohne daß sie auch nur die geringste Ahnung davon haben.«

»Unsinn! Du wirst doch nicht so dumm sein, das für möglich zu halten! Du weißt doch, daß in Monte Carlo ein Betrug ausgeschlossen ist! Wie oft wurde das schon versucht, aber ...«

Der Preller lächelte vergnügt.

»Natürlich weiß ich das alles, du Esel, aber Kandeman weiß es nicht. Die Leute, die gegen das Spielen wettern, glauben alles, was man ihnen darüber erzählt. Berichtete ich ihm, daß die Gewinner im Kasino systematisch von den Pförtnern beim Verlassen der Säle bestohlen würden – er und seinesgleichen würden nicht einen Augenblick an der Wahrheit meiner Behauptung zweifeln.«

Am Abend traf er wieder mit Kandeman zusammen.

»Ich habe alles vorbereitet, Sir, und die notwendigen Instrumente bereits von London angefordert«, unterrichtete er ihn. »Nur ...« Er zögerte. »Ich möchte nicht ...«

»Immer heraus mit der Sprache, mein Junge«, ermutigte ihn der andere.

»Also ... Ich bin natürlich auf meine Vergangenheit nicht sehr stolz, Sir, und möchte nicht, daß Ihre Dienerschaft erfährt, daß ich ein gewerbsmäßiger Spieler war. Wenn nämlich durch irgendeine Indiskretion meine früheren Kollegen davon Wind bekommen, daß ich ihre Geheimnisse verraten habe, würden sie mich ...«

»Beruhigen Sie sich«, fiel ihm Kandeman ins Wort. »Ich habe nur wenig Dienerschaft, aber die wenigen sind jahrelang bei mir und vertrauenswürdig. Ich habe bereits angekündigt, daß an dem Abend in meinem Hause eine Sitzung der Keuschheitsliga stattfinden wird, zu der keine Fremden zugelassen werden. Die Sitzung wird im Salon im zweiten Stock meines Hauses stattfinden, und es wird nicht die geringste Gefahr bestehen, daß Außenseiter zufällig in unsere Sitzung hineinschneien.«

»Ich bin beruhigt«, gab Anthony zurück, fügte aber, dem anderen unhörbar, hinzu: »Du habsüchtiger Heuchler!«

»Ihre Instrumente werden so ins Haus gebracht werden«, fuhr Kandeman fort, »daß nur mein Butler, der schon zwölf Jahre in meinen Diensten steht, sie zu sehen bekommt. Ich kann Ihren Wunsch, Redereien zu vermeiden, verstehen.«

»Wie viele Ihrer Freunde werden anwesend sein?« fragte der Preller, nachdem er sich für die Rücksichtnahme bedankt hatte.

»Mr. und Mrs. Dawby, die letztere bekannt wegen ihrer hochgezüchteten Pekinghündchen, Sir John Smather, einer unserer Propagandaredner und ...«, er nannte noch etwa ein Dutzend Persönlichkeiten, die alle mehr oder weniger gleichen Neigungen folgten wie der Gastgeber selbst.

»Vielleicht bitten Sie die Herrschaften, etwas Geld mitzubringen«, riet Anthony. »Ich möchte die ganze Sache so natürlich wie möglich aufziehen, damit sie eine Ahnung bekommen, wie es ein wirklicher Spieler macht. Nachdem ich ihnen einige Tricks gezeigt habe, wie sie ihr Geld verlieren können, werde ich ihnen alles an Hand meiner Kenntnisse erklären.«

»Natürlich sollen sie Geld mitbringen«, stimmte Kandeman begeistert zu.

Zwei Tage später brachte Anthony seine Instrumente, geheimnisvoll zugedeckt, in Mr. Kandemans Salon unter. Auch der Gastgeber war nicht müßig gewesen. Er hatte seinen Freunden die Nachricht zukommen lassen, sich bei der ›Séance‹ einzufinden, die ein für allemal mit den Tricks der Croupiers aufräumen solle.

Eine halbe Stunde vor Beginn der Sitzung traf der Preller die letzten Vorbereitungen. Er stellte einen mit grünem Tuch überzogenen Tisch auf, der ein genaues Gegenstück des Roulettespiels im Kasino von Monte Carlo war.

»Wirklich ein intelligenter Mensch«, pries Mr. Kandeman den Gästen gegenüber seinen neugefundenen Freund. »Ich freue mich, daß ich dazu beitragen konnte, ihn seinem üblen Handwerk zu entreißen.«

»Ist er alt oder jung?« erkundigte sich Sir John Smather.

»Noch ganz jung.«

»Ich wollte schon immer gern einmal lernen, wie die Leute von Falschspielern betrogen werden«, äußerte eine rotnäsige, dicke Dame. »Ich glaube, die Sitzung wird interessant werden.«

Der Veranstalter strahlte.

»Ich will mich nicht mit fremden Federn schmücken«, sagte er bescheiden. »Mr. Jackson hat alles aufgezogen.«

Ein alter Mann, der zur Gesellschaft gehörte, warf einen Blick auf seine Uhr.

»Schon halb zehn«, meinte er anzüglich.

»Ja.« Kandeman erhob sich. »Wollen Sie mir bitte folgen.«

Er stieg ins zweite Stockwerk hinauf, wo sich der Raum befand, in dem die Vorstellung stattfinden sollte. Anthony, im Frack, stand hinter dem grünen Spieltisch und begrüßte die Eintretenden mit einer tiefen Verbeugung.

»Bitte, meine Herrschaften, nehmen Sie um den Tisch herum Platz«, bat er. »Sie, Mr. Kandeman, werden die Stelle des Croupiers einnehmen. Hier ist der Rechen. Während ich noch einige Vorbereitungen treffe, bitte ich Sie, das Rouletterad in Bewegung zu setzen, und Sie, meine Herrschaften, nehmen Ihr Geld und setzen es auf die Nummern, die Ihnen am aussichtsreichsten scheinen. Ihr übriges Geld müssen Sie vor sich auf den Tisch legen.«

Die Herrschaften folgten seinem Wunsch. Es war für sie alle etwas so Neues, so Anreizendes, daß sie es nur zu gern taten.

»Bitte, setzen Sie das Rad in Bewegung«, wandte sich der Vortragende an den ›Croupier‹ – Mr. Kandeman. »Nicht so schnell, bitte. Der Ball wird gegen die Laufrichtung des Rades geworfen. Gut, sehr gut.«

Mr. Kandeman begann an seiner Tätigkeit Vergnügen zu finden. Wieder und wieder setzte er sein Rad in Bewegung.

»Zéro!« rief Anthony aus. »Das heißt: Alle haben verloren mit Ausnahme derjenigen Spieler, die auf ›Zéro‹ gesetzt haben. Fahren Sie so fort, Mr. Kandeman, während ich meine Vorbereitungen beende.«

Er zog sich mit einer leichten Verbeugung zurück und verließ durch eine zweite, zu den Dienstbotenräumen führende Tür das Zimmer.

»Herrlich«, rief Mr. Kandeman unterdessen aus. »Ich fühle mich schon wie ein richtiger Croupier.«

Viele Male setzte er das Rad in Bewegung. Plötzlich öffnete sich die Tür.

Ein Polizeiinspektor, gefolgt von drei uniformierten Beamten, stand auf der Schwelle. Mr. Kandeman stand wie vom Schlag getroffen. Er kannte den Führer der Beamten.

»Mr. Wilson?« stotterte er. »Was soll das Eindringen in mein Haus bedeuten?«

Der Inspektor schüttelte den Kopf.

»Ich wundere mich über Sie, Mr. Kandeman. Sie wissen, wie sehr wir hinter Spielhöllen her sind, und Sie, der Sie uns unterstützen sollten, um diesem Treiben ein Ende zu bereiten, haben selbst eine private Spielhölle aufgemacht? Was werden die Leute sagen, wenn sie es in den Zeitungen lesen?«

»Sie wollen mir doch nicht etwa ernstlich den Vorwurf machen, ich betreibe eine Spielhölle, wie? Wo ist Mr. Jackson?«

Er war spurlos verschwunden.

»Ich will Ihnen alles erklären, Mr. Wilson«, meinte der verzweifelte Kandeman. »Diese Herrschaften hier sind alle mit mir befreundet, und . . .«

»Schenken Sie sich das übrige, Sir!« gab der Inspektor brüsk zurück. »Ich weiß Bescheid. Alles andere können Sie dem Schnellrichter erzählen.«

Der gelehrte Herr war noch ungläubiger als der Inspektor. Er begnügte sich damit, den Beamten zu vernehmen:

»Uns ist ein Brief zugegangen, der von einem Mr. Jackson unterzeichnet war und uns darauf aufmerksam machte, daß im Haus Mr. Kandemans, 903 Prince's Gardens, ein Spielklub betrieben werde«, lautete die Aussage des Razzialeiters. »Ich begab mich mit meinen Leuten in das angegebene Haus und fand dort die angeklagten Herrschaften mit Roulettespielen beschäftigt. Mr. Kandeman schien als Croupier tätig zu sein. Eine größere Summe Geldes lag auf dem Tisch. Ich habe sie mit den übrigen Beweisgegenständen beschlagnahmt.«

Auf diese Bekundungen hin war die Verurteilung aller Teilnehmer so gut wie sicher.

»Wieder ein Spielklub ausgehoben, Paul«, meinte der Preller und legte die Zeitung, in der er den betreffenden Bericht gelesen hatte, zur Seite.

»Da du selbst die Razzia veranlaßt hast, glaube ich dir raten zu können, Polizeibeamter zu werden«, gab Paul ironisch zurück.

»Der Gedanke ist der Überlegung wert«, sagte Anthony in aller Seelenruhe. »Ich werde mir ihn durch den Kopf gehen lassen.«

Der Gelegenheitskauf

Unbedingt wurde dem Preller und seinen Komplicen nach dem letzten Streich, dem Mr. Kandeman zum Opfer gefallen war, der Boden in Brighton zu heiß. Es wurde höchste Zeit, daß er sich ein neues Hauptquartier suchte. Er fand es in einem möblierten Haus in Westminster, wo er und seine Freunde als Studenten der Medizin auftraten.

Kandeman sah sich zu seinem Erstaunen nicht nur seines Rufes als unentwegter Bekämpfer aller Auswüchse der heutigen Gesellschaft beraubt, sondern beklagte auch den Verlust einer Summe von zweitausend Pfund, die er dem heuchlerischen Mr. Jackson zum Wetten auf Greylegs anvertraut hatte. Dieses Pferd, seinerzeit eines der besten auf den Rennplätzen, war seit Jahren schon zu seinen Vätern versammelt – eine Tatsache, die Mr. Kandeman leider zu spät bekannt wurde, um wieder zu seinem Geld zu gelangen. Die versuchte Sperrung des Schecks war dadurch hinfällig geworden, daß Mr. Jackson das Geld bereits abgehoben hatte, als Kandeman die Bank avisierte. Die ausnehmend hohe Geldstrafe, die über das unschuldige Opfer des Prellers vom Schnellrichter verhängt worden war – einhundert Pfund Sterling oder dreißig Tage Gefängnis –, hatte er, da er Berufung einlegte, zwar noch nicht bezahlen müssen; die Wahrscheinlichkeit sprach aber für diesen weiteren Verlust.

Immerhin war die Polizei von dem neuesten Streich des Prellers unterrichtet worden, und aus diesem Grund hatten sich die drei Freunde nach London zurückgezogen, da sie hier leichter unterzutauchen hofften als in dem zwar angenehmeren, immerhin aber leicht übersehbaren Brighton.

Der Preller kam mit seinen Freunden in der neuen Wohnung an. Alle drei versuchten, sich das akademische Äußere, das für ihren angeblichen Beruf als Medizinpraktikanten notwendig war, durch Philosophenbrillen zu verleihen. Anthony und Paul waren darin einigermaßen erfolgreich, während Sandy auch beim besten Willen nichts von einem Akademiker an sich hatte.

Um dem Pförtner des Hauses gleich von Anfang an ihren Beruf bekanntzugeben, erwähnte der Preller gesprächsweise, daß er seinen Onkel erwarte und, falls er bei dessen Vorsprechen nicht im Haus weilen sollte, der Pförtner diesen Onkel nach dem Middlesex Krankenhaus senden möge, wo er, Anthony, als Praktikant tätig sei. Der Erfolg dieser Mitteilung war der erwartete. Der Pförtner nahm sich gleich vor, die Dienste dieser jungen Mediziner so bald wie möglich gratis in Anspruch zu nehmen, und versprach, dem Onkel des sympathischen jungen Herrn den Auftrag genau auszurichten.

In ihrer Junggesellenhöhle angekommen, wandte sich Anthony an seinen Sekretär:

»Ich halte es für sehr ratsam, Paul, wenn wir uns zwei oder drei Monate so ruhig wie möglich verhalten. Wenigstens aber bis zu dem Zeitpunkt, wo der Maharadscha von Tikiligi in London eintrifft.«

»Woher weißt du nun das schon wieder?« verwunderte sich Paul, der von der bevorstehenden Ankunft dieses reichen Inderfürsten gleichfalls in der Zeitung gelesen hatte.

»Ich erinnere mich im Augenblick nicht, wer es mir gesagt hat, oder wo ich es gelesen habe«, erwiderte Anthony. Dann wandte er sich einem anderen Thema zu.

Ihre Wohnung lag im zweiten Stock eines Hauses, das einem Zivilingenieur der indischen Regierung gehörte und von einem Verwalter betreut wurde. Anthony legte sich zeitig schlafen. Er wachte plötzlich auf und blickte sich verwundert in seinem Schlafzimmer um. War das nicht ein Schrei gewesen? Er stand auf und blickte auf den zu Pauls Zimmer führenden Gang hinaus. Als er die Tür öffnete, erblickte er seinen Gehilfen, der gerade im Begriff war, ihn aufzusuchen.

»Hast du den Schrei gehört, Anthony? Da oben scheint die Hölle los zu sein.« Er wies nach dem dritten Stockwerk.

»Ja, auch mich hat der Radau aus süßen Träumen erweckt. Da oben scheint die schönste Prügelei im Gang zu sein.«

Durch die dünne Decke drang aufgeregtes Murmeln. Nicht länger imstande, seine Neugierde zu zähmen, holte sich der Preller seinen kleinen elektrischen Abhörapparat hervor, der ihm, für gleiche Zwecke, schon häufig gute Dienste geleistet hatte.

Angestrengt lauschte er. Plötzlich fing er an zu sprechen.

»Zieh dich an und mach, daß du schnellstens hinauskommst!«

Paul starrte ihn verwundert an. Erst als Anthony den Zeigefinger vielsagend an die Lippen legte, verstand er, daß sein Freund die Auseinandersetzung im dritten Stock wiederholte.

»Wo soll ich um diese Nachtstunde hingehen?« fuhr der Preller fort. »Das war eine Frauenstimme, Paul.«

»Zieh dich an!!«

Plötzlich richtete sich Anthony auf, und in seinen Augen tauchte ein merkwürdiger Blick auf.

»Er hat sie geschlagen!« rief er Paul zu und starrte ihn an.

Nun begann auch Paul unruhig zu werden.

»In Auseinandersetzungen zwischen Mann und Frau dürfen wir uns wohl kaum einmischen, Anthony«, meinte er.

Wieder ein Schrei; durchdringender noch als der vorhergehende, der die beiden Freunde aus dem Schlaf geschreckt hatte. Ein schwerer Fall folgte.

»Ob Mann und Frau oder nicht«, erklärte nun der Preller, »ich werde mal nachsehen, was da eigentlich los ist. Man wird dem brutalen Herrn begreiflich machen müssen, daß man Damen nicht schlagen darf.«

Er zog sich den Mantel an, fuhr in seine Hausschuhe und begann langsam die Treppe hinaufzusteigen, die elektrische Taschenlampe in der Hand. Im dritten Stock machte ihn ein unterdrücktes Schluchzen auf eine gegen die Wand gelehnte Frauengestalt aufmerksam. Die Ausgesperrte trug nur Nachthemd und Überwurf und blickte Anthony erschreckt an.

»Kann ich Ihnen irgendwie zu Diensten sein?« fragte er.

Sie schüttelte den Kopf. Er wollte die neben der Korridortür angebrachte Klingel in Bewegung setzen, als die Frau ihm in den Arm fiel.

»Bitte, lassen Sie das«, bat sie. »Es hat ja doch keinen Zweck, denn er kommt nicht heraus.«

»Aber ich kann Sie doch nicht die ganze Nacht hier stehenlassen«, meinte Anthony zögernd. »Kommen Sie wenigstens mit hinunter in unsere Wohnung.«

Sie warf noch einen zweifelnden Blick auf die verschlossene Tür. Dann sagte sie: »Ja, es wird vielleicht besser sein, ich folge Ihrer gütigen Einladung. Es bleibt mir ja nichts anderes übrig. Ich weiß, er macht heute nicht mehr auf, denn er hat mich vor drei Wochen ebenso wie heute die ganze Nacht vor der Tür stehenlassen.«

»Ist dieser liebenswürdige Herr Ihr Gatte?« fragte Anthony.

Die Frau zögerte mit der Antwort. Endlich sagte sie trotzig: »Ja.«

Anthony forschte nicht weiter, denn der Ton, in dem dieses Ja gesprochen worden war, ließ ihn erkennen, daß sie die Unwahrheit sagte. Er eilte in seine Wohnung hinunter, um Paul von dem bevorstehenden Besuch der Ausgesperrten in Kenntnis zu setzen.

»Du mußt mir helfen, sie zu unterhalten, Paul«, bat er. »Wie spät ist es denn eigentlich?«

»Halb drei. Was willst du denn mit ihr anfangen?«

Anthony wußte es selbst nicht und schüttelte ratlos den Kopf. Als er ins Wohnzimmer zurückkam – er hatte Paul mit dem Mädchen allein gelassen, um sich anzukleiden –, saß sein Gast auf der Chaiselongue und weinte. Es dauerte lange, bis Anthony das Mädchen beruhigt hatte. Sie war von nettem Äußeren, wenn auch die hübschen Augen jetzt vom Weinen gerötet waren. Endlich war sie so weit, daß sie von sich selbst sprechen konnte.

»Meine Angehörigen wohnen auf dem Land«, sagte sie. »Vielleicht wäre es Ihnen morgen früh möglich, mir einige Kleidungsstücke zu besorgen und mir etwas Geld zu leihen, damit ich . . .«

»Natürlich, alles, was Sie brauchen«, unterbrach Anthony sie hastig. »Ich werde alles für Sie tun, was in meinen Kräften steht. Zu Ihrem . . . Gatten wollen Sie wohl nicht zurück?«

»Nie wieder! Wie dumm war ich doch, wie unsäglich dumm!« Die Lippen zitterten, und nur mit Aufbietung aller Kräfte konnte sie einen neuerlichen Tränenausbruch zurückhalten. »Wenn er ein anständiger Mensch wäre, würde ja alles halb so schlimm sein, aber er ist ein Lump, ein Schwindler, und ich, ich wußte es von Anfang an.«

Anthonys Pupillen verengten sich. Er wiederholte:

»Ein Schwindler ist er? Wen beschwindelt er denn?«

Erst jetzt schien sie einzusehen, daß sie zuviel gesagt hatte, und zögerte mit der Antwort. Offenbar hatte sie noch allerlei auf dem Herzen, was sie nicht auszusprechen wagte.

»Ich weiß nicht recht, was er treibt«, erklärte sie, »und würde ihn, auch wenn ich es wüßte, nicht verraten. Ich will nicht Gleiches mit Gleichem vergelten. Aber dieses Geschäft mit den Seidenstrümpfen wird ihm doch nicht so glatt gelingen.«

Anthonys Interesse erwachte.

»Seidenstrümpfe?« wiederholte er. »Ach so, Sie meinen . . .?« Er unterbrach sich, um sie zum Sprechen zu veranlassen. Sie fiel aber nicht auf diesen Trick herein, sondern preßte ihre Lippen noch fester aufeinander. Kein Wort verriet sie weiter von den Plänen ihres ›Gatten‹.

Am nächsten Morgen wurde er aus dem Dilemma, ihr Kleidungsstücke zu besorgen, befreit. Der Mann hatte so zeitig sein Zimmer verlassen, daß die Ausgesperrte sich hinaufschleichen und die verschlossene Tür mit einem Schlüssel öffnen konnte, den sie der Tasche ihres Nachtgewandes entnommen hatte.

»Als er mich vor drei Wochen aussperrte«, meinte sie, »habe ich, um ähnlichen Fällen vorzubeugen, einen zweiten Korridorschlüssel machen lassen.«

Anthony versah seinen Gast mit genügend Geld, damit sie zu den Eltern zurückfahren konnte. Er sah das Mädchen niemals wieder.

Inzwischen hatte er sich nach dem Bewohner des dritten Stockwerks erkundigt. Es war wenig genug, was er erfuhr.

»Er tätigt Gelegenheitskäufe«, berichtete er Paul. »Unter der Firma Bidder & Bidder. Er selbst heißt John Bidder, hat in Long Acre zwei Zimmer als Büros eingerichtet und inseriert in den Tages- und Wochenzeitungen, um seine Gelegenheitsgeschäfte zu propagieren.« – »Was verkauft er denn?« wollte Paul wissen.

»Alle möglichen geschlossenen Posten, die er auf Versteigerungen der Regierung ersteht. Er verkauft die Sachen mit kleinem Gewinn weiter. Mein Berichterstatter weiß nicht viel von ihm, außer, daß keine Schulden vorhanden sind und seine Inserate ohne weiteres auch von den besten Zeitungen angenommen werden.«

»Scheint nichts Hinterhältiges vorhanden zu sein«, sagte Paul, der von der Auskunft ein wenig enttäuscht war.

Anthony biß sich nachdenklich auf die Unterlippe.

»Wenn ich nur wüßte, was das Mädchen mit den ›Seidenstrümpfen‹ sagen wollte!«

Er lauerte Mr. Bidder auf, um ihn nochmals eingehender zu prüfen. Der Verdächtige war ein ziemlich hochgewachsener, gelenkiger Herr, dessen hervorragendsten Merkmale in stutzerhafter Kleidung und enormen Diamantringen zu bestehen schienen. Ein glänzender Zylinder schloß den modernen Herrn nach oben ab. Der Mann drängte sich an dem Preller vorüber und begnügte sich, das Hindernis mit einem impertinenten Blick anzustarren. Dann stieg er gemächlich die Treppe zu seiner Wohnung hinauf, hinter sich den Duft einer teuren Zigarre zurücklassend.

Wie wir wissen, hatte der Preller gegenwärtig wenig zu tun, was mit der Notwendigkeit zusammenhing, nicht ›aufzufallen‹. Er begrüßte deshalb das Intermezzo mit Mr. Bidder aufs herzlichste. Vor allen Dingen versuchte er, weitere Auskünfte über den eleganten Mitbewohner des Hauses einzuziehen. Seine Methoden waren einfach genug. Er machte sich an Mr. Bidders einzigen Angestellten heran, einen sommersprossigen jungen Menschen von etwa achtzehn Jahren. Er war leichter zu bearbeiten, als Anthony erwartet hatte.

Bei einer Tasse Tee in einer nahegelegenen Konditorei sprach Mr. Willie Grames voller Offenheit über seinen Arbeitgeber.

»Würden Sie ihn für einen Wohltäter der Menschheit halten, wenn Sie ihn so auf der Straße sehen?« fragte er den gespannt zuhörenden Herrn. »Nein? Nun, er ist ein Philanthrop reinsten Wassers. Ein Wohltäter ist er, mein Chef, der Mr. Bidder.«

»Ich habe den Namen noch nie gehört«, gab Anthony zu. Grames lachte hellauf.

»Das kann ich mir denken«, erklärte er, nachdem er sich etwas beruhigt hatte. »Er hatte diesen Namen, ehe er ihn zum zeitweiligen Gebrauch annahm, selbst noch nie gehört. Wissen Sie, was ich glaube?« Er beugte sich vor und senkte seine Stimme zum Flüstern: »Ich glaube, er heißt gar nicht so! Ich weiß sogar bestimmt, daß ich recht habe. Ich habe nämlich einmal einen an ihn adressierten Brief gesehen, den er auf seinem Pult vergessen hatte. Bidder lautete der Name nicht, der auf dem Umschlag stand, sondern – Leggenstein.«

Anthony freute sich über die herzerfrischende Offenheit, mit der Mr. Grames über seinen Brotgeber sprach, wurde aber bald über die Ursache der offenen Kritik aufgeklärt.

»Ich gebe am Samstag meine Stelle bei ihm auf«, teilte ihm der Berichterstatter mit. »Bidder, alias Leggenstein, ist nichts für mein Gewissen.«

»Er hat Sie wohl hinausgeworfen?« nannte Anthony das Kind beim richtigen Namen.

»Mich?« Der andere legte alle Verachtung, die er für seinen Chef empfand, in dieses eine Wort. »Der sieht gerade so aus, wie mich hinauswerfen! Nein, ich habe selbst gekündigt!«

»Sie sagten vorhin, Mr. Bidder, oder wie er sonst heißen mag, sei ein Philanthrop. Was meinten Sie damit?« erkundigte sich der Preller.

»Das, was ich sagte. Seit achtzehn Monaten betreibt er sein

Geschäft, und die ganze Zeit über arbeitete ich für ihn. Wir haben Tausende und aber Tausende Pfund umgesetzt, ohne daß er dabei so viel verdient hätte, um seine Zigarren zu bezahlen. Und er begnügt sich damit! Er, der hinter dem Geld sonst wie ein Teufel hinter einer armen Seele her ist! Ich will Ihnen nur ein Beispiel nennen: Wir erstanden von der Regierung ein ganzes Lager bester, alter Militärhandschuhe. Unter alt meine ich nicht etwa, daß sie getragen worden waren, nein, sie stammten noch aus den Kriegsmagazinen. Die schönsten Handschuhe, die Sie sich denken können; Leder mit Pelz gefüttert und mit Pelzrand, solche, wie sie von Fliegern benutzt wurden. Wir zahlten achtzehn Pence für das Paar; wert waren sie im Verkauf mindestens fünfundzwanzig Schilling, die wir auch ohne weiteres bekommen hätten. Was aber glauben Sie, was er dafür verlangt hat? Zweieinhalb Schilling pro Paar, eine halbe Krone! Er verdiente noch nicht einmal das Geld, das er zu ihrem Verkauf für Inserate ausgegeben hatte.«

»Wie viele Paare waren es denn?«

»Etwa fünftausend! Das einzige, was er erreichte, war, daß er als ›billiger Mann‹ bekannt wurde. Seine Inserate bezahlt er gegen Kasse und hat deshalb bei den Zeitungen den besten Ruf. In achtzehn Monaten hat er, wie ich mir ausgerechnet habe, etwa zweitausend Pfund draufgelegt. Na, ist das nun Philanthropie oder nicht?«

Anthony dachte eine Weile nach; dann fragte er:

»Wie viele Bestellungen liefen denn ein?«

»Zwanzigtausend für die fünftausend Paar Handschuhe. Ich brauchte eine ganze Woche, um den Leuten, die nicht bedacht werden konnten, ihr Geld zurückzusenden. Mein Gott, die Inserate! Sie hätten sie sehen müssen. Über die ganze Seite: ›Bidders Gelegenheitskäufe!‹ Er kauft und verkauft alles, aber die Handschuhe waren bisher sein größter Schlager. Natürlich betreiben wir unser Geschäft nicht im Büro; dorthin bekommen wir nur die Briefe. Er hat in einem Londoner Vorort ein Lager und, wie ich erfahren habe, ein zweites in Manchester.«

Er fuhr fort, von seinem Chef zu erzählen, aber der Preller hörte nur noch oberflächlich zu.

»Ich glaube«, berichtete er nachher Paul, »er wird erst dann aus sich herausgehen, wenn sein Angestellter, Mr. Grames, aus dem Weg ist. Der junge Mann erklärte zwar, selbst gekündigt zu haben; ich bin aber überzeugt, daß ihm gekündigt wurde.«

Die Ahnung bestätigte sich. In der folgenden Woche, am Montag, suchte ihn Paul im Schlafzimmer auf, wo er mit Ankleiden beschäftigt war.

»Hier hast du deine ›Seidenstrümpfe‹, Anthony«, sagte er und reichte dem Freund die Zeitung hin. Mr. Bidders Inserat nahm die ganze Vorderseite der Zeitung ein: Quer über das Blatt liefen die Worte:

›Bidders GELEGENHEITSKÄUFE‹

Diesmal waren Mailänder Seidenstrümpfe an der Reihe: »Alle Farben«, teilte das Inserat mit, »weiß, schwarz, grau, beige usw.« Mr. Bidder unterrichtete eine aufhorchende Kundschaft darüber, daß er durch einen glücklichen Zufall einen Posten echter Seidenstrümpfe habe erstehen können. Er habe die Ware so billig eingekauft, teilte er weiter mit, daß es ihm möglich sei, Paar für Paar der kostbaren Seidenstrümpfe für dreieinhalb, und drei Paar für zehn Schilling weiterzugeben. Die Dame, deren irdische Güter es gestatteten, konnte sieben Paar für ein Pfund Sterling geliefert bekommen. Die Strümpfe waren abgebildet; eine Zeichnung führte eine Dame vor, die fünfzig Zentimeter ihres Beines nur deshalb zeigte, um ›Bidders Strümpfe‹ um so sichtbarer vorzuführen. Das Inserat schloß mit den Worten: ›Wenn Sie vermögend aussehen und sich auch so fühlen wollen, dann sind Sie es auch wirklich!‹

Zehntausend Paar sollten abgegeben werden, nur zehntausend und nicht ein einziges Paar mehr. Einzelne Paare würden nur geliefert, wenn nach Befriedigung der Drei-Paar-Besteller noch welche übrigblieben. Man sollte das Geld in bar an den Abschnitt stecken, der das Inserat begleitete, und ihn adressiert an ›Bidders Gelegenheitskäufe‹ schnellstens einsenden.

Anthony las das Inserat von Anfang bis Ende durch.

»Ich verstehe zwar nicht viel von Damenkleidung«, meinte er, »weiß aber so viel, daß man diese Art Strümpfe im Laden nicht unter sechzehn Schilling pro Paar kaufen könnte.«

Paul wußte es besser. – »Du irrst dich, mein Sohn«, gab er zurück. »Sie kosten normal einundzwanzig! Ist das Inserat auch noch in anderen Zeitungen erschienen?«

Alle Zeitungen brachten es.

Anthony warf einige Zahlen auf ein Blatt Papier. Dann sagte er:

»Diese Inserate müssen Bidder siebentausend Pfund gekostet haben. Und diesen Betrag gibt er aus, um für fünfzehnhundert Pfund Strümpfe zu verkaufen!«

Paul warf einen Blick auf das Inserat. Dann las er vor:

»Dieses Angebot machen wir nur, um unsere Geschäftsprinzipien, ›billig und gut‹, unserer Kundschaft noch einmal einzuprägen. Passen Sie auf unsere, demnächst im März inserierten Gelegenheitskäufe auf, die alles bisher Dagewesene übertreffen werden.«

»Man sagt«, meinte Anthony, »daß in jeder Minute ein Dummkopf in die Welt gesetzt wird. Ich könnte auch ebensogut ›Idiot‹, ›Lämmchen‹ oder noch andere Bezeichnungen für diese Art Leute gebrauchen. Unser Freund Bidder ›bittet‹ sich aus, keine Schecks zu senden. Das bedeutet, daß er genau drei Tage zur Verfügung hat, um seinen dunklen Plan reifen zu lassen. Erkundige dich mal beim Pförtner, Paul, ob Bidder – Leggenstein – Anstalten getroffen hat, in Urlaub zu gehen.«

Die Erkundigung brachte greifbare Resultate. Mr. Bidder, so berichtete der Pförtner dem mitfühlenden Paul, sei gesundheitlich so heruntergearbeitet, daß er ernstlich an eine Ausspannung denken müsse.

»Sobald er seine Seidenstrümpfe verkauft hat, Sir – die Inserate haben Sie doch gesehen, nicht wahr?« meinte der Pförtner, »wird er nach Paris fahren. So hat er es mir gesagt.«

Mr. Bidders Absichten waren trotzdem nicht ganz richtig berichtet worden. Noch ehe die letzten Strümpfe versandt waren, genau gesagt, am dritten dem Erscheinungstag seiner Inserate folgenden Abend, kehrte er zeitiger als gewöhnlich nach Hause zurück und fing, leise vor sich hinsingend, zu packen an. Er war das Muster eines gutgelaunten und seelenruhigen Menschen. Paß und Fahrkarten ruhten wohlverwahrt in seiner Brusttasche, während ein dickes Bündel Banknoten auf dem Kaminsims des Einsteckens harrte. Mr. Bidder ging streng seiner Methode gemäß vor und ließ sich auch jetzt nicht zu Übereilungen hinreißen.

Ein leises Klopfen trug nicht dazu bei, seinen Verdacht zu erregen, und er drehte sich erst um, als im Zimmer jemand leise hüstelte. Mr. Bidder erschrak, denn vor ihm stand ein Mann in langem Leinenmantel, der sich, Gesicht und Hals von einer Maske verborgen, höflich für sein unerwartetes Erscheinen entschuldigte.

»Verzeihen Sie meinen melodramatischen Auftritt mit Maske«, bat der Eindringling. »Ich hasse derartige Dinge, aber die Versuchung, einen Damenstrumpf zur Maskierung zu benutzen, war zu groß.«

»Verdammt, wer sind Sie?« Mr. Bidder war bleich geworden.

»Ich bin Mr. Henry M. Nemesis«, gab der andere zurück. »Wenn Sie Ihre Hände nicht ruhig halten und immer an Ihrer Hüfttasche nach dem Revolver herumfingern, muß ich Sie kampfunfähig machen, mein Herr. Ich mußte mich leider bei meinem diesmaligen Unternehmen in Widerspruch zur Polizeiverordnung setzen, die unbefugtes Waffentragen verbietet. Ich mache Sie darauf aufmerksam, daß ich gut schieße, und ich kann nicht umhin, schon jetzt mein Bedauern auszusprechen, wenn ich Sie mit einer widerrechtlich mitgeführten Pistole totschießen müßte.«

»Machen Sie, daß Sie weiterkommen«, zischte der Bedrohte. »Was wollen Sie von mir? Die Wohnung gehört zwar mir, aber nicht der Inhalt. Ich habe ihn nur gemietet.«

»Das weiß ich«, erklärte der Besucher ruhig. »Ich möchte Ihre Brieftasche mit den vielen neuen Tausend-Pfund-Noten, die Sie heute nachmittag bei Ihrer Bank abgeholt haben. Sie waren ja die letzten drei Tage sehr mit ›Einnehmen‹ beschäftigt.«

»Der Teufel soll Sie . . .«

»Das wird er nicht, das heißt, Sie würden es nicht merken, wenn er mich holt, es sei denn, Ihr Astralleib nimmt Kenntnis davon. Kann man eigentlich Geister von Abgeschiedenen fotografieren?«

»Reden Sie keinen Unsinn!« Bidder war unruhig geworden. »Ich will mit Ihnen ein Abkommen treffen. Hier haben Sie tausend Pfund, und nun machen Sie, daß Sie fortkommen.«

»Nein, mein Freund. Alles, was Sie in der Tasche haben, will ich. Wenn Sie frech werden, nehme ich Ihnen nicht nur Ihr Geld weg, sondern verbrenne auch noch Ihren Paß«, fügte der Maskierte drohend hinzu. Bidder sank halb ohnmächtig auf einen Stuhl.

Aber erst nach etwa fünf weiteren Minuten hatte er eingesehen, daß sein Besucher es ernst meinte.

»Ich werde mich bei Ihnen für diese Niederträchtigkeit revanchieren«, drohte er halb schluchzend, als er endlich dem Preller seine Brieftasche einhändigte.

»Diese Worte kommen mir bekannt vor. So wurde mir nämlich schon oft gedroht.« Er zählte die Noten durch: »Achttausend Pfund?« Er pfiff überrascht vor sich hin. »Also nur sechzehntausend Lämmlein sind ins Garn gegangen, wie? Nein, so bescheiden schätze ich Ihre Kunst doch nicht ein, mein Freund. Los, die andere Brieftasche, die Sie noch irgendwo stecken haben!«

Leggenstein zog eine zweite Börse. Wieder zählte Anthony.

»Ja, das mag, abgesehen von einigen tausend Pfund, die Sie noch haben, eher stimmen.«

Der Blick, den ihm Leggenstein zuwarf, sprach Bände.

»Ich lasse Ihnen, was Sie noch im Stiefel stecken haben, mein Freund«, beruhigte ihn sein Besucher. »Ich bin kein solcher Raffer wie Sie. Die Zeitungen werden wohl auch ihrem Geld nachtrauern müssen, wie? Achtzehn Monate haben Sie den heutigen Schlager vorbereitet. Schöne Strümpfe und vor allen Dingen billig, ihr Frauen Englands!«

Endlich fand Mr. Bidder die Sprache wieder:

»Sie sind wohl von der Polente?« fragte er.

»Seit wann trägt die Kriminalpolizei Masken?« erkundigte sich der Preller seelenruhig. »Seien Sie doch vernünftig, Leggenstein. Sie kennen doch die Polizei, denn Sie haben ja für eine ähnliche Sache wie diese schon gesessen. Nehmen Sie Ihre Handtasche und gehen Sie in Frieden. Denken Sie aber daran, daß ich Sie bis zur Haustür beobachten werde.«

An der Tür drehte sich der Geprellte nochmals um. Sein Gesicht war wutverzerrt.

»Meine Zeit wird kommen«, drohte er. »Wenn ich ein Ganove bin – bist du vielleicht etwas anderes? Ich bestehle das Publikum, du aber auch, und zwar durch mich!«

»Nein, mein lieber Freund«, gab Anthony zurück. »Ich will nur der verschwenderischen Weiblichkeit eine Lektion über Sparsamkeit erteilen. Ich halte es für ein Verbrechen, Geld für seidene Strümpfe auszugeben. Los, verschwinden Sie! Ich gebe Ihnen zehn Minuten Zeit, sich davonzumachen, und wenn Ihnen meine Methoden nicht passen, können Sie sich bei der Polizei beschweren, die ja, soweit ich unterrichtet bin, sich jetzt schon für Ihr Strumpflager zu interessieren beginnt.«

Mr. Bidder machte sich davon.

Die ganze Lebensweisheit des Prellers erschöpfte sich in sieben Worten: »Sei niemals dort, wo man dich vermutet!« Auf seiner Suche nach leichtverdientem Geld zog er wie ein Nomade von Zeltlager zu Zeltlager, von Pensionshäusern in Hotels und von da wieder in andere Pensionen zurück. Oftmals vergingen lange Tage, ehe er wieder ein Opfer fand. Nicht, daß Schwindler und Betrüger seltener geworden wären – nein, sondern weil man es dem Zufall anheimstellen mußte, mit ihnen in Berührung zu kommen. Wieder folgten aber auch Zeiten, wo es ratsam war, ein wenig Gras über alte Geschichten wachsen zu lassen, ehe neue Schröpfungsversuche unternommen wurden. Dies war der Fall, nachdem der Preller Mr. Kandeman eine so fühlbare Lehre erteilt hatte.

Er hatte, wie bereits im vorigen Kapitel erwähnt, Paul mitgeteilt, daß er, ehe er neue Pläne fasse, die Ankunft des Maharadscha von Tikiligi abwarten wolle, aber der Zwischenfall mit Mr. Bidder und das erhöhte Interesse, das die Polizei für den gegenwärtigen Aufenthaltsort des Strumpfhändlers verriet, wiesen gebieterisch auf die Notwendigkeit hin, so schnell wie möglich neue Jagdgründe aufzusuchen.

Anthony mietete sich ein Haus in einer Gegend Londons, wo weder Mr. Bidders noch seine eigenen Streiche eine neugierige Polizei zu genaueren Nachforschungen veranlassen würden. In diese neue Wohnung kehrte der Preller eines frühen Vormittags zurück, weckte den noch süß schlummernden Paul auf und schleppte ihn in das Speisezimmer.

»Was ist denn nun schon wieder los?« fragte der Sekretär.

»Entschuldige, daß ich dich stören muß, Paul, aber ich kann nicht warten, bis du ausgeschlafen hast.« Er unterbrach sich, steckte den Kopf zur Tür hinaus und rief: »Sandy! Koch mir eine Tasse Kakao! Ich habe immer noch den ekelhaften Geschmack der parfümierten Zigaretten im Mund.«

»Was hast du denn nun schon wieder getrieben?« fragte Paul. »Wohl gar die Jagdgründe der Millionäre beschritten?«

»Erraten!« Anthony legte Kragen und Krawatte und seinen eleganten Cut ab. »Gib mir mal meinen Pyjama herüber, Paul, und eine deiner billigen Zigaretten. Ich war bei Magson.«

»Im Nachtklub? Bist du denn Mitglied?« erkundigte sich sein Freund verwundert.

Anthony lachte.

»Man wird es, wenn man das hohe Eintrittsgeld bezahlt«, erklärte er. »Das mit der Mitgliedschaft ist ja alles Stuß. Wenn du Geld hast, kannst du überall Mitglied werden.«

Magson war der exklusivste Londoner Nachtklub. Die Mitgliederzahl war beschränkt. Wer nicht die fünfundfünfzig Pfund Eintrittshonorar und weitere fünfundfünfzig für jährliche Mitgliedsbeiträge hatte, mußte auf die Ehre verzichten, dem Klub anzugehören. Auch wenn die Mittel vorhanden waren, mußte man sich meist durch ein Mitglied vorstellen lassen, und Anthony kannte niemand von den Neureichen, die im Klub verkehrten.

»Ich habe mich sozusagen eingeschlichen«, berichtete er, »und zwar als Freund des reichen jungen Mannes, den wir im Alhambra kennenlernten, Mr. Job Tillmitt. Du weißt ja, in welcher Verfassung wir ihn trafen – verliebt und mit gebrochenem Herzen. Die Dame seiner Wahl ist Miss Dolly de Mulle, eine recht teure Herzensbrecherin. Ich ging in den Klub, um sie kennenzulernen. Sie hat allerdings nichts von einem Vampyr an sich; eher etwas von einem Blutegel. Sie saugt ihren Freunden den letzten Cent aus der Tasche, was ja angesichts ihres vornehmen Hauses in Kensington, ihres Landhauses in Somerset und ihrer süßen Villa an der Riviera kein Wunder ist. Daß sie außerdem noch meterlange Perlenschnüre, ganze Schaufeln voll Diamanten und ein Bankkonto besitzt, das einen Millionär vor Neid erblassen lassen würde, deutet ja nur noch mehr darauf hin, wie lukrativ sie ihre Schönheit zu verwerten weiß.«

»Du machst wohl Spaß?« Paul starrte den Freund an.

»Nein, im Gegenteil. Es ist mir bitterer Ernst damit. Da du von Miss Dolly de Mulle niemals gehört hast, so . . .«

»Du irrst dich«, unterbrach ihn Paul. »Ich habe von ihr gehört. Allerdings . . .«, er zögerte, dann fuhr er fort: » . . . glaube ich nicht, daß sich diese Sache für uns eignet. Die Frau ist jedenfalls nicht die Klasse wie Milwaukee Meg oder irgendeine andere gleichen Genres.«

»Nein, sie ist nicht wie Milwaukee Meg, aber viel fehlt nicht daran. Das einzige, worin sie sich von unserer alten Freundin unterscheidet, ist, daß sie sich weniger als Meg in Gefahr begibt. Du täuschest dich in ihr; sie hat mehr junge Leute zum Selbstmord getrieben und mehr verzweifelte Eltern geschröpft als hundert andere Frauen gleicher Klasse. Außerdem«, setzte er nachdenklich hinzu, »befürchte ich, daß sie mir auch die hunderttausend Pfund abnehmen wird, die ich aus dem Verkauf meiner Silbermine erlöst habe.«

Paul starrte ihn verwundert an. Dann lachte er laut auf.

»Das ist also dein Trick!« rief er. »Du hast dich mit der Dame schon bekannt gemacht?«

»Ich habe mich lange Zeit mit ihr unterhalten. Langweilig genug war es, das kann ich dir flüstern. Ich habe anfangs keine Ahnung gehabt, daß bei der Sache etwas herausspringen würde. Miss Dolly ist eine Dame, die das Leben junger Leute nicht nur interessanter, sondern auch aufregender macht. Auch mich hat sie überzeugt, daß der rechte Platz für mich ihre Kreise seien. Morgen werde ich also diese Wohnung hier aufgeben und mich in jenen Zirkeln bewegen, die allein meinem Vermögen und meinen Reizen entsprechen. Ich habe mich gestern schon nach einer passenden Wohnung umgesehen und am Piccadilly etwas gefunden, was speziell für mich gebaut scheint. Die Wohnung wird mich möbliert zwar sechzig Pfund wöchentlich kosten, ist aber alles, was man sich nur wünschen kann. Wenn sie noch nicht weg ist, werden wir morgen abend schon darin schlafen.«

Er blickte Sandy an, der eben mit dem verlangten Kakao eingetreten war.

»Diese Kocharbeit hört nun auch für dich auf, Sandy«, sagte er. »Du wirst mein Kammerdiener, und du, Paul, kannst den Chauffeur markieren. Ich muß mir einen Wagen besorgen, und du weißt, daß ich an meine Chauffeure große Ansprüche zu stellen gewohnt bin.« – »Hm, hm!« war alles, was Paul erwiderte.

Gegen halb zwei Uhr am folgenden Nachmittag stieg Miss Dolly de Mulle aus ihrem eleganten Wagen aus, empfangen vom Pförtner des Park-Hotels, der sie mit allen ihr zustehenden Ehren ins Vestibül begleitete. Neugierige Augen musterten die Dame, denn sie war allen Stammgästen des Hotels bestens bekannt. Viele der Anwesenden, die ihren Ruf kannten, sahen sich nach ihrem neuen Opfer um und fanden es in einem jungen Mann, der ihr mit allen Zeichen der Freude entgegeneilte.

»Wie nett von Ihnen, Miss de Mulle«, rief er ihr zu. »Ich hatte immer noch daran gezweifelt, daß Sie Ihr Versprechen, mich hier zu treffen, halten würden.«

»Ich halte jedes Versprechen«, sagte sie, »zweifelte jedoch meinerseits, ob Sie gleiches tun würden.«

»Diese Vereinbarung hätte ich niemals vergessen«, flüsterte er.

Anthony mußte wirklich die Schönheit des Mädchens bewundern, das er heute zum ersten Male bei Tageslicht sah. Im Speisesaal zog sie nachlässig ihre Handschuhe aus.

»Besuchen Sie oft den Klub?« fragte sie.

»Nein«, erwiderte Anthony. »Ich habe Angst vor solchen eleganten Plätzen. Ich bin ja nur ein gewöhnlicher Goldgräber.«

»Eigentlich sind Sie für einen solchen Beruf noch recht jung«, meinte sie. »Was wollen Sie denn überhaupt in London?«

»Ich suche eine sichere Anlage für mein Geld«, vertraute er ihr an. »Mir gefällt es zwar hier gut genug, aber es kommen auch Stunden, wo mich die Wälder Ontarios zu rufen scheinen.«

»Mit hunderttausend Pfund kann man schon allerlei anfangen«, sagte sie und blickte ihn nachdenklich an. »Ich habe einige recht gute Beziehungen zu Leuten, die mit Kapitalanlagen Bescheid wissen, und bin vielleicht in der Lage, Ihnen etwas Gutes nachzuweisen.«

So, so? dachte Anthony. So also will sie es drehen? Er war gespannt darauf, welchen Weg sie einschlagen würde, ihm sein Geld abzunehmen, ohne selbst irgendwelches Risiko zu laufen. Wahrscheinlich sollte seinetwillen ein Luftgeschäft entriert werden. Unzweifelhaft hatte sie irgendwo im Hintergrund die passenden Leute bereit, diesen ›Hinterwäldler‹ zu neppen.

Wenn er sie aber anblickte, ihre unschuldigen blauen Augen und die entzückenden Grübchen in ihren Wangen in Betracht zog, vermochte er es kaum zu glauben, daß dies die Frau war, die Nelson Grey zum Selbstmord getrieben, den jungen Lord Feltan ruiniert und Dutzende anderer junger, leicht empfänglicher Leute an den Rand des Abgrunds gebracht hatte. Erst als sie nochmals von seinem Vermögen zu sprechen anfing, stand er mit beiden Füßen wieder fest auf dem Boden der Tatsachen.

»Ich selbst verstehe nur wenig von derartigen Dingen«, bemerkte sie, »aber meine Freunde sind sehr klug. Einer von ihnen erzählte mir erst vorige Woche etwas von der Gründung einer Gesellschaft – ich glaube, sie hieß ›Bencombe-Kaolinerde-Gesellschaft‹ –, die jedem, der sein Geld darin anlegt, ein Vermögen einbringen würde. Sind Sie noch nie Leuten begegnet, die wie die Haifische auf der Lauer liegen, um unerfahrenen, vermögenden Leuten, wie Sie es sind, ihr Geld abzunehmen? Seien Sie froh, daß ich Sie unter meine Fittiche genommen habe«, setzte sie hinzu und klopfte ihm auf den Arm.

»Ja, Gott sei Dank«, gab er höflich zurück.

Sie erwähnte an diesem Tag sein Geld nicht mehr, und bald darauf begleitete er sie nach Hause. Ehe er sich von ihr verabschiedete, vereinbarten sie noch ein Zusammentreffen für den nächsten Tag. Von da ab waren sie beinahe unzertrennlich. Bald leistete er ihr in einer Konditorei der St. James' Street bei einer Tasse Tee Gesellschaft, bald führte er sie zum Essen, bald ins Theater. Paul seufzte bedrückt auf, als er erfuhr, daß Anthony für ein Kostümfest eine Loge in der Albert-Hall gemietet hatte.

»Welches Kostüm hast du dir denn gewählt«, fragte er den Preller.

»Ich gehe als Pierrot, und auf meinen Rat hin wird meine ›Herzdame‹ als Königin von Saba erscheinen«, gab Anthony lächelnd Auskunft.

Paul lachte leise in sich hinein.

»Dabei legt sie wohl alle ihre tragbaren Werte an, wie?« fragte er.

»Du hast es erraten. Man erzählt sich, daß sie bei solchen Gelegenheiten Schmuck im Wert von etwa hunderttausend Pfund zu tragen pflegt. Ich werde natürlich ihr Beschützer sein, und das ist es, Paul – ich sage es dir ehrlich –, was mir bei meinem Plan nicht gefällt.«

»Ich habe dir ja abgeraten«, gab der Freund zurück.

»Ich sehe ein, daß du recht hattest, mein Junge, aber ich habe die Sache angefangen und muß sie nun auch durchführen.«

»Warum das? Ich weiß, sie hat die goldene Jugend Englands ein wenig geschröpft, aber das macht sie mir um so sympathischer.«

»Quatsch!« erwiderte der Preller schlecht gelaunt.

Anthony hatte noch keinen festen Plan, wie er Miss Dolly de Mulle schröpfen könnte, und das machte ihn nur um so unlustiger. Wäre das Opfer ein Mann gewesen, so würde alles viel leichter gewesen sein. Als erschwerend kam noch hinzu, daß er fühlte, wie er dem Einfluß des Mädchens von Tag zu Tag mehr unterlag. Er verfluchte sich und seine Vermessenheit, ausgleichende Gerechtigkeit spielen zu wollen. Vergebens hielt er sich immer wieder vor Augen, daß ihre Reize doch nur der Handelsartikel seien, der ihr das Schröpfen vertrauender junger Leute leichter machen sollte. Er fand keine Ruhe.

Am Nachmittag des Tages, an dessen Abend der Kostümball stattfinden sollte, tranken sie zusammen im Circus-Hotel Tee.

Zu seinem Mißvergnügen empfand er bei der Aussicht, sie am Abend wiederzusehen, innigste Freude und schalt sich deswegen selbst einen Narren. Je mehr ihr Einfluß auf ihn zunahm, um so geringer wurde die Aussicht, seinen bisher noch nicht definitiv ausgearbeiteten Plan erfolgreich durchzuführen.

Dieses Zusammentreffen beim Fünf-Uhr-Tee sollte der Anfang aufregender Ereignisse werden, wenn auch Miss Dolly de Mulle selbst nichts dazu beitrug. Anthony hatte die Zeche bezahlt und befand sich eben mit seiner Begleiterin auf dem Weg ins Vestibül, als ihn ein unbestimmtes Gefühl veranlaßte, sich rasch umzudrehen. Er begegnete den Blicken eines Mannes, der sich in einer Ecke des Teeraumes niedergelassen hatte und dem Preller nachstarrte. Anthony sah sich ein zweites, ein drittesmal um und erkannte nun den Beobachter. Das Mädchen hatte ihren Begleiter die ganze Zeit über nicht aus den Augen gelassen, konnte aber in dessen Benehmen nicht das geringste bemerken, was ihr seinen Schrecken verraten hätte. Er verabschiedete sich von ihr und gelangte auf Umwegen in seine Piccadilly-Wohnung.

Sein Diener sah ihm sofort beim Eintritt an, daß etwas Besonderes vorgefallen war.

»Ist etwas passiert, Anthony?« erkundigte sich Sandy.

»Ich habe im Circus-Hotel jemand wiedergesehen«, gab der Preller zurück. »Rate, wer es war!«

Sandy schüttelte ahnungslos den Kopf.

»Es war Baltimore Jones«, klärte ihn der Preller auf. »Du weißt doch, der Mann, den wir in Madrid neppten.«

Sandy pfiff überrascht vor sich hin.

»Hat er dich erkannt?« fragte er. Anthony nickte.

»Bestimmt weiß ich es nicht, glaube es aber als sicher annehmen zu dürfen. Ich vermute, er hatte mich schon eine ganze Weile beobachtet, ohne daß ich eine Ahnung davon hatte. Ist Wensley zu Hause?«

»Ja, er erwartet deine Befehle.«

»Schick ihn herauf.«

Paul erschien. Die Chauffeurmütze in der Hand, hörte er dem Bericht des Freundes über die unheilvolle Begegnung im Circus-Hotel schweigend zu. Endlich sagte er:

»Ich glaube nicht, daß er uns Unannehmlichkeiten bereiten wird, Anthony.«

»Da bin ich anderer Meinung, denn Jones machte mir von jeher den Eindruck, als wäre er ein Mann, der mit jeder Kleinigkeit zur Polizei läuft.«

»Na, jedenfalls hat er aber keine Ahnung davon, was du gegen Dolly im Schilde führst«, beruhigte ihn Wensley. »Ist er dir nachgegangen?«

»Nein. Ich nahm mir ein Taxi bis zur Marble-Arch-Untergrundbahnstation, dann schlug ich einen Haken bis zur Chancery Lane zurück, um erst von dort aus mich hierher zu begeben. Auf alle Fälle müssen wir uns aber sofort darauf einstellen, noch heute nacht zu rücken.«

»Welchen Plan hast du im Auge?« erkundigte sich Paul.

»Du bleibst dauernd mit deinem Wagen an der Parkecke, die ja nur hundertfünfzig Meter von der Albert-Hall entfernt ist. Von zehn Uhr abends ab muß der Motor laufen.«

»Und wie willst du an Miss Dolly herankommen?«

Anthony schüttelte übelgelaunt den Kopf.

»Ich habe dir doch schon hundertmal gesagt«, gab er zurück, »daß ich darüber noch gar keinen Plan gefaßt habe. Ich werde das tun, was mir der Augenblick eingibt.«

Er hatte sich noch niemals eine Aufgabe gestellt, an die er mit größerer Unlust herangegangen war als an diese. Er hatte tatsächlich Gewissensbisse, Miss de Mulle um ihre unrechtmäßig erworbenen Schätze zu erleichtern.

Im Kostüm eines Pierrot, das Gesicht mit Gips bestrichen, trat er am Abend in den Saal der Albert-Hall. Niemals war ihm, trotz des bevorstehenden lustigen Festes, das Herz so schwer gewesen wie in diesem Augenblick. Es war gegen halb zehn, als er den Saal betrat, aber es herrschte schon ziemliches Gedränge. Er warf einen Blick auf die Logen und sah in einer davon Dolly ganz allein sitzen. Kurz darauf klopfte er an die Logentür und trat auf das »Herein« des Mädchens ein.

Dolly sah entzückend aus. Lange Ketten ausgewähltester Perlen schmückten ihren Hals, ein Diadem großer Diamanten verbreitete sprühendes Feuer, ein riesiger Smaragd glänzte in dem Turban, der ihr Haar verbarg. Wie eine Drohung schien er Anthony anzustarren.

»Kommen Sie«, bat sie ihn mit leiser Stimme. »Setzen Sie sich. Nein, nicht dort drüben! Hier, im Hintergrund der Loge.«

Die sonderbare Betonung, mit der sie sprach, erregte sofort Anthonys ganze Aufmerksamkeit. Er wußte, daß er in Gefahr war. Nur mit Aufbietung aller seiner Energie zwang er sich, den von ihr angedeuteten Platz einzunehmen, ohne sich etwas von seinem Mißtrauen anmerken zu lassen.

Vom Stuhl, den sie ihm angewiesen hatte, konnte er zwar den ganzen Saal überblicken, selbst aber von unten, wie er schnell genug ausfindig machte, nicht gesehen werden. Nur einen kurzen Augenblick lang ruhten seine Blicke auf dem Vermögen, das Dolly da mit sich herumschleppte, und schweiften sofort wieder ab, denn eine innere Stimme sagte ihm, daß er diese Werte niemals sein eigen nennen würde. Von Anfang an hatte er sich gegen die Beraubung dieses Mädchens gesträubt, und niemals war ihm einer seiner beabsichtigten Streiche so abstoßend erschienen wie in diesem Fall.

»So, da sitzen Sie gut, Mr. Preller«, fuhr das Mädchen fort. Trotz aller Selbstbeherrschung sprang Anthony auf.

»Sie sind ein netter Kerl«, sagte Dolly und starrte ihn mit merkwürdigen Blicken an, »und ich habe Sie wirklich sehr gern. Und – Sie hätten mich wirklich mit der Geschichte von Ihren hunderttausend Pfund Vermögen beinahe geleimt.«

»Ich weiß wirklich nicht, was Sie meinen, Miss de Mulle«, wollte Anthony den Unbefangenen spielen.

Sie schüttelte den Kopf.

»Lassen Sie doch das Leugnen«, sagte sie. »Die Lage ist für Sie wirklich zu gefährlich, um hier Wortgefechte zu führen.«

»Gefährlich? Für mich?«

»Unten im Vestibül warten vier Kriminalbeamte auf Sie«, erklärte sie ihm.

Ein kurzes, beklemmendes Schweigen trat ein.

Dann fuhr sie fort:

»Nebenbei bemerkt, warten sie auf mich.«

»Auf Sie?« fragte er überrascht.

»Ja, aber nur, wie gesagt, nebenbei. Die Leute wissen, wo ich mich aufhalte. Mein lieber Mr. Preller – entschuldigen Sie, daß ich diesen Spitznamen gebrauche, aber ich kenne ja Ihren wirklichen nicht –, Sie werden mich wohl für eine Person halten, die ihr ganzes Frauenleben zu nichts anderem benutzt hat, als ›grüne‹ reiche und junge Leute um ihr Vermögen zu erleichtern, nicht wahr? Glauben Sie mir, es ist Unsinn, was man da von mir behauptet, ich hätte viele Menschen zum Selbstmord getrieben. Eines dieser sogenannten Opfer meiner Verführungskünste hat mich verpfiffen! Sie wissen wohl, was dieser Ausdruck bedeutet, nicht wahr? Verzinkt und verpfiffen!«

»Ich weiß, was er bedeutet«, gab der Preller zu.

»Gut. Die Leute unten wußten, daß Sie zu mir kommen würden, und deshalb warten sie auf Sie. Im Augenblick befaßt sich ein Herr nur damit, diese Loge zu beobachten; er weiß aber vorläufig noch nicht genau, ob Sie schon hier sind. Verschwinden Sie so schnell wie möglich.«

»Was wird aber aus Ihnen?« fragte er besorgt.

Sie zuckte die weißen Schultern. Dann, ihre Blicke zu Boden gerichtet, sagte sie leise:

»Heben Sie ein klein wenig Ihren Kopf. So! Sehen Sie dort unten im Saal den Herrn in rotem Kostüm und schwarzer Maske? Ah, jetzt eben hat er sie abgenommen.«

Vorsichtig blickte Anthony über die Brüstung und erkannte den jungen Mann, dessen Bekanntschaft er im ›Alhambra‹ gemacht hatte.

»Das ist mein Feind!« erklärte sie mit besorgter Stimme. »Er befindet sich auf dem Weg hierher, um mich vor die Alternative: Zuchthaus oder – hm – hm – zu stellen.«

»Ich verstehe, was Sie meinen«, gab Anthony zurück. »Er ist ungefähr von meiner Gestalt.«

Er blickte sich in der Loge um. Gegen die Seitenwand gelehnt stand eine spanische Wand, die dazu bestimmt war, die Insassen der Loge vor Zugluft zu schützen.

»Diese Wand wird mir ausgezeichnete Dienste leisten«, sagte er. »Die nächste Loge ist frei, nicht wahr? Und diese Tür führt hinüber?«

»Ja«, erwiderte das Mädchen.

Er drückte die Klinke nieder – die Tür war unverschlossen – und trat in den Nebenraum. Zwei Vorhänge schlossen die Nebenloge für unberufene Augen ab. Einen davon zog Anthony zu.

»Großartig«, meinte er, als er zu Dolly zurückkam. »Wissen Sie vielleicht, wer die Nebenloge gemietet hat? Nein? Ich habe mir nämlich erlaubt, die auf den Gang führende Tür abzuriegeln.«

Im selben Augenblick klopfte es, und ohne das »Herein« Dollys abzuwarten, trat ein junger Mann in der roten Robe eines Mephisto herein.

Er konnte Anthony, der hinter der spanischen Wand stand, nicht sehen; erst als er die Mündung eines Revolvers an seinem Nacken fühlte, erfuhr er von der Anwesenheit eines Dritten.

»Los, marschieren Sie in die Nebenloge, und geben Sie keinen

Laut von sich«, befahl ihm Anthony drohend. »Ich möchte Ihr herrliches Kostüm haben.«

Eine halbe Stunde später traten aus der Tür der von den Kriminalbeamten beobachteten Loge die ›Königin von Saba‹ und ›Mephisto‹. Als die beiden im Vestibül an den Kriminalbeamten vorbeischritten, blickten diese sie fragend an, wandten sich dann aber achselzuckend ab und ließen die Verkleideten passieren. Sie hatten Befehl erhalten, erst dann einzugreifen, wenn ›Mephisto‹ ihnen den Befehl dazu gab. Inzwischen versuchte der seines Kostüms Beraubte sich der Fesseln zu entledigen, die ihm der Preller angelegt hatte.

Einige Minuten später saßen Dolly de Mulle und Anthony in einem Auto, das sich in rasender Fahrt in der Richtung nach South Kensington zu entfernte.

»Nun, Miss de Mulle«, sagte Anthony, als er den Wagen vor der Tür ihrer Wohnung anhielt, »es bleiben Ihnen etwa zehn Minuten, um zu rücken.«

»Fünf genügen«, gab sie zurück. Sie streckte ihre Hand aus: »Hier, mein lieber Raubgenosse, haben Sie Ihre Belohnung.«

Sie legte eine Perlenschur in seine Hand. Er schüttelte ablehnend den Kopf. »Nein, danke, aber wenn Sie mir gestatten wollen . . .«

Er beugte sich nieder und küßte sie auf den Mund.

Paul hatte die Episode beobachtet. Er lachte verstohlen.

»Ich möchte nur gern wissen«, sprach er vor sich hin, »wie er uns beiden, Sandy und mir, davon unseren Anteil an der Beute geben will?«

Der vierundsiebzigste Diamant

Der Inspektor von Scotland Yard warf einen prüfenden Blick auf den hageren Maharadscha von Tikiligi. Der Inder war noch reichlich jung und sah in seinem eleganten Frackanzug viel hagerer aus, als er in Wirklichkeit sein mochte. Seine Gesichtsfarbe war ein dunkles Oliv, das durch den kleinen, schwarzen Schnurrbart und das gut eingefettete schwarze Haar noch mehr zur Geltung gebracht wurde.

»Hoheit werden die Belästigung entschuldigen?« bat der Beamte.

»Oh, sicherlich«, gab der Fürst kopfschüttelnd zurück. »Ich mich freuen, Sie zu sehen. Ich sprechen englisch sehr gut, sein aber kein englisches Untertan. Ich sein holländisches Untertan.«

Der Inspektor suchte nach Worten, um dem Maharadscha den Zweck seines Besuches plausibel zu machen.

»Wir haben erfahren«, begann er endlich, »daß Ew. Hoheit eine Unmenge wertvoller Schmucksachen nach England gebracht haben.«

Hoheit nickte.

»Ja, ja«, gab er zu. »Verdammt schönes Juwelen, viele großen Steine, so großen wie Enten – wie heißen sie – ja, Eier. Ich haben zwanzig Stück davon hier.«

Er sagte einige Worte in unbekannter Sprache zu seinem Sekretär. Dieser öffnete ein Schreibtischfach und entnahm ihm eine herrliche Sammlung schönster und größter Diamanten, in deren feingeschliffenen Facetten sich das Sonnenlicht in tausend Farben brach.

Die Edelsteine schienen ihre Wirkung auf den Inspektor nicht verfehlt zu haben. Nicht der Wert war es, der seine Augen beinahe aus den Höhlen treten ließ, sondern die Gefahr, die diesen Schätzen drohte.

»Wegen dieser Edelsteine hat man mich zu Ihnen geschickt, Hoheit«, erklärte er dem Fürsten. »Ich habe Sie im Auftrag des Polizeipräsidenten zu warnen, daß gerade gegenwärtig zwei Schwindler in London ihr Unwesen treiben, die sich nur mit dem Diebstahl derartiger Juwelen befassen.«

»Ich haben keine Angst«, wies der Inder die gutgemeinte Warnung zurück. »Dieser Mann« – er zeigte auf seinen Sekretär –, »sein in großer Stellung in meiner Heimat. Er sein Oberpolizist und behandeln Diebe sehr schlecht. Er schneiden ihnen Köpfe ab, eins, zwei, drei.«

Wieder sprach er einige Worte zu seinem Begleiter in einer dem Inspektor unbekannten Mundart. Der ›Oberpolizist‹ lächelte, wobei er zwei Reihen blitzender Zähne zeigte.

»Denken Sie daran, Mr. Polizeiinspektor«, wandte sich nun der Maharadscha an den Beamten. »Ich nicht hierherkommen zum Verkauf. Ich kommen zu kaufen, den vierundsiebzigsten Diamanten zu kaufen, den ich für mein Halsband brauchen.«

»Den vierundsiebzigsten Diamanten?« fragte der Inspektor.

»Dreiundsiebzig haben ich schon«, belehrte ihn der Fürst. »Alle sein gleich groß und schön. Sehen Sie!«

Er schritt zum Schreibtisch hinüber und entnahm ihm erneut die vorhin gezeigte Kassette. Dann zeigte er dem Inspektor einen wunderbaren Diamanten, groß und untadelig.

»Ich wollen einen wie diesen kaufen«, erklärte er. »So groß, so schön, so klar – und ich will Millionen zahlen dafür.«

Der Inspektor lächelte grimmig.

»Ja, Fürst«, erwiderte er, »das glaube ich wohl, aber vergessen Sie dabei nicht, nach Benny Lamb Ausschau zu halten. Er befindet sich in London und ist, wie ich Ihnen versichern darf, ein recht geschmeidiger Ganove.«

»Ganove? Was sein das? Ah, ein schlechter Mann?« Seine Hoheit schien ausnehmend interessiert zu sein.

»Ja, ein sehr schlimmer Mensch«, bestätigte der Inspektor.

»Schneiden Sie seinen Kopf ab«, riet die Hoheit. »Das sein das einfachste.«

»Bei uns hierzulande nicht«, klärte ihn der Inspektor auf und hielt, um sein Lächeln nicht sehen zu lassen, die Hand vor den Mund. »Ehe wir das hier machen können, müssen wir Beweise haben, und die haben wir bei Benny Lamb nicht.«

»In mein Fürstentum wird schlechter Mann schnell tot gemacht, und mein Land sein wunderschönes Land. Ich haben Tausende und nochmals Tausende Sklaven für mich in Bergwerken arbeiten . . .«

»Ja, ja«, unterbrach ihn der Detektiv, »und gerade deshalb ist der zweite der von mir erwähnten Langfinger noch gefährlicher als Benny Lamb. Der andere nennt sich ›Preller‹, und wenn er herausbekommt, daß Sie Ihr Geld mit Sklaverei verdienen, müssen Sie viel Glück haben, wenn es Ihnen gelingt, Ihre Edelsteine wieder mit nach Hause zu bringen.«

»Der – wie nannten Sie ihn – Preller?« erkundigte sich der Maharadscha.

In kurzen Worten schilderte ihm der Inspektor das System des Prellers und erwähnte gleichzeitig einige seiner Eskapaden. Als der Beamte das Great Empire Hotel verließ, wußte er, daß er den indischen Fürsten doch etwas unsicher gemacht hatte.

Zu gleicher Zeit bildeten in einem Londoner Restaurant des modernen Westens der Fürst und der Preller das Thema eines Gespräches, das Mr. Benny Lamb, ein gut angezogener, eleganter junger Mann amerikanischer Abstammung, mit zweien seiner Freunde führte. Sie besprachen den größten Fang ihres Lebens.

»Er wälzt sich im Geld wie ein Schwein in seinem Koben«,

berichtete Benny kopfschüttelnd seinen Gästen. »Und, was die Hauptsache ist, Jimmy«, wandte er sich an einen der beiden, »es wird so leicht sein, wie Grießbrei essen.«

Der Angesprochene, ein untersetzter Rotkopf, zog verächtlich die Stirn kraus.

»Es gibt kein leicht verdientes Geld in der Welt«, warnte er. »Aber wenn alles, was du uns von dem verrückten Fürsten erzählt hast, auf Tatsachen beruht, dann wird er eines unserer leichtesten Opfer werden.«

»Nur auf eines müssen wir achtgeben«, erklärte Lamb und wurde ernst. »Ein Vöglein hat mir zugezwitschert, daß der Preller sich wieder einmal in London herumtreibt. Du weißt doch, der Kerl, der voriges Jahr alle Londoner Ganoven, die etwas hatten, geschröpft hat. Ich weiß, daß er wieder auf dem Kriegspfad ist. Baltimore Jones hat ihn gesehen. Das Schwein von Preller hat ja den armen Kerl auch ganz ausgemietet. Ihn ohne einen Cent in Paris zurückzulassen! So eine Gemeinheit.«

»Glaubst du, daß er auch hinter dem Maharadscha her ist?« erkundigte sich der dritte Mann, der bisher geschwiegen hatte.

Benny nickte energisch.

»Gerade so einer wie der Inder wirkt auf den Preller wie Honig auf die Fliegen«, sagte er. »Ich habe den Fürsten gestern abend in einer Loge im Theater sitzen sehen. Er hatte Diamanten an Manschetten- und Hemdknöpfen, ja sogar an seiner Uhrkette. Er sah aus wie ein Christbaum. Einer der Hotelkellner sagte mir, daß er sogar an seinem Schlafanzug Diamanten trage.«

»Hast du dir schon einen Plan gemacht, wie du an ihn herankommen willst?« fragte Jimmy. Benny Lamb dachte einen kurzen Augenblick nach. Dann sagte er:

»Wie ich gehört habe, kam er nur deshalb nach London, um Diamanten zu kaufen. Man sollte es bei den vielen, die er schon hat, kaum für möglich halten, aber es ist so. Er hat eben diesen Klaps. Zu Hause hat er, wie mir einer der Hotelleute sagte, ein Halsband mit dreiundsiebzig Diamanten, alle gleich groß und gleich schön. Er sucht nun den vierundsiebzigsten. Ich habe es mir überlegt. Das beste wäre, wir stellten eine Kollektion Diamanten zusammen und suchten ihn auf. Ich glaube zu wissen, wo ich einen Stein, wie er ihn sucht, bekommen könnte, aber das nur so nebenbei. Ich will vor allen Dingen mal einen Blick auf seine Steine werfen, damit ich weiß, wie sie aussehen.«

»Ich wüßte einen besseren Weg«, warf Jim ein. Benny musterte ihn achtungsvoll, denn er wußte, daß Jimmy schon oft gute Ideen gehabt hatte. »Schieb ihn mit dem alten Kümmelblättler-Trick«, riet er. »Ja, ich weiß, das klingt zu einfach, aber gerade diese Sorte Menschen wie der Maharadscha fällt auf alte Tricks am ehesten herein.«

Benny erkundigte sich, wie denn die Sache gehandhabt werden solle. Jimmy erklärte es ihm.

»Du ziehst dich richtig an und besuchst ihn mit so vielen Steinen, wie du zusammenbekommen kannst. Steck sie alle in einen Beutel und gib dir den Anschein, als machtest du dir keinerlei Sorgen, was die Sicherheit deiner Steine anbetrifft. Lasse sie ihm meinetwegen zur Ansicht zurück und sage ihm, du holtest sie dir am nächsten Tag mit seinem Bescheid wieder ab. Diese großen Herren haben es gern, wenn man ihrer Ehrlichkeit Vertrauen schenkt. Am nächsten Tag gehst du wieder hin und bittest ihn, dir einen seiner großen Steine zu zeigen. Wenn du ihn gesehen hast, teilst du ihm ganz einfach mit, daß du ihm als Abschlußstück für sein Halsband einen gleichen besorgen könntest, wenn er dir einen Musterstein mitgäbe.«

»Unsinn«, lehnte Benny den Vorschlag ab. »Hältst du ihn wirklich für so dumm? Ich hatte gehofft, einen gescheiten Gedanken von dir zu hören.«

Erst als das Lokal geschlossen wurde, war der Plan perfekt geworden.

Am nächsten Tag fuhr Mr. Benny Lamb in einem eleganten Auto vor dem Hotel vor und ließ sich bei Seiner Hoheit, dem Maharadscha von Tikiligi, anmelden. Bei sich trug er einen Lederbeutel voll Diamanten. Er hatte sie sich von seinen Freunden aus der Unterwelt verschafft.

Hoheit empfing den ›Juwelenhändler‹ in seinem Salon, befand sich aber immer noch im Pyjama, trotz der vorgerückten Vormittagsstunde. Er kaute energisch.

Betel-Nuß, schloß Benny Lamb, der mit den Gebräuchen des Ostens einigermaßen vertraut war.

Der Fürst betrachtete den Besucher anfangs mit mißtrauischen Blicken und weigerte sich, von seinen Juwelen zu sprechen.

»Ohne Anmeldung ich Sie nicht empfangen können werde, Mr. Händler«, erklärte er. »Woher ich soll wissen, Sie nicht sein der Preller?«

Benny mußte lachen, als er diese Vermutung hörte.

»Es ist gut, daß Sie vor dem Kerl gewarnt worden sind, Hoheit«, meinte er. Plötzlich tauchte in ihm ein Gedanke auf. »Hat er versucht, Sie zu belästigen?« fragte er.

»O nein, nein«, gab der Inder zurück. »Ich nichts haben von ihm gehören. Was aber wollen Sie von mir?«

Ohne weitere Einleitung kam Benny auf die Sache zu sprechen, die ihn hierher geführt habe. Als er den Zweck seines Besuches erklärt hatte, legte er den Beutel auf den Tisch, den er als Köder mitgebracht hatte. Der Fürst prüfte die Steine.

»Die nichts taugen«, sagte er nach kurzer Betrachtung. »Sie sein zu klein. Ich wollen große haben. Hier, solche!« Er klatschte in die Hände, worauf der Sekretär – der Oberpolizist – wieder erschien und auf einen Befehl seines Herrn dem Besucher die Kassette mit den Musterdiamanten zeigte. Mit einem Ausruf des Entzückens schlug Benny die Hände zusammen.

»Darf ich . . .?« fragte er und wollte die Hand ausstrecken, um einen der Steine in die Hand zu nehmen.

»Nein, nein«, wehrte der Fürst ab. »Bringen Sie mir solche großen Steine, wie ich brauche. Morgen, übermorgen, wann Sie wollen. Um welche Stunde werden Sie kommen mit sie?«

»Paßt Ihnen morgen nachmittag fünf Uhr?« erkundigte sich Mr. Lamb.

»Gut. Sein schöne Steiner, nicht wahr?« Der Maharadscha schien auf seine Juwelensammlung außerordentlich stolz zu sein. »Was glauben Sie, sie gekostet haben?«

»Nicht einer unter fünfzigtausend Pfund«, schätzte Benny.

»Und Sie glauben, Sie mir können versorgen einen genauso schön und groß?«

Benny wagte nicht zu antworten. Er nickte nur.

Als er am selben Abend wieder mit seinen Komplizen zusammentraf, war der Plan, wie man dem Maharadscha einen seiner Steine entführen könne, fix und fertig.

»Faukenberg wird die Steine liefern müssen, ob er will oder nicht«, erklärte Mr. Lamb. Faukenberg war einer der berüchtigsten Juwelenhehler Londons, der nur große Geschäfte mit Leuten machte, die als Fürsten in ihrem Fach – nämlich dem Juwelendiebstahl – galten. »Es muß übrigens ein Stein sein, der denen, die der Maharadscha schon hat, ähnlich ist. Er ist kein Dummkopf, dieser Inder, und ich glaubte eine Zeitlang, ich würde bei ihm überhaupt nichts erreichen. Kommt, wir wollen zu Hody und uns einen auf das Gelingen des Planes genehmigen.«

Die drei vertagten sich in das bekannte Lokal. Auf dem Weg dorthin gab Mr. Benny Lamb die Unterredung zum besten, die er mit dem Inder geführt hatte.

»Sogar vor dem Preller hatte man ihn gewarnt«, berichtete er lachend. »Sieht aus, als wäre der Kerl auch hinter ihm her. Ich habe mich erkundigt. Einige Freunde von mir wohnen im Great Empire Hotel, und sie teilten mir mit, daß sie dort einige verdächtige Herrschaften bemerkt hätten.«

Hodys Bar war dicht gefüllt; sie brachen sich aber Bahn und hoben, als man ihnen die bestellten Getränke gebracht hatte, in stummem Toast auf das Gelingen ihres Planes die Gläser. Benny bezahlte eben eine zweite Runde, als der Kellner sie auf einen Brief hinwies, der auf ihrem Tisch lag.

»Gehört der Ihnen?« fragte er.

»Mir? Nein!« Benny war erstaunt, denn er hatte nicht gesehen, daß irgend etwas auf dem Tisch gelegen hatte, als sie ihre Plätze einnahmen. Er warf einen Blick auf die Adresse: »Mr. Benny Lamb?« fragte er unruhig. »Wer, zum Donnerwetter, kann den Brief hierhergelegt haben? Habt ihr jemand bemerkt?« wandte er sich an seine Begleiter.

Sie schüttelten die Köpfe. Benny riß den Umschlag auf und entnahm ihm ein Blatt Papier, dessen Inhalt wie folgt lautete:

»Sie sind hinter den Juwelen des Maharadscha her. Ich auch. Ich sehe nicht ein, warum wir nicht zusammenarbeiten und die Sore teilen sollten. Wollen Sie mich heute abend um zehn Uhr Ecke St. John's Avenue, Maida Vale treffen? Kommen Sie allein, wie auch ich es sein werde.«

»Nanu? So eine Frechheit! Mit ihm die Sore teilen? Was haltet ihr von so einer Unverschämtheit?« Mr. Lamb übergab seinen Freunden den Brief, den sie gemeinschaftlich lasen.

»Willst du gehen, Benny?« fragten sie fast gleichzeitig.

»Ich glaube, ja. Ich möchte mir den Kerl einmal näher ansehen. Vielleicht rennen wir doch eines Tages mal zusammen, und dann wird es nützlich sein, zu wissen, wer er ist.«

Punkt zehn Uhr war er am vereinbarten Treffpunkt. Mit dem zehnten Schlag einer benachbarten Kirchenuhr kam ein Mann, sorglos den Spazierstock hin und her schwenkend, auf den Wartenden zu. Er trug einen langen, bis an das Kinn zugeknöpften Mantel, während der obere Teil seines Gesichts durch einen tief in die Stirn gezogenen breitrandigen Hut verdeckt wurde.

Er trat an Benny heran.

»Mr. Lamb?« fragte er.

»So heiße ich«, gab Benny zurück. Er warf einen mißtrauischen Blick in die Runde, um sich zu vergewissern, daß der Preller allein gekommen war. Es schien so zu sein, denn er sah niemand in der Nähe.

»Kommen Sie, wir wollen hier diese Straße benutzen. Sie ist menschenleer«, lud ihn Anthony ein. Seite an Seite schritten sie dahin.

»Ich will keine langen Umschweife machen«, meinte der Preller. »Wollen wir die Sache mit dem Inder zusammen drehen?«

»Ich weiß überhaupt nicht, was Sie meinen«, gab der andere unwirsch zurück. »Wenn Sie darauf ausgehen, mich zu einer Beichte über eine beabsichtigte Schwindelei zu verleiten, dann sind Sie an den Unrechten gekommen. Ich wäre Ihrer Einladung überhaupt nicht gefolgt, aber ich wollte nicht, daß Sie glauben, ich fürchte mich.«

»Lassen Sie doch diesen Unsinn«, forderte ihn der Preller auf. »Wollen Sie oder wollen Sie nicht mit mir teilen?«

»Haben Sie wirklich im Ernst geglaubt, ich würde, falls ich hinter den Diamanten des Fürsten her wäre, sie mit jemand teilen? Eines möchte ich Ihnen noch sagen!« Er blieb stehen und starrte dem andern ins Gesicht. »Sie sind der Herr, der Ganoven die Tour vermasselt, nicht wahr? Nun, wenn Sie mich als Opfer vorgesehen haben, dann können Sie sich diesen Gedanken ruhig aus dem Kopf schlagen. Wenn ich die Diamanten erwische, werde ich sie auch zu behalten wissen.«

»Wer sagt Ihnen denn, daß ich Ihnen die Sore abnehmen wollte?« fragte Anthony höhnisch. »Ich kam hierher, um Ihnen einen Vorschlag zu machen. Wollen Sie teilen?«

»Eher soll Sie der Teufel holen«, erklärte Benny.

»Schön, dann ist unsere Unterredung beendet.« Er wollte sich abwenden, als ihn der andere am Arm faßte.

»Ehe Sie gehen, möchte ich gern noch einen Blick in Ihr Gesicht werfen«, rief er dem Preller zu.

Er wollte ihm den Hut vom Kopf reißen, als ihn ein harter Schlag ans Kinn traf. Ohne einen Laut von sich zu geben, sank er aufs Pflaster. Erst glaubte er, sein Gegner hätte zum Niederschlagen den Spazierstock benutzt, mußte sich aber schnell genug überzeugen, daß es die harte Faust des Prellers gewesen war, die ihn kampfunfähig gemacht hatte.

»Stehen Sie auf!« befahl ihm sein Überwinder streng, »und entschuldigen Sie sich für Ihre Unverschämtheit.«

Mr. Benny Lamb war so zerknirscht, daß er es wirklich fertigbrachte, die verlangte Entschuldigung zu stammeln. Anthony musterte ihn noch einen Augenblick, dann wandte er sich lachend von ihm ab. Mr. Lamb versuchte nicht, ihm zu folgen, berichtete auch seinen Kumpanen nichts von seinem Mißgeschick, denn er fühlte, daß die Episode für ihn wenig Schmeichelhaftes enthielt. Er wollte den Kinnhaken vergessen, bis die Zeit gekommen war, ihn mit Zinsen zurückzugeben. Er wußte nicht, daß er nur einer von etwa zwei Dutzend Leuten war, die einen gleichen Vorsatz gefaßt hatten.

Am nächsten Morgen suchte er seinen Freund Faukenberg auf, der in Clerkenwell ein großes Juweliergeschäft betrieb. Der Hehler widersprach dem Verlangen des ihm bekannten Benny nicht. Er war zu vernünftig, um nicht zu wissen, daß Lamb seinen Coup ohne seine Hilfe nicht auszuführen vermochte.

»Ich weiß, wo ich einen derartigen Stein finden könnte«, erklärte er, als er die Absicht des anderen erfahren hatte. »Aber billig wird die Leihgebühr dafür nicht sein, Benny, das wirst du dir denken können. Der Stein kostet dreißigtausend Pfund. Lew hat ihn von Frankreich mitgebracht, wo er ihn einer Gräfin abserviert hat. Ich habe vorläufig noch nicht versucht, ihn zu verkaufen; erst muß über die Geschichte ein wenig Gras gewachsen sein. Es hat den Anschein, als wäre es für dich der passendste Stein. Vielleicht könntest du sogar mehr verdienen, wenn du ihn wirklich an den Fürsten verkauftest. Er wird wohl nicht wissen, wo er herstammt, und ihn vielleicht gut bezahlen. Tausend Pfund, Benny, für Leihgebühr, und du kannst ihn für drei Tage bekommen. Natürlich werde ich als Sicherheit für den Stein einstweilen dein Guthaben behalten, das du bei mir stehen hast.«

»Mach dir keine Sorgen«, beruhigte ihn der andere lächelnd. »Dein Diamant wird nicht verlorengehen.«

Pünktlich traf er bei dem Inder ein, nicht ohne sich vorher durch einen Anruf im Hotel vergewissert zu haben, daß ihn der Fürst empfangen werde. Mit dem großen Diamanten und einer recht gut gelungenen Imitation davon in der Tasche, begrüßte er sein Opfer.

Der Maharadscha prüfte den Stein. »Ja«, sagte er endlich, »das sein schöner Stein, ein sehr schöner.«

Er war offenbar Fachmann, denn er brachte eine Augenlupe herbei, wie sie Juweliere zu benutzen pflegen, und prüfte eingehend die Facetten des Edelsteins.

»Wieviel Sie wollen für dieser Stein haben?« fragte er endlich.

»Dreißigtausend Pfund«, nannte Benny den Preis. Nachdenklich starrte der Fürst den Stein an.

»Das sein viel Geld«, sagte er endlich. »Ich ihn werden wohl nicht kaufen. Nein, dreißigtausend Pfund sein zuviel. Außerdem sein er auch nicht groß genug.«

Er reichte das Etui mit bedauerndem Kopfschütteln zurück.

»Meine sein viel größer«, fügte er hinzu. Wieder sprach er einige Worte zu seinem Sekretär, der, wie Benny erwartet hatte, seinem Herrn die Kassette mit den Steinen hinreichte.

»Sehen Sie, dieser und dieser hier sein viel größer«, machte der Inder seinen Besucher aufmerksam. »Nur dieser eine sein dieselbe Größe wie der, den Sie gebracht haben.« Er zeigte auf einen blitzenden Diamanten, der neben einem anderen, viel größeren lag.

»Sie haben recht«, gab Benny zu. Er griff in seine Tasche, öffnete mit geschickten Fingern das darin befindliche, den Simili enthaltende Etui und ließ den Stein in seine Handfläche schlüpfen. »Darf ich ihn mir nochmals betrachten?« bat er.

»Ja, Sie dürfen. Wunderherrlich schön, nicht wahr? Viel besser als Ihrer, denn er kosten vierzigtausend.«

»Herrlich«, stimmte Benny begeistert zu.

Unter den beobachtenden Blicken des Fürsten brachte er es fertig, den seiner Tasche entnommenen Simili mit dem Stein des Maharadscha zu vertauschen.

»Wirklich herrlich«, wiederholte er, während er den echten Stein des anderen krampfhaft in seiner Handfläche festhielt und den ausgetauschten Similidiamanten in das Etui des Fürsten zurücklegte. »Wollen Hoheit also diesen Stein von mir nicht kaufen?« fragte er.

»Er sein wirklich nicht gut genug«, lehnte der Inder ab. »Vielleicht ich mir es bis morgen anders überlegen.«

Nee, mein Junge, morgen wirst du ihn nicht mehr kaufen können, dachte Benny, als er sich im Lift nach unten begab. Ohne einen Augenblick zu verlieren, sprang er in das wartende Auto. Er war wie im Sektrausch, als er bei Faukenberg eintrat.

»Ich hab' ihn«, jubelte er. »Ich muß aber abreisen, so schnell wie möglich. Nimm den Stein einstweilen in Verwahrung und versuch ihn loszuwerden.«

»Wie hast du ihn denn gelandet?« erkundigte sich interessiert der Hehler. »Das übliche Taschenkunststückchen?«

Benny nickte. »Wenn er meinen Stein gekauft hätte, wäre die Sache leichter gewesen«, meinte er. »Ich hätte ihm deinen echten zeigen und, wenn er zugegriffen hätte, die Imitation einschmuggeln können. So aber mußte ich die Sache anders anfangen; ich nahm seinen schönen Stein aus dem Etui und vertauschte ihn mit dem Similistein, den ich in der Hand bereithielt.« Er lachte vergnügt. »Hier hast du deinen Stein wieder, Faukenberg, glaub ja nicht, daß ich dir tausend Pfund geben werde.«

»Im Gegenteil, mein Junge«, gab der Hehler ruhig zurück. »Er wird dich sogar noch viel mehr kosten. Du glaubst doch nicht etwa, daß ich dir zu einem solchen Fang verhelfen werde, ohne auch mein Teil . . .« Er unterbrach sich, als er den Stein sah, den ihm Benny zurückgebracht hatte. »Mein Gott!« rief er aus. Er wurde bleich wie ein Toter.

»Was ist denn los?« erkundigte sich Benny besorgt.

»Das ist doch nicht mein Stein.« Der Hehler stotterte vor Aufregung. »Du Idiot!« brach er los. »Was hast du mit meinem Stein gemacht?«

»Das wäre nicht dein Stein, sagst du?« rief Benny erschrocken.

»Oh, du Riesenheupferd!« brüllte Faukenberg los. »Das ist ein Simili, wie du sie dutzendweise in Bond Street für fünf Pfund kaufen kannst. Sause los und hol mir um Gottes willen meinen guten Stein zurück, sonst passiert etwas!«

Benny sah schneeweiß aus.

»Irrst du dich auch nicht?« fragte er bebend.

»Hol ihn, du Esel!« Faukenberg heulte beinahe. Im ersten Taxi, das ihm begegnete, raste Lamb ins Hotel zurück. Er kam zu spät. Der Fürst hatte das Hotel schon verlassen.

»Sind Sie ein Freund Seiner Hoheit«, erkundigte sich der Empfangschef. »Er hat nämlich versäumt, die Hotelrechnung zu bezahlen. Die Abreise ging sehr schnell, und ich mache mir Sorgen um das Geld.«

»Ich? Sein Freund?« Die Frage klang, als schlüge man mit einem Hammer auf ein leeres Faß, tonlos und leer. »Nein, das bin ich ganz gewiß nicht.«

»Verzeihen Sie«, sagte nun der Hotelmann. »Wie war doch gleich Ihr Name? Sind Sie vielleicht Mr. Lamb?«

»So heiße ich«, gab Benny zu.

»Dann ist der Brief, den Hoheit hinterlassen hat, für Sie bestimmt«, teilte ihm der Chef mit.

›Besten Dank, Benny, für den wirklich schönen Stein.
Herzliche Grüße auch an Faukenberg. Der Preller.‹

Im gleichen Augenblick, als der Bauernfänger die Mitteilung las, rieb Paul, der ›Oberpolizist‹ des Maharadscha, in dessen Wohnung in Westminster mit Kokosbutter die olivgrüne Farbe von seinem Gesicht, während Sandy ein gleiches Liebeswerk bei Anthony vollendete.

»Paul«, meinte der Preller und entzog sich für einen Augenblick der Beharrlichkeit Sandys, »ich habe vergessen, die Rechnung zu bezahlen.«

»Zweihundert Pfund die Woche für die Zimmer«, seufzte Sandy. »Es ist eine Sünde. Und dabei hätten wir noch drei Tage gut, wenn wir bezahlt haben.«

»Ich werde das Geld heute nachmittag in Banknoten einsenden«, sagte der Preller, »und an Benny ein Telegramm mit der Bitte richten, für mich die drei noch verbleibenden Tage im Hotel abzuwohnen.«

Filmkurse per Post

»Warum hast du auf deinem Notizblock den Namen ›Hickory Bomper‹ stehen, Anthony?« erkundigte sich Paul neugierig. »Du willst wohl Filmschauspieler werden, wie?«

Der Preller lachte.

»Ja, die Absicht hatte ich«, gab er zurück. »Ich glaube, ich hätte Talent dazu.«

Die beiden Freunde wohnten gegenwärtig am Kensington Square, wohin sie sich nach ihrem letzten Streich zurückgezogen hatten. Die Wohnung war möbliert und paßte ihnen ausgezeichnet. Anthony hatte sie vorläufig nur auf drei Monate gemietet. Vor ihrem Fenster breitete sich der grüne Schmuckplatz des Square aus, auf dem sich Kinder im Spiel tummelten. Nachdenklich trat Anthony ans Fenster und starrte hinaus.

»Scherz beiseite, Anthony«, sagte Paul, »du hast wohl Bomper als künftiges Opfer erkoren?«

Der Preller nickte. Dann fragte er den Freund:

»Woher weißt du denn, mein Junge, daß Bomper Kurse für künftige Filmschauspieler gibt?«

»Das weiß doch jedes Kind. Seine Inserate sind doch in jeder Tageszeitung, und seine Plakate verunzieren alle Straßen.«

»Sein Auftreten in Bayswater ist ebenso auffällig«, vervollständigte Anthony die Mitteilung des Freundes.

»Wer ist er eigentlich?«

»Ein früherer Zuchthäusler namens Griggs.« Paul schien von dieser Auskunft überrascht. »Hätte die Polizei von seiner gegenwärtigen Beschäftigung eine Ahnung – ich bin sicher, sie hätte ihn längst wieder dingfest gemacht. Auch ich habe es nur einem Zufall zu verdanken, daß ich davon Kenntnis bekam.«

Paul wußte, was es mit derartigen ›Zufällen‹ beim Preller auf sich hatte. Anthony kannte jeden Londoner Ganoven von Ruf, obwohl sein eigener Beruf den Bekannten in der Londoner Unterwelt unbekannt geblieben war. Nur dem unstreitig begründeten ›Sprichwort‹ von der ›Ehre unter Dieben‹ hatte Bomper es zu verdanken, daß nicht auch die Polizei das erfahren hatte, was Anthony jetzt seinem Sekretär mitteilte.

»Bomper ist wohl ehrlich geworden?« fragte Paul.

»Der? Ehrlich? Derselbe Schwindler, der er früher war. Die größte Gemeinheit ist ja die, daß er nur Arme – meist Dienstmädchen – schröpft.«

»Was treibt er denn? Verdient er viel?«

»Das will ich erst ausfindig machen. Er gibt nämlich Unterrichtsbriefe für die Filmschauspielkunst heraus. Sein Geschäft blüht und gedeiht. Komm! Zieh dich so einfach wie möglich an, und dann: Auf in den Kampf! Mal sehen, was Bomper für seine Unterrichtsbriefe verlangt.«

Die Akademie für ›Filmschauspielkunst‹ befand sich in einem alten Haus am Elgin Crescent. Das Innere des Hauses deutete ebenfalls darauf hin, daß Bomper wenig Geld auf die Neuausstattung der ›Akademie‹ verschwendet hatte. Der Herr Direktor selbst wohnte nicht im Gebäude, sondern benutzte es nur für seine geschäftlichen Zwecke.

Die beiden Besucher wurden von einem jungen Mädchen – anscheinend der Privatsekretärin – empfangen.

»Hatten Sie sich vorher angemeldet, meine Herren?« fragte sie Anthony. Der Ton ihrer Worte verriet, daß Mr. Bomper hier eine große Respektsperson sein mußte.

»Nein, leider nicht«, gab der Preller zurück. »Wir hätten ihn aber sehr gern in einer wichtigen Angelegenheit gesprochen.«

»Ich will Mr. Bomper benachrichtigen«, versprach die Sekretärin und entfernte sich. Nach etwa fünf Minuten kehrte sie mit dem Bescheid zurück, daß der Herr ›Direktor‹ die Besucher empfangen werde. An dieser Bereitschaft hatte Anthony allerdings noch keine Sekunde gezweifelt.

Sie traten ins Allerheiligste ein. Mr. Bomper, ein untersetzter, rotgesichtiger und vollkommen glatzköpfiger Herr in mittleren Jahren, saß an seinem Schreibtisch und erhob sich eiligst, um den Besuchern Sitzgelegenheiten heranzuschieben.

»Grüß Sie Gott, meine Herren«, bewillkommnete er sie leutselig. »Bitte nehmen Sie gleich hier Platz. Sie haben Glück gehabt, daß Sie mich gleich sprechen konnten. Ich bin sonst keine Minute frei. Was kann ich für Sie tun?«

»Wir wollten an Ihren Filmkursen teilnehmen«, beantwortete Anthony die Frage.

»Mittels meiner Unterrichtsbriefe?«

»Nein, das hätte für uns keinen Zweck. Wir wollen den Unterricht von Ihnen mündlich und persönlich haben. Ich selbst bin mir keineswegs klar darüber, ob man Filmunterricht per Post überhaupt erteilen kann.«

»Sie täuschen sich, mein Herr.« Bomper nahm die Miene eines Schullehrers an, der einem Abc-Schützen die ersten Geheimnisse des Lesebuches offenbaren will. »Mimik, Gang, Technik, kurz alles, was für einen derartigen Beruf in Frage kommen könnte, kann ebensogut schriftlich wie mündlich gelehrt werden. Natürlich bin ich gern bereit, Ihnen persönlichen Unterricht zu erteilen. Das Honorar würde dann selbstverständlich bedeutend höher sein als beim brieflichen Unterricht.«

Er musterte prüfend die Besucher. Anscheinend wollte er sich darüber klarwerden, wie tief er den Aderlaß würde anbringen können.

»Das Honorar spielt bei uns keine Rolle«, beruhigte ihn der Preller, der den abschätzenden Blick wohl bemerkt hatte. »Wir ziehen beide den mündlichen Unterricht vor.«

Er hatte sich schon gewundert, warum Mr. Bomper so unruhig auf seinem Stuhl hin und her rutschte. Augenscheinlich war der Herr Direktor aus irgendwelchen Gründen sehr nervös.

»Gut, wenn es so ist, bin ich natürlich gern bereit, Ihnen den gewünschten Unterricht zu erteilen. Das Honorar würde pro

Kopf und Kursus vierzig Pfund Sterling, für beide also achtzig betragen. Auf welchen Namen darf ich die Quittung ausstellen?«

Er hatte aus dem Fach seines Schreibtisches ein Formularheft gezogen, um die Quittung auszuschreiben.

»Wir haben beide nicht genug Geld mit, Mr. Bomper«, machte ihn Anthony darauf aufmerksam, daß er keinesfalls schon heute das Honorar bekommen würde. »Sobald wir aber mit dem Kursus beginnen, bringen wir Ihnen den Betrag mit.«

»Aber bitte in bar. Schecks liegen mir nicht. Die sind mir unsympathisch.« Mr. Bomper legte besondere Betonung auf das Wörtchen ›bar‹. Anthony lächelte Paul verständnisinnig zu.

»Wie Sie wünschen«, beruhigte er den Herrn Direktor.

»Wir haben heute Montag«, fuhr der Preller fort. »Würde es Ihnen passen, wenn wir Donnerstag zur ersten Stunde kämen?«

»Donnerstag ist es zu spät!« Die Worte waren Bomper anscheinend unüberlegt herausgeschlüpft, denn er unterbrach sich sofort. »Ich habe Donnerstag eine wichtige Unterredung und kann Sie deshalb an diesem Tag nicht empfangen. Paßt es Ihnen Mittwoch um vier, Mr. Smith?«

»Ganz wie Sie wünschen«, gab Anthony höflich zurück.

Die Tür zum Nebenzimmer hatte sich geöffnet, ohne daß ein Anklopfen zu hören gewesen wäre. Der Eintretende war ein hagerer Herr mit finsterem Gesichtsausdruck und einem Anzug, in den er nur für einen Augenblick hineingestellt worden zu sein schien. Ohne den Besuchern auch nur zuzunicken, trat er an Bomper heran.

»Ich muß Sie sofort sprechen.« Die Stimme klang rauh und ungebildet.

Bomper warf ihm einen unsicheren Blick zu. Dann stand er auf und schickte sich an, dem andern zu folgen.

»Bitte, entschuldigen Sie mich einige Sekunden, meine Herren«, bat er die beiden. Dann verließ er das Zimmer, Anthony und Paul allein lassend.

»Hast du gehört, wie er sagte, Donnerstag sei es zu spät?«

Paul blickte ihn fragend an.

»Was meinte er denn damit?« wollte er wissen.

»Warte, bis er zurückkommt. Dann wirst du es erfahren.«

Erst nach Ablauf von fünf Minuten kam Bomper wieder herein.

»Darf ich Sie bitten, Mr. Smith, am Mittwoch bestimmt zu kommen und das Geld – aber in bar, bitte – mitzubringen.«

»Wird besorgt«, beruhigte ihn der Preller. »Eines möchte ich, ehe ich mich verabschiede, noch erwähnen: Ist es Ihnen möglich, am Mittwoch so eine Art Atelier vorzubereiten, wo wir einen Film, für den mein Freund hier das Drehbuch verfaßt hat, durchproben können?«

Er blickte den Herrn Direktor der Akademie gespannt an.

»Gewiß, gewiß«, erwiderte Bomper in offenbarer Eile. »Alles, was Sie wünschen. Guten Tag, meine Herren.«

Auf dem Gang trafen sie den Hageren, der sie mit brummigem Gruß an sich vorbeigehen ließ. Als sie auf den Crescent hinaustraten, fühlte Anthony, wie jemand ihn am Arm berührte.

»Verzeihen Sie, meine Herren«, sagte ein Unbekannter, dem man jedoch die Zugehörigkeit zur Kriminalpolizei von weitem ansehen konnte. »Darf ich Sie einen Augenblick sprechen?«

»Zehn Augenblicke, wenn Sie wollen«, gab Anthony leutselig zurück, und der andere verfiel neben ihnen in gleichen Schritt.

»Gehören Sie zu den Kunden Mr. Bompers?«

»Jawohl.«

»Haben Sie schon bezahlt?«

»Nein, bisher noch nicht.«

»Dann folgen Sie meinem Rat, und tun Sie es auch künftig nicht.«

»Was ist denn los? Sie sind doch Kriminalbeamter, nicht wahr?« Paul hatte bisher überhaupt nichts gesagt, sondern die Unterhaltung dem Preller überlassen.

»Ja, ich bin von der Kriminalpolizei, meine Herren«, gab der Mann zu. »Was mit Mr. Bomper los ist? Nun, uns liegen verschiedene Anzeigen aus der Provinz gegen ihn vor, denen wir eben nachgehen. Man hat sich beschwert, daß sein Briefkursus Schwindel sei und man nichts dabei lerne.«

»Bisher habe ich noch nichts bezahlt«, wiederholte Anthony, »und glaube nach Ihren Auskünften auch nicht, daß ich je etwas bezahlen werde.«

Schweigend legten die beiden Freunde den Weg nach dem Kensington Square zurück. Erst nach dem Abendessen, als beide sich Zigarren angebrannt hatten, nahm der Preller das Thema ›Bomper‹ wieder auf.

»Ha, ha, Donnerstag ist es zu spät! Hast du's gehört, Paul?«

»Was meinte er denn damit?« Paul stimmte in das Lachen des Freundes ein. »Er will wohl vorher verschwinden?«

»Jawohl, das und nichts anderes. Jemand scheint ihn verpfiffen zu haben, und er fühlt den Boden unter sich heiß werden. Der Mann, der eintrat, als wir bei Bomper waren, hat ihn wohl benachrichtigt, daß die ›Akademie‹ unter Polizeibeobachtung stehe. Es scheint sein Kompagnon . . .«

»Kompagnon? Glaubst du, daß Griggs mit ihm zusammen die Sache drehen will?«

»Daran zweifle ich keinen Augenblick. Sie werden nun wahrscheinlich beide verschwinden müssen.«

»Wann glaubst du denn, daß dieser Akt des Verschwindens stattfinden wird?« fragte Paul.

»Spätestens Mittwoch abend, denn er sagte uns ja, daß Donnerstag unser Besuch für ihn zu spät komme.«

Den nächsten Tag brachte der Preller mit dem Einziehen von Erkundigungen über Bompers ›Akademie‹ zu. Der Redakteur einer Sonntagszeitung, die sich das Aufdecken von Schwindeleien und betrügerischen Manipulationen zur Aufgabe gemacht hatte, gab ihm die notwendigen Auskünfte.

»Hickory Bomper?« wiederholte der Zeitungsmann den Namen, den ihm Anthony genannt hatte. »Der und Professor der Schauspielkunst? Ha, ha, daß ich nicht lache. Seit Wochen laufen bei uns über ihn Beschwerden ein. Er prellt hauptsächlich Dienstmädchen um ihren schwerverdienten Lohn, indem er ihnen vorspiegelt, sie hätten Filmtalent. Die Polizei ist auch schon hinter ihm her, und das Handwerk dürfte ihm wahrscheinlich bald genug gelegt werden.«

»Sie glauben also, daß eine briefliche Unterrichtsmethode für künftige Filmbeflissene überhaupt keinen Zweck hat?«

»Das behaupte ich ja gar nicht, wohl aber, daß Bomper von der Filmkunst nicht mehr Ahnung hat als ich vom Seiltanzen. Das ist es ja gerade, was mich so empört. Der Gedanke einer Akademie für Filmleute ist ja an sich gar nicht so dumm. Einmal ein Dieb, immer ein Dieb – Sie kennen ja das alte Sprichwort. Diese Ganoven nehmen sich in ihrer Ungeduld, Geld zu verdienen, gar nicht die Zeit, abzuwarten, ob es denn nicht auch auf ehrliche Weise zu machen gehe. So eine Sorte ist auch Hickory Bomper. Daran habe ich noch nicht einen Augenblick gezweifelt.«

Diese Auskunft genügte Anthony. Erst am nächsten Morgen, dem Mittwoch, stellte Paul die Frage, die ihn seit dem Besuch bei Griggs beschäftigt hatte.

»Was meintest du mit deiner Bemerkung zu Bomper, daß ich ein Drehbuch verfaßt hätte, Anthony?«

»Genau das, was ich sagte. Du hast es zwar nicht geschrieben, dafür habe aber ich ein Manuskript verbrochen, das voll von dramatischen Situationen ist.«

»Aber, Mensch«, gab Paul zu bedenken, »so ein Filmmanuskript hat ja mehrere hundert Szenen.«

»Meines nicht«, beschied ihn der Freund.

Im Lauf des Vormittags rief Bomper, dem Anthony seine Telefonnummer gegeben hatte, den Preller in der Wohnung an.

»Ich wollte Sie bitten, Mr. Smith«, sagte er, »schon um drei Uhr nachmittags zu kommen und das Geld nicht zu vergessen.«

»Schön, ich werde pünktlich dasein«, beruhigte ihn Anthony. »Das Honorar bringe ich in Banknoten. Ist Ihnen das recht?«

»Vollkommen. Danke sehr.«

Anthony legte auf und trat ins Nebenzimmer zu Paul. Er traf ihn bei seiner üblichen Patience.

»Ich habe das dauernde Umherziehen von einer Wohnung zur anderen wirklich satt«, beklagte er sich bei seinem Sekretär. Paul legte die Karten hin und starrte den Freund an.

»Willst du denn schon wieder fort? Hier ist es doch recht nett.«

»Es wird nicht zu vermeiden sein, mein Junge«, sagte Anthony bedauernd. »Zieh los und suche uns eine passende Wohnung, am liebsten im Norden Londons. Mietpreis Nebensache. In Finchley soll es recht nette Häuschen geben.«

»Und in welcher Rolle soll ich bei unserem neuen Hausherrn auftreten?« erkundigte sich Paul auf alle Fälle.

»Du bist ein Plantagenbesitzer aus Ceylon, der hier auf Ferien weilt und auch seinen Bruder aus Südamerika erwartet. Dieser Bruder wird seinen eigenen Kammerdiener mitbringen. Also wird auch die Anwesenheit Sandys nicht auffallen. Sorge aber vor allen Dingen dafür, daß wir keine neugierigen Diener mitvermietet bekommen. Es gibt ja die sogenannten Junggesellenhäuser, wo alles, was nötig ist, von den Hausangestellten erledigt wird. So etwas dürfte für uns das Passendste sein.«

Paul begab sich auf die Suche, und am selben Nachmittag traten sie dann ihre beabsichtigte Fahrt nach dem Elgin Crescent zur Akademie Mr. Bompers an. Ehe sie die Freitreppe hinaufschritten, blickte sich der Preller vorsichtig nach dem Beobachtungsposten der Kriminalpolizei um, der, wie er wußte, sich irgendwo in der Nachbarschaft herumtrieb. Zu seinem Erstaunen und zu seiner inneren Beunruhigung war der Mann jedoch nirgends zu erblicken.

»Das sieht bös für Bomper aus«, meinte Anthony. »Man scheint im Yard bereit zu sein, das Nest noch heute auszuheben.«

Die beiden Filmbeflissenen sahen wirklich ergötzlich aus. Jeder von ihnen trug unter dem Arm ein Schwert, was besonders bei Anthony, der ein kleines Stadtköfferchen in der Hand hielt, einen grotesken Eindruck hervorrief. Dieser Meinung war wohl auch der Kompagnon Bompers, der sie von einem Erdgeschoßfenster aus beobachtet hatte. Als sie klingelten, war er es, der ihnen die Tür öffnete.

»Was haben Sie denn da?« fragte er brummig. Wie Anthony später erfuhr, hieß dieser liebenswürdige Mann Tinkle.

»Wir haben uns für die Aufnahmen vorbereitet«, gab Anthony Auskunft. »Wir wollten uns gleich richtig anziehen, denn wir glaubten, wir würden dann schon von Anfang an die Rolle lebensähnlicher spielen.«

Mr. Tinkle brummte etwas in seinen Bart und wies sie dann in das ungemütliche Vorderzimmer. Schon als der Preller die Treppe zum Haus hinaufgestiegen war, hatte er bemerkt, daß sämtliche Jalousien heruntergelassen waren.

Mr. Tinkle erklärte ihnen die Ursache.

»Wir machen immer alles dunkel, wenn wir Aufnahmen vorhaben«, meinte er. »Sonst hätten wir die halbe Nachbarschaft hier! Mr. Bomper erwartet Sie, meine Herren.«

Anthony nickte. Dann zog er eine Hundertpfundnote aus der Brieftasche.

»Ich gehe gleich hinein zu ihm«, erklärte er.

Der Herr Direktor freute sich unzweifelhaft über den Besuch seiner neuen Schüler. Anthony bemerkte sofort bei seinem Eintritt, daß in einer Ecke des Zimmers verschiedene Reisetaschen fertig gepackt des Abtransportes harrten. Neben dem Schreibtisch stand ein großer Geldschrank, in dessen Schloß die Schlüssel steckten, die Bomper aber beim Eintritt der Freunde sofort in seine Tasche versenkte.

»Guten Tag, meine Herren«, begrüßte er seine Besucher. Er schien nervöser als sonst zu sein, denn der Gruß war nicht so herzlich wie das letztemal. »Haben Sie das Geld mit?«

Anthony legte ihm die Banknote hin.

»Ah, hundert Pfund?« Die Stimme des Herrn Professors drückte die Befriedigung aus, die er beim Anblick des Geldes fühlen mochte. »Ich will sie Ihnen nachher wechseln. Gedulden Sie sich einige Minuten.«

»Vielleicht können Sie mir gleich jetzt das Wechselgeld geben«, bat Anthony. »Dann brauche ich Sie später nicht mehr daran zu erinnern.«

Bomper zögerte einige Sekunden. Dann erhob er sich und öffnete den Geldschrank, dem er eine Holzkassette entnahm. Als er den Deckel zurückschlug, bemerkte der Preller, daß sie gestopft voll von Noten war. Bomper zählte zwanzig Pfund ab und gab sie seinem Schüler. Dann begaben sich alle drei wieder in den ›Salon‹ zurück, wo Mr. Tinkle sie erwartete.

»Mein Drama behandelt folgendes«, begann Anthony und zog sein Manuskript aus der Tasche. »Zwei Sträflinge werden, während sie durch eine Kanalröhre ihre Flucht aus dem Zuchthaus bewerkstelligen, von den Stickstoffgasen der Kanalisationsröhren übermannt und ersticken. Das richtig darzustellen, wäre ja nicht so schwierig, aber«, hier wandte er sich freimütig an Mr. Tinkle, der mit schlecht verhehlter Ungeduld den Worten des Prellers gelauscht hatte, »die Mimik, die für den Ausdruck der Todesangst in den Gesichtern der beiden Todgeweihten notwendig ist, die bringen wir – mein Freund und ich –, so sehr wir uns auch abmühen, nicht fertig. Sie wissen, was ich meine, nicht wahr? Jeder der Flüchtlinge haßt den anderen, der ihm die kostbare Luft wegatmet, und kann sich seiner doch nicht entledigen!«

»Hm?« Nachdenklich starrte Bomper vor sich hin. »Na, wir wollen es versuchen. Fahren Sie fort, Mr. Smith.«

»Sie stellen sich dort drüben auf«, wandte sich Anthony an Tinkle. »Genau auf den Platz, den ich Ihnen anweise.« Er zog ein Paar Handschellen aus der Tasche. »Sie sind zusammengefesselt«, erklärte er ihnen ihre Rollen. »Das ist nämlich in dem ganzen Stück die Hauptsache.«

»Geht es nicht ohne das?« fragte Tinkle brummend.

»Nein, wirklich nicht, Sir. Wir müssen ja gerade die Bemühungen festzuhalten versuchen, die Sie beide machen, um auseinanderzukommen. Verstehen Sie?«

»Na, gut«, gab Bomper nach und lachte. »Für achtzig Pfund kann man sich schon mal fesseln lassen.«

»Aber damit ist doch der Kursus nicht zu Ende?« fragte Paul und starrte den Herrn Professor der Filmkunst erschrocken an.

»Nein, natürlich nicht«, beruhigte ihn Bomper hastig. »Nächsten Samstag können Sie schon die zweite Stunde haben. Komm, Tinkle, los, damit wir fertig werden.«

Beide hielten freiwillig ihre Hände hin, die Anthony mit geübten Fingern zusammenfesselte. Die Handschellen wurden so angelegt, daß das rechte Gelenk Tinkles mit dem linken Bompers zusammengeschlossen war. Mit gerunzelter Stirn warf Tinkle auf die ihm wahrscheinlich nicht unbekannten Handfesseln zweifelnde Blicke. Sicherlich fühlte er sich dabei nicht ganz gemütlich.

»So«, meinte Anthony. »Das hätten wir. Stell du dich hinter ihnen auf, Paul.« Der ›Sekretär‹ gehorchte, aber Anthony gab ihm vorläufig keine weiteren Befehle, denn Paul wußte auch ohnedies, was er nun zu tun hatte.

Aus seiner Manteltasche zog er eine dünne, aber sehr feste Handschnur und wand sie einige Male um die Handschellen. Das andere Ende des Strickes warf er über den Türgriff und zog mit aller Gewalt daran.

»Verdammt noch einmal«, brummte Bomper ärgerlich. »Was treibt ihr denn da?« Er versuchte sich gegen den Zug zu stemmen, erreichte aber nichts weiter, als daß ihm der Arm in die Höhe gezogen wurde. Schritt für Schritt holte Paul die beiden freiwillig Gefangenen zu sich heran, bis endlich beide, eng an die Tür gepreßt, bewegungslos in ihrer unbequemen Stellung stillstehen mußten.

»So, meine Herren«, meinte Anthony. »Ich hoffe, daß Sie vernünftig sein werden.« Um seiner Hoffnung stärkeren Ausdruck zu verleihen, zog er einen Browning aus der Tasche.

»Was soll das heißen?« fragte Bomper heiser.

»Was das heißen soll? Nichts weiter, als daß wir der Polizei den Rang ablaufen konnten. Ist das Seil fest, Paul? Ja? Gut«, wandte er sich wieder an die Gefangenen, »dann dürfte ich Sie jetzt wohl bitten, mir die Schlüssel auszuhändigen, Mr. Bomper. Sie können sich nicht rühren? Schön! Paul, greife in die Westentasche und sei den Herren bei der Übergabe der Schlüssel behilflich.«

Mit der freien Hand versuchte Bomper sich gegen den Zugriff Pauls zu wehren, aber vergeblich.

»Hier sind die Schlüssel, Mr. Smith«, wandte sich Paul an den Preller.

»Das Geld hat er im Geldschrank«, erklärte Anthony. »Ich weiß zwar nicht genau, wieviel es ist; es sah aber nach einer ganzen Menge aus, als er mir vorhin meine zwanzig Pfund herausgab.«

»Ihr Hunde!« Die Stimme Tinkles überschlug sich vor Wut. »Ihr Kanaillen! Wartet, bis ich meine Hände frei habe! Dann gnade euch Gott!«

»Die Polizei wird euch entfesseln«, tröstete ihn Anthony. »Wenn ihr mich übrigens verpfeifen wolltet, so würde euch doch niemand auch nur eine Silbe glauben!«

»Du bist der ... Preller?!« Es war mehr eine Behauptung als eine Frage, die Hickory Bomper eben ausgesprochen hatte. »Der bist du! Du bist der Kerl, der die Diebe ...« Er unterbrach sich.

»... beraubt«, ergänzte der Preller ruhig. »Ich kann Ihre Vermutungen nur bestätigen, mein sehr verehrter Mr. Griggs, alias Hickory Bomper.«

Paul kehrte mit der Geldkassette zurück, deren Inhalt schnell in Anthonys und seines Begleiters Taschen wanderte.

»Alles dürfen wir nicht nehmen«, erklärte der Preller. »Wir müssen der Polizei auch etwas übriglassen. Wenn sie gar nichts findet, würde sie uns für habsüchtiger halten, als wir sind.«

Sie ließen die beiden fluchenden und sie in alle Abgründe der Hölle verwünschenden Geprellten zurück und eilten auf die Straße.

»Schnell nach dem Waterloo-Bahnhof«, befahl der Preller dem Chauffeur. Er warf einen Blick durch die Rückwandscheibe auf den Elgin Square, von dem sie sich rasch entfernten. »Dort kommt schon die Polente«, sagte er zu Paul. »Wenn sie uns wegkriegen, müssen wir gewärtig sein, als Zeugen geladen zu werden und das« – er lachte – »würde uns absolut nicht in den Kram passen. Schneller, schneller, Sie Mann da!« rief er dem Chauffeur zu.

Es schien eine Ewigkeit zu währen, ehe sie den Crescent aus den Augen verloren. Als sie um die Kurve schwenkten, bemerkte der Preller mit einem erleichterten Seufzer, daß es ihnen gelungen war, der Polizeiabteilung gerade noch zu entkommen. Paul hatte einen gebrauchten Briefumschlag aus der Tasche gezogen und machte eifrig Notizen.

»Was treibst du denn da?« wollte sein Freund wissen.

»Ich mache mir nur einige Notizen für ein wirklich gutes Filmdrama, das ich schreiben will«, gab Paul zurück.

»Nanu? Was denn für eines?«

»Was wir eben erlebt haben, ist ein herrliches Thema.«

Anthony lachte hellauf.

»Dann rate ich dir aber, so lange mit der Aufnahme zu warten, bis Mr. Hickory Bomper und sein Freund Tinkle aus dem Kittchen kommen. Sie könnten die Helden wohl am besten darstellen.«

Der Zusammenbruch der Billiter-Bank

Eines Abends – die beiden Freunde hatten damals noch ihre Wohnung auf dem Kensington Square inne – kam der Preller mit finsterer Miene nach Hause. Bei seinem Eintritt in das Wohnzimmer warf er eine Zeitung, die er in der Hand gehalten hatte, auf das Sofa.

»Die Billiter-Bank ist pleite«, teilte er Paul mit.

»Wer?« Paul starrte ihn verwundert an. »Was geht dich das an?«

»Mich nichts«, gab der Preller zurück. »Das ändert aber nichts an der Tatsache, daß viele arme Leute ihr Hab und Gut verlieren. Ich bin ja nicht so dumm, mein Geld Privatbanken – und besonders der von Billiter – anzuvertrauen. Kennst du den Mann?«

»Nein. Sieht er so hanebüchen aus?«

»Im Gegenteil. Er sieht aus wie ein Heiliger. Na, jedenfalls ist seine Bank pleite.«

»Und Billiter? Was ist mit ihm?«

»Verschwunden, verblüht, verduftet!«

»Und hat wohl das nötige Kleingeld mitgenommen?«

Anthony bestätigte die Vermutung Pauls durch ein kurzes Nicken.

»Seit zwei Tagen ist er auf und davon«, berichtete er. »Erst durch sein Verschwinden ist man ihm auf seine Schliche gekommen. Man untersuchte seine Geschäftsmethoden, prüfte die Bücher und Depots und sah dann die Bescherung. Das ganze Bargeld ist weg. Dazu kommt noch, daß Billiter in den letzten paar Monaten alles zu Geld gemacht hat, was irgendwie möglich war.«

»Nun, und weiter?«

»Die Sache steht so: Mr. Billiter hat gegen achthunderttausend Pfund mitgenommen, worauf alle seine Filialen die Zahlungen eingestellt haben. Die Gläubiger dürften, wenn überhaupt etwas herausspringt, eine Quote von nicht ganz einem Penny pro Pfund erhalten, also ein knappes Viertel Prozent ihrer Forderungen.«

»Die armen Teufel! Glaubst du, daß man seiner habhaft werden wird?«

»Hm . . . Er ist ein ganz Geriebener. Schon damals, als ich ihn kennenlernte, hatte ich den Eindruck, daß er ein Mann sei, der nichts ohne langwierige Vorbereitungen unternehmen würde. Deshalb glaube ich zum Beispiel auch nicht an eine Flucht nach Südamerika, denn er wird genauso wie jeder andere wissen, daß man dort am ehesten nach derartigen Leutchen forscht. Er weiß, daß jedes Schiff genau durchsucht werden wird, denn in dieser modernen Zeit des Funks ist es nicht so leicht, von den Britischen Inseln herunterzukommen.«

»Du willst ihn wohl selbst suchen gehen?« fragte Paul.

»Jawohl, und ich werde ihn auch finden. Das ist das wenigste, was ich für die armen Teufel tun kann, die er bestohlen hat. Ich bin der reichste Räuber Englands und kann es mir leisten, meine Zeit und mein Geld der Wiedergutmachung des von Billiter verursachten Elends zu widmen. Achthunderttausend Pfund sind ja für eine Bank nicht viel«, fuhr er nachdenklich fort, »aber man weiß ja noch gar nicht, wie weit seine Unterschlagungen gehen. Warte nur, bis man seine Bücher genau nachgeprüft hat. Das dicke Ende wird schon noch nachkommen.«

Er behielt mit seiner Vermutung recht, denn die nächsten Tage brachten immer neue Hiobsbotschaften für die betrogenen Gläubiger der Bank. Nach kurzer Zeit hatte sich die unterschlagene Summe auf über eine Million Pfund erhöht, und immer noch war kein Ende abzusehen. Die Zeitungsberichte lauteten immer gleich: keine Spur von dem Flüchtling. Am vierten Tag nach dem Zusammenbruch der Bank begab sich Anthony in die einstige Wohnung des flüchtigen Bankiers. Er wurde von der Haushälterin, einer wehmütig aussehenden Dame, empfangen.

»Sind Sie von der Polizei?« lautete ihre erste Frage. »Oder vielleicht gar Berichterstatter?«

»Weder das eine noch das andere«, beruhigte sie Anthony. »Ich gehöre zu den wenigen, die immer noch glauben, daß Mr. Billiter zu Unrecht beschuldigt wird. Im Gegenteil, ich bin der Meinung, daß ihm etwas zugestoßen sein muß.«

Er hatte am selben Morgen in der Zeitung einen Bericht gefunden, der von einem der Journalisten nach einer Unterredung mit der Haushälterin niedergeschrieben worden war. Sie hatte eine gleiche Vermutung ausgesprochen, wie Anthony sie eben geäußert hatte. Allerdings wußte sie nicht, daß der Preller eben deshalb für die Unterredung mit ihr dieses Thema gewählt hatte.

»Vielleicht treten Sie näher, mein Herr«, lud sie den Besucher liebenswürdig ein. Anthony sah sich in einem luxuriös ausgestatteten Wohnraum.

»Vielleicht können Sie mir mitteilen, wann Sie Mr. Billiter zum letztenmal gesehen haben?« eröffnete Anthony das Verhör.

»Am Abend vor seinem Verschwinden«, entgegnete Mrs. Mudge, wie die Haushälterin hieß. »Er verabschiedete sich wie gewöhnlich mit einem Gute-Nacht-Gruß von mir. Am nächsten Morgen trug ich ihm die gewohnte Tasse Tee in sein Schlafzimmer, und erst da bemerkte ich, daß das Zimmer leer und das Bett überhaupt nicht benutzt worden war. Ich dachte mir zunächst nichts dabei, denn mein Herr ging sehr oft zeitig weg. Nur in seinem Nachhausekommen war er regelmäßig wie eine Uhr. Meist fuhr er am Freitag früh weg und kam erst am folgenden Montagabend wieder zurück.«

»So? Seit wann pflegte er denn diese Reisen zu unternehmen?«

»Seit vielen Jahren.« Mrs. Mudge blickte sich um. »Hier spielt irgendein Geheimnis mit, Sir«, flüsterte sie dem Besucher zu. »Zum Beweis werde ich Ihnen etwas zeigen, was nicht einmal die Polizei zu sehen bekommen hat.« Sie stand auf und holte aus dem Schreibtisch einen Gegenstand, den sie Anthony in die Hand legte. Es war ein Karton, der auf allen Seiten mit Bildern aus dem Kinderleben beklebt war.

»Die Polizei glaubt, daß sie klug sei«, höhnte die Frau, »aber sie war doch nicht schlau genug, dies Ding hier zu finden.«

»Wo haben Sie es denn aufgestöbert?« wollte der Preller wissen.

»Ganz hinten in Mr. Billiters Schreibtischschublade.« Sie öffnete den Karton. Er war mit allen möglichen Dingen angefüllt: Da waren Kinderklappern, Gummisauger für Säuglinge, Schwesternhauben, wollene Babystrümpfe, auch Knochenringe, wie sie den Kindern zum Spielen gegeben werden. Alle Gegenstände trugen noch das Etikett mit den Preisen.

Das sind Muster, flog es Anthony beim Anblick all dieser Sachen durch den Kopf.

»War Mr. Billiter verheiratet?« fragte er die Haushälterin.

»Nein. Bestimmt nicht. Ich habe ihn oft von seiner Freude reden hören, daß er noch Junggeselle sei.«

»Merkwürdig! Diese Sachen sind doch noch ganz neu.«

Nirgends war der Name des Verkäufers oder des Fabrikanten zu finden. Wahrscheinlich kamen die Gegenstände von verschiedenen Firmen, denn die handschriftlichen Preisauszeichnungen wie auch die Art der Etiketten waren alle verschieden. Nichts deutete beim ferneren Durchsuchen des Schreibtisches darauf hin, daß Mr. Billiter vielleicht Vater eines unehelichen Kindes war. Verwundert kehrte Anthony nach Hause zurück. Am nächsten Morgen suchte er in der Bank den Bücherrevisor auf. Die Unterredung verlief resultatlos. Die Frage Anthonys, ob die Bank etwa Fabriken von Babyausstattungen finanziert habe, verneinte der Konkursverwalter mit allem Nachdruck.

»Meine erste Theorie wäre also damit ins Wasser gefallen«, berichtete der Preller seinem Freund Paul.

»Eine Frage, Anthony: Wirst du, wenn du Billiter wirklich findest und ihm das Geld abnimmst, es für dich verwenden?«

»Nein. Das ist einer der Fälle, wo ich wirklich als Wohltäter auftreten würde. Die Leute, die unter derartigen Unterschlagungen zu leiden haben, sind ja eben diejenigen, die es am wenigsten verdienen, gerupft zu werden. Wenn es mir gelänge, dem alten Billiter seinen Raub abzujagen, dann wäre ich unbedingt einer der glücklichsten Briganten Londons.«

»Ich hoffe, daß es dir gelingen wird«, sagte Paul, der nunmehr über den Verwendungszweck der Gelder beruhigt war. Für derartige Rachefeldzüge war er immer zu haben.

Die nächsten Tage brachten dem Preller viel Nachdenken. Hatte Billiter ein Doppelleben geführt? Besaß er irgendwo eine Familie, Frau und Kinder, ohne daß jemand in London eine Ahnung davon hatte? Die regelmäßigen Wochenendreisen schienen auf eine derartige Möglichkeit hinzudeuten. Aber wozu brauchte er Babysachen in derartigen Mengen?

»Du kannst sagen, was du willst«, meinte Paul. »Ich glaube bestimmt, daß er jetzt schon auf dem Weg nach Rio ist.«

»Und ich wiederhole dir: Er ist noch im Land. Ich glaube sogar, daß mich diese Babysachen auf seine Spur führen werden.«

Bei einem neuerlichen Besuch bei Mrs. Mudge erfuhr er noch, daß Mr. Billiter meist vom Victoria-Bahnhof abgefahren war und den Brighton-Zug benutzt habe. Er hatte ihr nämlich eines Tages erzählt, daß der Zug, den er benützt hatte, bei Three

Bridges aufgehalten worden war. Da Mrs. Mudge selbst von Horsham stammte, kannte sie den Punkt, den ihr Herr erwähnt hatte, ganz genau. Mr. Josia Billiter mußte sich also innerhalb des Dreiecks befinden, dessen eine Seite von Three Bridges, die zweite von Eastbourne und die dritte von Hove begrenzt war.

»Ein ziemlich weitläufiges Terrain«, meinte Paul.

Auch die Polizei schien eine Theorie zu haben, die von der Anthonys nicht zu weit abwich. Man glaubte, daß Mr. Billiter irgendwo in England eine große Familie unterhalte, ohne daß man früher eine Ahnung davon gehabt hatte.

»Eines aber wissen wir nun gewiß«, meinte Anthony, »und zwar, daß er eine Doppelexistenz geführt haben muß.«

Die beiden nächsten Tage brachte er mit dem Durchsuchen der Zeitungsarchive im Britischen Museum zu. Alle Notizen, die sich auf Wohltätigkeitsveranstaltungen für Kinder bezogen, wurden von ihm Zeile für Zeile überprüft. Endlich machte er eine Entdeckung.

Vor acht Jahren war man wieder einmal mit einem Appell an die Wohltätigkeit des englischen Publikums hervorgetreten. Die Alfriston Baby Kolonie hatte Geld gebraucht, ein Verlangen, das von Zeit zu Zeit wiederholt worden war. Bei allen Gelegenheiten war der Name des Bankiers Billiter als eines der freigebigsten Spender genannt. Immer wieder tauchten die ›Hundert-Pfund-Spenden‹ von Mr. Billiter auf, wenn die Beträge, die von einem philanthropischen Publikum gespendet worden waren, nicht ganz ausreichten, um die notwendige Summe zu vervollständigen. Es hatte den Anschein, als habe der Bankier die Verpflichtung übernommen, etwaige Lücken in den Überweisungen auf sich zu nehmen. Anthony eilte nach Hause, um Paul Bericht zu erstatten.

»Der Gedanke ist nicht übel«, meinte er. »Wenn du gesucht würdest, käme wohl die Polizei zuallerletzt auf die Idee, dich in einer Babykolonie zu vermuten.«

Aber die Nachforschungen verliefen resultatlos. Am nächsten Abend schon betrat Anthony seine Wohnung mit ernster Miene.

»Paul«, sagte er, »der Teufel ist los.«

»So?«

»Während ich hinter Mr. Billiter her war, haben es einige gute alte Freunde von uns auf sich genommen, mich zu jagen. Der Mann, bei dem wir Filmschauspielerei lernen wollten, hat uns wahrscheinlich bei der Schmiere verpfiffen. Ich bin schon den ganzen Nachmittag verfolgt worden. Besonders auf mein Auto scheinen es die Interessenten abgesehen zu haben . . .«

»Auf dein Auto?« fragte Paul verwundert.

Er wußte, daß Anthony einen großen, grauen Rennwagen sein eigen nannte, der ihnen schon oft die Freiheit gerettet hatte. Bisher war aber noch keiner ihrer zahlreichen Feinde auf den Gedanken gekommen, daß der große Rennwagen dem Preller gehörte.

»Ich werde nun unser schönes Auto im Stich lassen müssen«, erklärte Anthony. »Ehe ich es aber tue, werde ich erst einmal die Babykolonie von Alfriston aufsuchen.«

Durch Sussex führte der Weg. Dann ließen sie das kleine Städtchen Alfriston hinter sich. Kurz ehe sie das letzte Haus passierten, sah Anthony den Mann wieder, der sich in London so sehr für seinen grauen Rennwagen interessiert hatte. Es mochte ein Zufall sein, daß auch er sich in Alfriston befand, aber wahrscheinlicher war es, daß er das Reiseziel ›Mr. Smiths‹ von Sandy erfahren hatte, den Anthony versehentlich nicht davor gewarnt hatte, sich ausfragen zu lassen.

»Hm!« Anthony war unstreitig besorgt, denn er sah, daß der Unbekannte keineswegs allein war und sich eben mit seinem Begleiter anschickte, den Rennwagen des Prellers durch Aufheben der Hand zum Anhalten zu bringen. Anthony gab sich den Anschein, als habe er das Haltesignal nicht bemerkt und setzte seinen Weg fort. Kurz darauf erreichten sie die Kinderbewahranstalt.

Es war ein ausgedehntes Ziegelgebäude, mit Türmchen und Zinnen im Tudorstil geschmückt. Es sah eher einem Schloß ähnlich, denn rings um das Grundstück lagen gut gepflegte Gärten und Spielplätze. Eine saubere Pflegerin in Tracht meldete die beiden Besucher bei der Oberin an.

Diese Respektsperson schien den beiden Herren nur ungern Auskunft zu geben.

»Wir kennen Mr. Billiter nur dem Namen nach«, erklärte sie auf die Frage des Prellers. »Er hat sich uns gegenüber sehr freigebig gezeigt, aber gesehen haben wir ihn hier nie.«

Unstreitig sprach sie die Wahrheit. Anthony war ratlos.

»Wollen Sie das Kinderheim besichtigen?« fragte die Oberin. Zur Überraschung Pauls nahm der Freund die Einladung an.

»Wie viele Kinder haben Sie denn hier?« erkundigte sich Anthony.

»Dreißig, Sir.«

»Das ist also der einzige Schlafraum hier?« fragte Anthony und wies auf einen hellen Saal mit zahlreichen Betten.

»Ja.«

»Haben Sie denn oben keine Zimmer mehr?«

»O doch. Sie werden aber vom Personal bewohnt. Auch Mr. Worthington, unser Direktor und Sekretär, hat seine Räume oben.«

»Kann ich ihn sprechen?«

»Ich glaube nicht«, gab die Oberin zurück. »Er hat ein sehr ernstes Augenleiden und darf sich überhaupt nicht dem Licht aussetzen. Er bringt den ganzen Tag im dunklen Zimmer zu. Wenn Sie es aber wünschen, will ich Sie gern anmelden.«

Sie kam nach einigen Augenblicken zurück.

»Wollen Sie hier ein Kind unterbringen?« erkundigte sie sich.

»Ja«, gab Anthony zurück. »Mein Freund hier« – er zeigte auf Paul –, »hat ein Baby, das er gern in guten Händen lassen möchte.«

»Dann wird Mr. Worthington Sie wahrscheinlich empfangen«, erklärte die Dame und führte sie ins Obergeschoß.

Das Zimmer, in dem Mr. Worthington die beiden Herren empfing, war völlig dunkel. Er selbst lag auf der Couch, was wohl mit seinem geschwächten Körperzustand zu erklären war. Seine Augen waren hinter dunklen Gläsern verborgen.

»Entschuldigen Sie mich, meine Herren«, bat er. »Ich kann leider nicht aufstehen, um Sie zu empfangen. Kann ich Ihnen irgendwie dienlich sein?«

»Ich möchte mit Ihnen einige Worte unter vier Augen sprechen«, sagte Anthony. Die Oberin zog sich zurück.

»Nun, was wünschen Sie, mein Herr?«

»Sie fragten mich, ob Sie mir irgendwie dienlich sein könnten, und ich möchte Ihnen diese Frage beantworten.« Anthony schwieg einen Augenblick. Dann fuhr er fort: »Ich möchte Sie bitten, das Geld, das Sie aus Ihrer Bank mitgenommen haben, wieder zurückzugeben. Gleichfalls möchte ich Sie ersuchen, das Geld, das Sie für diese Kinderbewahranstalt als Treuhänder verwalteten, in andere Hände zu legen. Wenn Sie das alles getan haben, will ich Gnade für Recht ergehen lassen und Ihnen vierundzwanzig Stunden Vorsprung geben, ehe ich die Polizei hinter Ihnen herjage.«

Mr. Worthington antwortete mit keiner Silbe. Sie sahen ihn nun, da sich ihre Augen an die Dunkelheit gewöhnt hatten, deutlich vor sich. Sein Gesicht war zu einer widerlichen Grimasse verzogen.

»Ist das nicht ein etwas merkwürdiger Vorschlag, mein Herr?« fragte er leise. »Nehmen wir an ...«

»... Sie lassen Ihre Hand von der Hüfttasche weg. Mr. bilLiter«, unterbrach ihn Anthony. »Werfen Sie einen Blick auf meine rechte Hand! Sehen Sie den Revolver, ja? Gut, dann rate ich Ihnen, den Ihren ruhen zu lassen, wo er ist.«

Worthington-Billiter brummte etwas vor sich hin.

»Gut«, sagte er endlich. »Gehen Sie hinunter, und ich komme in ein paar Minuten nach.«

»Keine Tricks«, warnte ihn der Preller.

»Ich weiß, daß ich das Spiel verloren habe, meine Herren«, gab der Ertappte zurück. »Zwölf Monate lang habe ich dieses Ding geplant, bin hier dauernd mit blauer Brille herumgelaufen, um die Leute an mein angebliches Augenleiden zu gewöhnen, und nun ... Gehören Sie zur Polizei?« Er blickte seine Gegner an. »Nein, das ist unmöglich, sonst würden Sie mir keine Gelegenheit zum Entkommen geben. Wer sind Sie?«

»Einer von den vierzig Räubern aus Tausendundeiner Nacht«, gab ihm Anthony Auskunft.

Sie begaben sich hinunter, um auf Billiter zu warten. Sie warteten schon über eine Viertelstunde, als sie plötzlich das Geräusch eines sich entfernenden Autos hörten. Sie kamen gerade noch rechtzeitig, um ihren eigenen Rennwagen in einer Staubwolke in der Ferne verschwinden zu sehen.

»Da hat er Pech gehabt«, meinte der Preller in aller Ruhe. »Ich glaube nicht, daß er weiter als bis Alfriston gelangen wird.«

»Warum denn nicht?« erkundigte sich Paul.

»Weil dort zwei Beamte von Scotland Yard auf ihn warten werden; das heißt: eigentlich auf mich. Sie können zwar uns nichts nachweisen, werden aber Billiter ohne weiteres erkennen. Komm, wir wollen ausrücken, ehe die Luft noch dicker wird.«

Es kam selten vor, daß der Preller mit seinem Grundsatz brach, niemals auf der Straße geschäftliche Dinge zu besprechen. Heute aber, an diesem schönen Sonntagnachmittag, blieb er auf seinem Spaziergang nach Barnet plötzlich stehen, und Paul, der ihn begleitete, mußte wohl oder übel seinem Beispiel folgen.

»Das dort wäre das richtige«, rief Anthony erfreut aus und zeigte auf ein altes Gebäude aus der Viktorianischen Zeit, das inmitten eines verwilderten Gartens stand. Das Haus nahm eine Straßenecke ein. An der Gartentür klebte einer der üblichen Vermietungszettel, der gleichzeitig den Namen des Verwalters angab.

»Ein ganz scheußlicher Kasten«, kritisierte Paul. »Der Garten kommt mir vor wie ein Dschungel. Der Baumeister muß betrunken gewesen sein, als er den Plan für dieses Gebäude entwarf.«

Das Haus und seine Umgebung sahen allerdings übel aus. Es glich eher einem Gefängnis als einem Wohnhaus. Die Fenster des Erdgeschosses waren mit starken Eisengittern gesichert, was den traurigen Eindruck, den der unbefangene Beschauer von dem Grundstück erhalten mußte, noch erhöhte.

»So ein Haus habe ich gesucht«, erklärte der Preller enthusiastisch.

»Zu welchem Zweck?« erkundigte sich sein Freund. »Willst du eine Irrenanstalt eröffnen?«

Anthony lächelte verstohlen.

»Du hast's auf den ersten Hieb getroffen, Paul«, entgegnete er. »Das ist meine Absicht. Wie heißt denn die Bude eigentlich?«

Er trat näher an das Schild heran, das den Namen der ›Villa‹ aufwies.

»Depe Dene? Wie treffend!« Er notierte sich den Namen des Vermieters.

»Bitte, Anthony, erweise mir den Gefallen und laß mich, wenn du diesen Kasten wirklich zu mieten beabsichtigst, woanders wohnen«, bat Paul. »Du weißt, ich leide an Rheumatismus, und diese Ruine macht mir keineswegs den Eindruck, als wäre sie übermäßig zuträglich für meine Gesundheit.«

»Eine Trennung von mir kommt gar nicht in Frage, Paul.«

Auch weiterhin lehnte es der Preller ab, sich mit Paul über den beabsichtigten Verwendungszweck von ›Depe Dene‹ auszusprechen. Die beiden Freunde kehrten nach Hause zurück, aber Anthony erging sich auch jetzt nur in geheimnisvollen Andeutungen darüber, was er eigentlich in ›Depe Dene‹ zu treiben beabsichtige.

Am selben Abend traf er im Café de Palais auf der Regent Street mit einem Herrn zusammen, den er während seiner Reisen in Spanien kennengelernt und mit dem er brieflich für heute diesen Treffpunkt vereinbart hatte. Señor Maura, der Gesellschafter des Prellers, war der Chef einer Kriminalabteilung in Madrid, wo der Preller ihn anläßlich einer seiner häufigen ›Luftveränderungen‹ getroffen und mit ihm Freundschaft geschlossen hatte. Señor Maura befand sich, wie er Anthony mitteilte, in London, um ein Auslieferungsverfahren zu betreiben, und hatte sich die Gelegenheit, den ihm so sympathischen ›Señor Smith‹ wiederzusehen, nicht entgehen lassen wollen.

Während des Essens unterhielten sich die beiden so grundverschiedenen Männer über alle möglichen Dinge. Maura war ein ausgezeichneter Gesellschafter, der ständig eine reiche Auswahl von Anekdoten auf Lager hatte.

»Ich habe einen Brief von einem Ihrer berüchtigten spanischen Gefangenen erhalten. Sie wissen ja, einer von jenen, die vor ihrer Verhaftung die geraubten Schätze vergraben konnten.«

Maura blickte den Sprecher gespannt an.

»Sie meinen doch die Briefe, die habsüchtige Lämmlein in die Hürden überlegener Schlauköpfe treiben sollen, nicht wahr?«

»Ja, man hat mir, wie ich Ihnen schon sagte, ein gleiches Angebot zugehen lassen. Wer mag wohl hinter diesem uralten Schwindel stecken? Viel Geld kann doch keinesfalls damit zu verdienen sein, denn derartige Dummköpfe, die an solch einem Köder anbeißen, gibt es doch sicherlich nicht mehr.«

»Sie täuschen sich, Don Antonio«, erwiderte der Spanier ernst. »Die Malejala-Bande verdient Unsummen.«

»Was sagen Sie? Dieser Schwindel wird von einer Bande betrieben? Ich habe bisher immer geglaubt, einzelne, am Ende ihrer Mittel angelangte Betrüger versuchten die Menschheit auf diese dumme Art und Weise zu brandschatzen?«

»Es ist so, wie ich Ihnen sagte. Der Führer ist ein gewisser Malejala, einer der klügsten Köpfe, der mir je vorgekommen ist. Wir haben ihm, trotz aller Verdachtsgründe, bisher noch nicht das geringste nachweisen können, was eine Verhaftung rechtfertigen würde. Malejala selbst ist zwar Spanier, wurde aber in England erzogen und spricht die Sprache dieses Landes wie ein Einheimischer. Sie haben ja gar keine Ahnung, Señor Smith, wie viele Leute auf diese Schatzgräberbriefe hereinfallen. Habsucht und Dummheit sind die besten Verbündeten für Leute wie Malejala und seine Bande.«

Anthonys Augen leuchteten.

»Was bekomme ich, wenn ich dem Monsieur Malejala das Handwerk lege?« fragte er seinen Gast.

Maura lachte. – »Von der spanischen Regierung ist eine Belohnung von zwanzigtausend Pesetas für denjenigen ausgesetzt, der die Beweise für die Schuld des vielseitigen Señor Malejala beibringt«, erwiderte er. »Bisher hat sich aber noch niemand gefunden, der sich das Geld hätte verdienen können. Ich zweifle auch sehr daran, daß Sie dieses Unternehmen werden erfolgreich durchführen können. Woher mag wohl die Bande Ihre Adresse haben?«

»An mich war der Brief ja auch nicht gerichtet«, erklärte der Preller. »Ich habe ein Haus gemietet, das vor mir von einem anderen Herrn bewohnt worden war. Ihn hat man, als er schon ausgezogen war, mit dem Angebot aus Spanien beglückt, und der Brief wurde mir nur versehentlich zugestellt.«

»Ihr Vorgänger scheint einen in der Finanzwelt bekannten Namen gehabt zu haben«, meinte Maura. »Solche Herren werden nämlich von Malejala meist als künftige Opfer ausgewählt. Er ist recht oft in London, was er sich bei dem Schweinegeld, das er verdient, auch leisten kann. Ich glaube, er hat sein ganzes Vermögen vorsichtshalber in England deponiert, so daß wir, auch wenn es uns gelänge, ihn zu verurteilen, in bezug auf die Beute doch das Nachsehen haben würden.«

Paul hatte von seinem Freund über ›Depe Dene‹ nichts mehr gehört und glaubte deshalb diesen neuesten Plan des Prellers ad acta gelegt. Um so unangenehmer war er überrascht, als ihm Anthony am nächsten Tag den Mietvertrag unterschrieben und gesiegelt vorlegte.

»Ich mußte die Miete für ein ganzes Jahr zahlen«, erklärte der Preller.

Paul seufzte.

»Ging es denn wirklich nicht anders zu machen?« fragte er. »Du weißt doch, was ich gegen jene alte Bude für einen Widerwillen habe, und . . .«

»Wie mag dir, mein Junge, ein blauer Lüsteranzug und ein

Cowboyhut stehen?« unterbrach ihn der Freund, ohne seinen beweglichen Klagen irgendwelche Aufmerksamkeit zu zollen.

»Was soll denn diese Frage nun wieder bedeuten?«

»Das sollst du sofort erfahren.« Anthony beugte sich vor und flüsterte Paul längere Zeit ins Ohr. Immer heller wurde dessen Miene, bis er endlich, als Anthony schwieg, in helles Lachen ausbrach.

Señor Malejala bewohnte in Madrid auf der Recoletas ein luxuriös eingerichtetes Haus. Er nannte einen Luxuswagen neuester Konstruktion und ein Reitpferd sein eigen, das jeden Morgen erneut auf dem Prado Aufsehen erregte. Wenn auch der erfindungsreiche Malejala nicht in den höchsten Kreisen Einlaß gefunden hatte, so war er doch in den besten angesehen und willkommen. Oper und Hippodrom zählten ihn zu ihren Stammbesuchern. Er lebte wie eine Drohne in den Tag hinein, obwohl er genau davon unterrichtet war, daß die Madrider Kriminalpolizei für alle seine Bewegungen das höchste Interesse verriet. Unbesorgt schlief er jede Nacht den traumlosen Schlaf des Gerechten, unbedrückt von Sorgen und Reue.

Seine geschäftlichen Angelegenheiten erledigte er in einem kleinen Büroraum, an dessen Tür sein Name mit dem Zusatz ›Korke en gros‹ verzeichnet stand. Die geheimnisvollen Besucher, die bei Malejala zu jeder Tageszeit vorzusprechen pflegten, sahen jedoch nicht danach aus, als ob sie sich für die nützlichen Produkte der Korkeiche besonders interessierten.

An einem hellen, schwülen Junimorgen – die Wasserwagen der Madrider Straßenreinigung versuchten immer noch vergeblich, den Straßenstaub zu löschen – empfing Señor Malejala wieder einen seiner häufigen Besucher. Erst als der ›Korkkaufmann‹ sich vergewissert hatte, daß sie nicht belauscht werden konnten, gab er seinem Besucher einen Wink, worauf dieser aus dem Futter seiner Mütze einen Brief zog, den er Malejala überreichte. Der Hausherr riß den Umschlag auf und begann den langen Brief zu lesen.

›Geehrter Herr! Ich habe Ihre zu Herzen gehenden Klagen gelesen und wäre nicht abgeneigt, dem Zweck, den sie nannten, einige tausend Pfund zu widmen. Die einzigen Zweifel, die ich noch habe und die mich verhindern, Ihnen schon heute eine endgültige Zusage zu erteilen, sind darin begründet, ob es nicht den göttlichen und menschlichen Gesetzen widerspricht, unrecht Gut zu erstehen. Andererseits verhehle ich mir nicht, daß man ja den Ertrag wohltätigen Zwecken zuführen könnte . . .‹

Hier unterbrach Malejala seine Lektüre und lächelte verächtlich. Er kannte diese Logik, mit der die Habsucht die eigenen Taten vor dem Gewissen entschuldigen will.

›Leider habe ich selbst kein Scheckbuch, da mir mein Onkel, Oberst Sunning, jede Verfügung über mein Vermögen entzogen hat. Ich habe vor einigen Jahren ein großes Vermögen geerbt und das ganze Geld auf der Bank liegen. Ich darf aber, wie ich schon schrieb, nicht an das Geld heran. Mein Onkel, in dessen Haus ich wohne, hält mich so gut wie gefangen, verbietet mir jeden Ausgang, weil er mich zwingen will, seinen Sohn zu heiraten. Ich hasse ihn aber und werde nie den Wunsch seines Vaters erfüllen. Oh, Señor, wie sehne ich mich nach Freiheit! Onkel drohte mir, er würde mich, wenn ich Felix, seinen Sohn, nicht heirate, in einer Irrenanstalt unterbringen lassen. Ich habe dem Diener des Obersten, meinem Wächter, hunderttausend Pfund geboten, wenn er mich nur ein einziges Mal aus dem Haus entkommen ließe. Alles vergeblich. Er hat vor Onkel zuviel Angst und wagt nicht, sich seinen strengen Befehlen zu widersetzen. Ich will versuchen, einen Scheck auf meine Bank zu bekommen, zweifle aber daran, ob es mir gelingen wird. Das einfachste wäre ja, wenn Sie den Versuch machen würden, mir einen solchen zugehen zu lassen. Ich könnte ihn unterschreiben und Ihnen damit die Summe, die Sie für Ihre Pläne benötigen, zur Verfügung stellen. Mein Name wird Ihnen nicht unbekannt sein. Ich bin die Universalerbin Sir Veille Mortimers, der vor zwei Jahren in Indien starb. Ihre ergebene Mary Mortimer.‹

Señor Malejala lächelte und las den Brief nochmals durch. Er war ein durchaus gewissenhafter, methodischer Mensch, der alles, was ihm unterbreitet wurde, bis zur letzten Kleinigkeit durchschauen wollte. Auch jetzt blätterte er, ehe er sich zu einem Entschluß aufraffte, die Zeitungen durch, die er einem Archiv – das die Aufschrift ›England‹ trug – entnahm. Bald hatte er die Berichte gefunden, die den Tod Sir Veille Mortimers betrafen.

Er vergewisserte sich noch, daß wirklich eine Miss Mary Mortimer Universalerbin des enormen Vermögens von Sir Veille geworden war, und nahm dann die Erledigung dieser Sache energisch in die Hand.

Als er den Brief nochmals durchlas, entdeckte er auf der letzten Seite eine Nachschrift, die er bisher übersehen hatte.

›PS. Mein Vermögen liegt bei der Bank von England.‹

Einen Scheck auf diese Bank zu erhalten, war für Malejala ein leichtes. Er konnte Scheckbücher auf jede Bank, sei es in England oder sonstwo, beschaffen.

Nach Verlauf zweier Tage hatte er seinen Plan gemacht. Er verließ Madrid und traf am Samstag früh in London ein.

Auf dem Piccadilly begegnete er seinem Landsmann, Señor Maura, der ihn freundlich begrüßte.

»Buenos dias, Señor Malejala. Que està haciendo en Londres? Was machen Sie denn in London?«

»Ich besuche einige Freunde«, gab Malejala ebenso liebenswürdig zurück. »Es ist mir wirklich ein besonderes Vergnügen, Sie hier zu sehen. Die Verbrecher in Madrid werden sich freuen, da sie nun in Ihrer Abwesenheit freie Hand haben.«

»Alle sind ja nicht mehr in Madrid. Einige haben sich gleichfalls nach England begeben«, erwiderte der Beamte mit anzüglichem Lächeln.

Malejala zuckte die Achseln.

»Es wird wirklich ein Verlust für das spanische Volk sein, wenn Sie ihm durch einen ›Unglücksfall‹ entrissen würden, Señor Maura. Ich sende täglich meine Gebete zur heiligen Gottesmutter, daß nicht ich es sein möge, der die Ursache zu Spaniens Trauer sein wird.«

Maura lächelte.

»Diesem Gebet schließe ich mich in anderer Form an, Señor Malejala. Ich bete zu Gott, daß ich niemals Zeuge sein möge, wenn die scharfe Spitze der ›Garotte‹ Ihnen den Halswirbel durchbohrt.«

Mit diesen gegenseitigen Segenswünschen trennten sich die beiden Herren. Malejala setzte seinen Weg nach Finchley fort. ›Depe Dene‹ fand er ohne besondere Schwierigkeit. Langsam spazierte er vor dem Haus, das einen nüchternen Eindruck auf ihn machte, auf und ab, bis plötzlich hinter einem der Fenster des obersten Stockwerks eine weibliche Gestalt auftauchte. Er winkte ihr freudig zu, worauf die oben Stehende mit einem sichtbaren Zusammenzucken ins Zimmer zurücktrat. »Mut hat auch der Mameluck«, sagte sich Malejala. Er beschloß, den Stier bei den Hörnern zu nehmen. Ohne zu zögern, öffnete er die Gartentür und spazierte gemächlich bis an die Haustür heran. Dann klingelte er. Ein finster dreinblickender Diener öffnete und warf auf den Einlaßbegehrenden einen prüfenden Blick.

»Wohnt hier Herr Oberst Sunning?« erkundigte sich der Besucher.

»Jawohl, Sir.«

»Ist er zu Hause?«

»Nein. Er ist nach Newmarket gefahren, Sir.«

Malejala steckte dem Diener eine Fünfpfundnote zu.

»Ich möchte gern Miss Mortimer begrüßen.«

»Miss Mary?« Der Diener schüttelte zweifelnd den Kopf. »Ich bedaure. Ich kann Sie nicht zu der Dame führen. Sie ist nicht ganz wohl. Kommen Sie von der Bank von England, Sir?«

»Nein. Wie kommen Sie auf diese Vermutung?«

Der Diener trat verlegen von einem Fuß auf den andern.

»Ich will offen sein, Sir«, sagte er endlich. »Miss Mary hat dem Herrn Oberst mitgeteilt, daß sie an die Bank geschrieben habe, um ein neues Scheckbuch zu bekommen. Der Herr Oberst hatte aber einige Tage vorher ein gleiches getan, und ich vermute nun, daß die Bank stutzig werden und sich erkundigen würde, wie es sich mit dieser doppelten Bestellung verhalte.«

Señor Malejala freute sich. Er wollte eben auf seinen Wunsch, die junge Dame zu sprechen, zurückkommen, als er hinter dem Diener eine weibliche Gestalt auftauchen sah. Der Diener hatte ebenfalls die sich nähernden Schritte gehört und drehte sich um.

»Sie dürfen nicht herunter, Miss Mortimer«, rief er. »Der Herr Oberst hat es strengstens verboten. Entschuldigen Sie mich, Sir«, wandte er sich an den Besucher, schob ihn aus der Tür und schlug sie ihm vor der Nase zu.

»Sie hat mir also die Wahrheit berichtet«, murmelte Malejala vor sich hin. Seine dunklen Augen leuchteten auf. »Hier ist allerlei zu verdienen.«

Er trat auf die Straße hinaus, wo er sich einen Platz aussuchte, vom dem aus er das ganze Haus übersehen konnte. Gegen Abend fuhr ein Auto vor dem Gebäude vor. Ein älterer Herr stieg aus und schritt langsam, einen Stock als Stütze benutzend, den Gartenweg zur Haustür hinan. Mit ihm, so folgerte Malejala, befanden sich nun zwei Männer im Haus: der Diener, klapprig und alt, und ein nicht weniger gebrechlicher pensionierter Offizier, der sich beim Gehen eines Stockes bedienen mußte. Leicht genug, mit diesen beiden fertig zu werden!

Malejala machte sich auf, um unter seinen Landsleuten in London einen Gehilfen zu suchen.

Mit Hilfe eines Dietrichs, bewaffnet mit einem Revolver und einer Blendlaterne, drangen die beiden Spanier erst in den Garten ein; dann ließ Malejala den Landsmann als Wächter zurück und schritt dem dunklen Haus zu.

Vom zweiten Stock aus drang aus einem Fenster ein Lichtschein, und Malejala glaubte hinter den schützenden Gittern die Silhouette einer weiblichen Gestalt zu sehen.

Durch die Haustür würde das Eindringen, wie er glaubte, am leichtesten sein. Er hatte während seiner Unterhaltung mit dem Diener seine Augen offengehalten und wußte, daß kein Riegel, sondern nur ein einfaches Schloß die Tür sicherte. Er brauchte genau fünf Minuten, um das altertümliche Schloß zu öffnen. Es war nicht das erstemal, daß sich Señor Malejala in dieser Weise betätigte. Früher war das Einbrechen für ihn ein Beruf gewesen, bis er sich endlich einem lohnenderen und weniger gefährlichen Geschäft zuwenden konnte. Ohne ein Geräusch zu verursachen, betrat er das Haus. Der Lichtstrahl seiner Blendlaterne leuchtete jeden Winkel des Vorraumes ab. Erst als er sich überzeugt hatte, daß niemand erwacht war, stieg er langsam und vorsichtig die Stufen zum Obergeschoß hinan.

Er war Junggeselle geblieben, aber kein absoluter Gegner der Ehe. Während er sorgfältig seinen Weg fühlte, tauchten vor seinem geistigen Auge Visionen auf, in denen er sich als Gatten dieser Mary Mortimer, der mehrfachen Pfundmillionärin, sah. Er wollte nicht nur ihr Geld, sondern auch ihre Person in seine Gewalt bringen.

Endlich hatte er die Tür erreicht, hinter der er gemäß seinen Beobachtungen Miss Mortimer vermutete. Leise, nur für das Mädchen hörbar, klopfte er an die Tür.

»Miss Mortimer!« flüsterte er.

Nun hörte er einen leichten Schritt.

»Wer ist da?« drang es leise an sein Ohr.

»Ihr spanischer Freund!« erwiderte er.

Die Tür öffnete sich, und er fuhr zurück. War das nicht der Duft geräuchter Zigaretten? War sie es, die geraucht hatte?

Mutig trat er ein. Zu seiner Überraschung befand sich in dem

Zimmer nicht ein einziges Möbelstück. Es war völlig leer. Auch war die Erbin nicht allein. Auf einem Stuhl am Fenster saß der Diener, der ihm heute morgen die Tür geöffnet und nun auf seinem Knie einen Revolver liegen hatte, dessen Mündung drohend auf Malejala zeigte.

»W-a-s?« stotterte der überraschte Eindringling.

»Hände hoch, Freund Malejala!« befahl die ›Dame‹ in einem recht männlichen Baß. »Laß ihn nicht von der Mündung weg, Sandy. Gott sei Dank, daß ich meine Perücke abnehmen kann.«

Malejala starrte ungläubig auf ›Miss Mortimer‹, als sie nun ihre Perücke absetzte und sich als ein recht hübscher junger Mann entpuppte. Wiederum öffnete sich die Tür, und der Oberst trat ein. Aber er war nicht mehr der gebrechliche Mann, als den ihn Malejala am Abend gesehen hatte. Nur an seinen Kleidern erkannte er ihn noch.

»Señor Malejala«, sprach ihn der ›Oberst‹ an. »Du bist erschossen!«

»Was soll das heißen? Wer sind Sie?«

»Was das heißen soll? Nun, daß endlich einmal das, was Sie so häufig zu sein vorgaben, in Erfüllung gegangen ist: Sie sind der spanische Gefangene.«

Es dauerte eine ganze Weile, ehe sich das spanische Blut des Überlisteten so weit beruhigt hatte, daß man mit ihm die Sachlage besprechen konnte.

»Seien Sie vernünftig, mein Freund«, bat ihn der Preller. »Ihr Lösegeld wird genau sechstausend Pfund betragen. Eher lasse ich Sie nicht frei.«

»Und wenn ich Ihnen das Geld nun nicht gebe?«

»Dann werden wir Ihnen im Garten ein herrliches Leichenbegängnis bereiten, natürlich erst, nachdem wir Sie totgeschossen haben«, setzte Anthony hinzu. »Ich kann Sie ja, wenn Sie es vorziehen, Ihrem Freund, dem Señor Maura, übergeben, der, wie Sie wissen, gegenwärtig in London weilt.«

»Sie können gegen mich nichts vorbringen«, machte ihn der Gefangene aufmerksam.

»Will ich ja auch nicht. Ich beabsichtige nur, Ihren Leichnam als Andenken zu behalten. Los, wo haben Sie Ihr Scheckbuch? Zahlen Sie und lächeln Sie dabei!«

»Ich habe keine Schecks mit«, brummte Malejala und schüttelte den Kopf.

»Ich habe auch diesen Fall vorausgesehen«, lächelte der Preller. »Hier haben Sie einen Scheck auf die Lothbury Filiale der London, Leicester & Norfolk Bank. Wie ich mich überzeugt habe, wird dort Ihr Konto geführt. Ich weiß sogar, wieviel Sie dort haben. Wollen Sie es genau wissen? Achttausendreihundert Pfund.«

»Der Teufel soll Sie und mich holen, ehe ich Ihnen den Scheck gebe!«

»Nur Sie, mein Freund, nicht mich!«

Endlich bequemte sich der Spanier zum Nachgeben.

»Lassen Sie sich ja niemals von mir in Spanien erwischen«, drohte er, ehe er das Haus verließ. Seine Augen verrieten, daß er es mit dieser Warnung ernst meinte.

»Warum denn nicht? Spanien ist mir ein sehr sympathisches Land!«

»Das werden Sie schon merken, Freundchen«, rief der andere zornig.

Der Preller lachte.

»Ihre freundliche Warnung verdient eine Gegenleistung meinerseits, Señor Malejala«, sagte er liebenswürdig. »Ich möchte Ihnen gleichfalls einen Rat geben: Kehren auch Sie niemals nach Spanien zurück.«

Er wußte, Malejala würde seinem Rat nicht folgen. Er war deshalb auch nicht verwundert, als er erfuhr, daß Malejala bei seiner Rückkehr nach Spanien verhaftet und verurteilt worden war. Maura hatte die Drohungen, die sein Landsmann bei dem Zusammentreffen auf dem Piccadilly gegen ihn ausgestoßen hatte, doch ernster aufgefaßt, als Malejala geglaubt hatte. Jedenfalls war Malejala an der spanischen Grenze von Gurdia-Civil-Beamten durchsucht worden. Man fand in seiner Tasche einige gut gelungene Banknotenfalsifikate, die sich vor der Durchsuchung zwar nicht in Malejalas Taschen befunden hatten, aber völlig genügten, um ihm einen fünfzehnjährigen Aufenthalt im Zuchthaus zu Ceuta zu verschaffen.

RATGEBER

Bücher von Fachleuten - der ideale Weg zum guten Rat, ohne Wartezeiten und große Kosten. Jederzeit individuelle Beratung und gezielte Information zu ganz persönlichen Themen, über Beruf und Wirtschaft oder für Hobby und Freizeit. Konkrete Konzepte, praktische Methoden und erprobte Rezepte bieten zeitgemäße Möglichkeiten, um sich rundum richtig wohlfühlen zu können.

PSYCHOLOGIE LEBENSHILFE

BEER, ULRICH

Selbsttherapie. So helfe ich mir bei Depressionen, Lebenskrisen, Schlafstörungen, Stress, Übergewicht. 10896 DM 8,80

BERGLER, REINHOLD

Vorurteile erkennen, verstehen, korrigieren. 10424 DM 12,80

BIERACH, ALFRED

Wege zu einem Supergedächtnis. Lern- und Merktechniken. 10360 DM 8,80

BOECKEL, JOHANNES F.

Meditationspraxis. Technik und Methoden. 10824 DM 9,80

BOHNENKAMP, AXEL

Tarot als Lebenshilfe. 22 Stufen zu einem Leben voll Harmonie und innerer Kraft. 11770 DM 12,80

BUSCAGLIA, LEO

Leben-lieben-lernen. Brücken bauen – nicht Barrieren. 10362 DM 12,80

BUZAN, TONY

Kopf-Training. Anleitung zum kreativen Denken. Tests und Übungen. 10926 DM 9,80

Nichts vergessen! Training für ein Supergedächtnis. 10385 DM 12,80

DICKSON, ANNE

Frau sein. Selbstfindung, Selbstvertrauen, Selbstbewußtsein. 10956 DM 12,80

DOBBINS, RICHARD D.

Der Weg zu seelischer Kraft. Wie man seine seelische Gesundheit fördert. 10431 DM 9,80

EDER, RUTH

Der pflegeleichte Geliebte Frauen und die neuen Männer 13510 DM 12.80 Dieses Buch beweist anhand von zahlreichen Interviews, daß sich das Verhältnis zwischen Geliebten grundlegend verändert hat: in ein Liebesverhältnis gleichwertiger Partner.

FEDRIGOTTI, TONI

Erfolg durch Erfolgsbewußtsein 13505 DM 12.80 Lernen Sie durch Änderung Ihrer Denkgewohnheiten, sich auf Erfolg zu »programmieren«.

FENSTERHEIM, HERBERT/ BAER, JEAN

Leben ohne Angst. Unsicherheiten, Ängste, Phobien erkennen, verstehen, beherrschen. 11343 DM 12,80

Sag nicht ja, wenn Du nein sagen willst. 11297 DM 12,80

FEUERABENDT, SIGMUND

Das Yoga-Sutra. 10456 DM 9,80

FREITAG, ERHARD F.

Hilfe aus dem Unbewußten. Der spirituelle Weg zum Erfolg. 10957 DM 12,80

Kraftzentrale Unterbewußtsein. Der Weg zum positiven Denken. 10888 DM 12,80

FREITAG, E. F./ZACHARIAS, C.

Die Macht Ihrer Gedanken. Das Praxisbuch zur »Kraftzentrale Unterbewußtsein«. Ein Trainingsprogramm. 10357 DM 12,80

GIBSON, JOAN

Hab Vertrauen. Wie wir Einsamkeit und Selbstzweifel überwinden können. 10461 DM 9,80

HÖHN, REINHARD

Examen ohne Angst 10479 DM 12.80 Der Autor zeigt, wie jeder seine Prüfungsängste aus eigener Kraft überwinden kann.

JAMPOLSKI, GERALD G.

Lieben heißt die Angst verlieren. Vergnügliche Lebenshilfe ohne beschwerliche Theorien und Philosophien. 10381 DM 9,80

KLEIN, BERNARD

Die Macht des Traumes. Durch bewußtes Träumen ungenutzte Geisteskräfte freisetzen. 10410 DM 9,80

KURTH, HANNS

Lexikon der Traumsymbole. 10917 DM 14,80

So deute ich meine Träume. Mit Beispielen und Erläuterungen von 400 Traumsymbolen. 10507 DM 9,80

LAUSTER, PETER

Selbstbewußtsein kann man lernen. Programme für Selbstsicherheit und Selbstvertrauen. 10960 DM 9,80

Der Persönlichkeitstest. Ein Programm zur Entfaltung Ihrer Persönlichkeit. 10739 DM 9,80

LAUTENSCHLÄGER, FRANZ/ HAMM, MICHAEL/ LAGERSTRØM, DIETER

Wellness – Die neue Fitness. Ihr persönliches Ernährungs-, Bewegungs- und Harmonieprogramm für die neunziger Jahre. 10394 DM 12,80

LENTNER, GERHARD VON

Kartenlegen I + II. 10966 DM 17,80/10967 DM 16,80

LE CRON, LESLIE M.

Selbsthypnose. 10692 DM 12,80

LERMER, STEPHAN

Selbstfindung und Lebenskunst. Vom Umgang mit Liebe und Angst. 10356 DM 9,80

MALTZ, MAXWELL

So können Sie werden, wie Sie sein möchten. Methoden der Selbstbildpsychologie. 10455 DM 14,80

MENG CHAO-LAI/ WOLFGANG EXEL

Die Heilkunst der Chinesen. Anleitung zur Selbsthilfe. 10437 DM 12,80

MENSEN, HERBERT

Das neue ABC des autogenen Trainings. 10753 DM 9,80

PACZENSKY, SUSANNE VON

Der Testknacker. Wie man Karriere-Tests erfolgreich besteht. 10363 DM 9,80

REITER, UDO (HRSG.)

Meditation – Wege zum Selbst. 11305 DM 9,80

RYBORZ, HEINZ

Die universellen Kräfte Ihrer Psyche. Der Weg zu einem neuen Leben. 10929 DM 12,80

Die Kunst zu überzeugen. Die wirksame Beeinflußung von Partnern, Freunden, Kunden, Gegnern. 10963 DM 12,80

Die Kunst, Ihr Leben zu meistern. Es gibt eine Lösung für jedes Problem. 10941 DM 12,80

Jeder kann es schaffen. Ein Buch für die Selbstbehauptung in Beruf und Alltag. 10440 DM 12,80

Lebe besser, lebe gern Wie man seine schöpferischen, geistigen und seelischen Kräfte entdeckt, entwickelt und nutzt 13509 DM 12.80 Ein praktisches Lebenshilfebuch, anhand dessen jeder sein Leben positiv verändern kann.

Wer ist dein Freund? Wer ist dein Feind? Wie man Menschen besser erkennt. 10358 DM 14,80

SALTUS, CAROL

Das Körperzeichen. Was der Körper über die Persönlichkeit verrät. 10406 DM 14,80

SCHNEIDER, WOLF

Deutsch für Profis. Wege zu gutem Stil. 11536 DM 12,80

TEPPERWEIN, KURT

Die hohe Schule der Hypnose. 10962 DM 14,80

Die»Kunst« mühelosen Lernens. Neue Lernmethoden machen es Ihnen leicht. 10459 DM 12,80

TILL, MARIETTA

Die Heilkraft des Atems. 50 Atemübungen für Körper, Geist und Seele. 10432 DM 8,80

VASSEUR, J. & J.

Goldmanns Großes Vornamenbuch. 10872 DM 9,80

WELTLEIN, THOMAS

Nimm dein Herz in deine Hand. Partnersuche – Schritt für Schritt. 10457 DM 9,80

WILKES, MALTE W.

Die Kunst, kreativ zu denken. Die beiden erfolgreichen Ratgeber – »Kreativität ist Kribbeln im Kopf« und »Denkfehler, Denkfallen, Denkblockaden« in einem preiswerten Sonderband. 10150 DM 10,00

Denkfehler, -fallen. 10898 DM 5,80

WINTER, JOSEF A.

Überwindung von Krankheit und Angst. Die Erkenntnisse der psychosomatischen Medizin. 10450 DM 12,80

SEXUALITÄT UND PARTNERSCHAFT

DICKSON, ANNE

Die Harmonie der Innenwelt. Die neue Sexualität der Frau. 10996 DM 12,80

DEVI, KAMALA

Tantra-Sex. Die modernen Liebestechniken des Ostens. 10743 DM 12,80

DEWY, DONNA U. RODGER

Die Lamaze-Methode. Der Weg zu einem positiven Geburtserlebnis. 10814 DM 9,80

DICKSON, ANNE

Frau sein. 10956 DM 12,80

DODSON, BETTY

Sex for One - Die Lust am eigenen Körper 10475 DM 12.80 Dieses Buch konfrontiert uns mit einem der ältesten und hartnäckigsten Tabus: der Selbstbefriedigung.

EYSENCK, HANS J.

Das Partnerbuch. Anleitung zum Glücklichsein. 6877 DM 9,80

LOWEN, ALEXANDER

Liebe und Orgasmus. Persönlichkeitserfahrung durch sexuelle Erfüllung. 11356 DM 14,80

Lust. Der Weg zum kreativen Leben. 11367 DM 14,80

MEYER, HERMANN

Die neue Sinnlichkeit. Das intime Glück der Nähe. 10375 DM 9,80

RAMSDALE, D.A./ DORFMANN, ALAN

Sexuelle Energie und Ekstase. Der Weg zu höchstem Glücksgefühl. 10368 DM 14,80

RUEGER, RUSS A.

The Joy of Touch. Der Spaß, einander anzufassen. 10916 DM 12,80

WENDT, HERMANN

Das neue Sex-Buch. Die schönsten Übungen der Sexualtherapie. 10429 DM 9,80

GESUNDHEIT UND SCHÖNHEIT

ABEHSERA, MICHAEL

Heilerde – die natürliche Medizin. 10420 DM 9,80

ALTER, JUDY

Das Stretching-Handbuch Dehnen, Strecken und Stärken 13517 DM 14.80 Alles über Stretching - mit ausführlichen Übungsanleitungen und Erläuterungen über die gesundheitliche Bedeutung des Stretching.

APPEL, WALTER A.

Die Macht des Mondes Wie man den Mondeinfluß testen und nutzen kann 13519 DM 12.80 Mit Hilfe von Berechnungstabellen kann jeder die Auswirkungen der Mondperioden auf sein gesamtes Leben feststellen.

BRUSSEAU, PEGGY

Body Love Sanfte Übungen für einen schönen Körper. 10477 DM 12.80 Ein praktisches Übungsprogramm, das zu einer neuen positiven Sicht des eigenen Körpers, aber auch zu mehr Ausgeglichenheit und Zufriedenheit führt.

DERLON, PIERRE

Die geheime Heilkunst der Zigeuner. Die Kraft der Pflanzen, Wurzeln und Erden. 10303 DM 12,80

DOWNING, GEORGE

Massage und Meditation. Die meditativen Grundlagen für eine Vertiefung der Massage. 10460 DM 9,80

Partner-Massage. 10742 DM 9,80

FABER, STEPHANIE

Kräuterkosmetik. 200 Kosmetikrezepte mit Heilkräutern – hausgemacht. 10809 DM 12,80

Schön ab vierzig. 10873 DM 9,80

Ganzheitskosmetik. 224 S., Paperback. 30506 DM 22,80

Natürlich Schön. Kosmetik zum Selbermachen. 228 S., Paperback. 30501 DM 19,80

FAHRENKAMP, SIBYLLE

Die Kunst fit und nicht fett zu sein. Ein Weg durch den Irrgarten der Schlankheitskulte.
10991 DM 14,80

GESUNDHEITSRATGEBER FAMILIE

Schnelle, praktische und preiswerte Anleitungen zur Selbsthilfe – ärztlich und wissenschaftlich geprüft!
Allergien.
10463 DM 9,80
Herzkrankheiten.
10449 DM 9,80
Kopfschmerzen.
10444 DM 9,80
Notfälle.
10454 DM 9,80
Rückenschmerzen.
10446 DM 9,80
Streß.
10458 DM 9,80

GRÜNACKER, HERTA

Fleck weg ohne Gift.
Die Öko-Fleckputz-Fibel.
10423 DM 8,80

GROSS, HUGO MAX

Biorhythmik.
Wie Sie Ihre Lebenskurve in den Griff bekommen. Eine Anleitung zur Erstellung der persönlichen Lebenskurve. 10761 DM 12,80

HAAS, DR. ELSON M.

Gesund durch alle vier Jahreszeiten. Leben mit der Natur. 10399 DM 14,80

HAAS, ROBERT

Die Dr. Haas Leistungsdiät
Das Ernährungsprogramm für Gesundheit, Fitneß und Sport
13525 DM 12.80
Das ideale Ernährungsbuch für Ausdauer, Leistungsfähigkeit und Gesundheit von Sportlern und für Fitneß im Alltag.

HAMMERSCHMID-GOLLWITZER, JOSEF

Wörterbuch der medizinischen Fachausdrücke.
Sämtliche medizinischen Fachausdrücke in alphabetischer Reihenfolge mit 300 informativen Zeichnungen und Fotos. 10057 DM 12,-

HANSSEN, MAURICE

E = eßbar?
Was Sie über die Zusatzstoffe in Ihrer Nahrung wissen sollten.
10416 DM 9,80

HEYN, BIRGIT

Die sanfte Kraft der indischen Naturheilkunst.
Das ganzheitliche Heilverfahren des Ayurveda. 10367 DM 12,80

HINGST, WOLFGANG

Zeitbombe Kosmetik.
Der kritische Report über moderne Schönheitsmittel. Mit Vorschlägen zu natürlichen Alternativen.
10418 DM 14,80

HIRSCHMANN, FERRY

Strahlen – die gesunde Energie.
10986 DM 12,80

JÄGER, GERHARD

Gesundheit aus Pflanzensäften.
Rezepte, Cocktails, Kuren.
10417 DM 9,80

KELLER, ERICH

Das Handbuch der ätherischen Öle
Helfen, Heilen, Pflegen
13504 DM 9.80
Eine für jedermann verständliche Erklärung und praktische Anleitung zur Anwendung ätherischer Öle.

KJELLRUP, MARIANN

Bewußt mit dem Körper leben.
Eutonie: Durch Spannungsabbau zu Harmonie und Wohlbefinden.
10304 DM 9,80

KOCH, EGMONT R.

Umweltschutz zu Hause.
Was jeder tun kann!
10466 DM 12,80

KOCH, EGMONT R./MAYWALD, ARMIN/KLOPFLEISCH R.

Entgiften. Was jeder zu Hause tun kann
10485 DM 12.80
Dieser Ratgeber zeigt jedem, wo und wie er in seinem persönlichen Bereich Gefahren begrenzen oder ausschließen kann.

KOLL, ROLF D.

Grundkurs Bioenergetik.
Theorie und Praxis der Selbstbefreiung. – Mit über 100 praktischen Übungen. 10447 DM 14,80

KUNZ, KEVIN UND BARBARA

Durch die Füsse heilen.
Anleitung zur Reflexzonentherapie.
10359 DM 9,80

LANGE-ERNST, MARIA-E.

Bluthochdruck – Kampf dem leisen Killer.
Das Herz als Lebensmotor: bewußte Ernährung, ausreichende Bewegung und Vermeidung von Alltagsgiften. Paperback.
10400 DM 19,80
Der Schmerz als Signal.
Biologische und medikamentöse Hilfen zur Schmerzbewältigung.
Paperback 10468 DM 19,80
Die Haut – unsere empfindsame Hülle. Ganzheitliche Pflege von außen und innen.
Paperback 10442 DM 19,80
Gesund und natürlich essen - ein Leben lang
Wie wir uns und unsere Kinder richtig ernähren.
Paperback. 13512 DM 19.80
Ein praktischer Ernährungsratgeber zur Vermeidung von Mangelerscheinungen und zur Stärkung der Gesundheit und Widerstandskraft.
Gesund durch Spurenelemente.
Minerale als Bausteine der Zellaktivität, Brücken des Stoffwechsels, Verstärker des Abwehrsystems.
Paperback. 10396 DM 19,80
Fünfzig Jahre dreißig sein. Jung bleiben, Kraft gewinnen, Lebensfreude steigern, Selbstheilung aktivieren. Paperback. 10407 DM 19,80
Müden Beinen auf die Sprünge helfen
Hilfen und Vorbeugung bei schweren Beinen, Krampfadern und Venenerkrankungen
Paperback. 13518 DM 19.80
Dieses Buch informiert über die zahlreichen Vorsorgemaßnahmen, die jeder treffen kann, um Venenleiden vorzubeugen und zu lindern.
Rätselkrankheit Allergien.
Ursachen, Erkennungs- und Behandlungsmöglichkeiten bei Heuschnupfen, Asthma, Hauterkrankungen, Insektenallergien und vielem mehr. Paperback. 10415 DM 19,80
Schlafen können. Natürliche Hilfsmittel gegen Schlafstörungen.
Paperback. 10433 DM 19,80

LERMER, STEPHAN

Krebs und Psyche. Der Einfluß der Seele auf die körperliche Gesundheit. 10364 DM 14,80

LODES, HILTRUD

Atme richtig. Der Schlüssel zu Gesundheit und Ausgeglichenheit.
10305 DM 9,80

MACFAYDEN, RALPH J.

Weg mit der Brille! Wie man durch tägliches Training die Sehkraft verbessert. 10848 DM 9,80

MAHESHWARANANDA, PARAMHANS SWAMI

Yoga gegen Rückenschmerzen
10476 DM 12.80
Ein praktisches Übungsbuch zur Therapie und Vorbeugung von Rückenschmerzen.
Yoga und das tägliche Leben.
10445 DM 12,80

CHAO-LAI MENG/ WOLFGANG EXEL

Die Heilkunst der Chinesen. Anleitung zur Selbsthilfe. 10437 DM 12,80

MERTZ, BERND A.

Grundlagen der klassischen Astrologie
13516 DM 9.80
Das ideale Handbuch für alle, die einen praktischen Zugang zur Astrologie suchen.

MEYER-ANDERSEN, MERVÉE

Bodystyling für Frauen. In nur 12 Wochen schlank und fit. 10993 DM 14,80

MOEGLING, KLAUS

Die chinesische Bewegungsmeditation Tai Chi Chuan. Ein Lehrbuch für Anfänger und Fortgeschrittene. 10425 DM 14,80
Sanfte Massagen. Akupressur, Yin-Yang-Massage, Polarity, Eutonie, Esalen-Massage, Rolfing, Tantsu, Kum Nye, Lockerungs- und Entspannungsmassagen. 10412 DM 12,80

NAMIKOSHI, TOKUJIRO

Shiatsu. Heilung durch die Fingerspitzen. 10765 DM 9,80

NATURAPOTHEKE

Rezepte von Mutter Natur. 10256 DM 9,80

NEHBERG, RÜDIGER

Medizin-Survival. Überleben ohne Arzt. 10430 DM 12,80

NOTELOVITZ, MORRIS/ WARE, MARSHA

Aufrecht bis ins hohe Alter! Osteoporose – erkennen, vorbeugen, mildern. 10945 DM 12,80

OPPENHEIMER, MOSCHE PAUL

Dehnübungen – Die Oppenheimer-Methode. Band I: Einzelübungen. 10395 DM 9,80
Dehnübungen – Die Oppenheimer-Methode. Band II: Partnerübungen. 10462 DM 9,80

PROTO, LOUIS

Das Energie-Programm
Ohne Müdigkeit durch den Tag
13508 DM 9.80
Ein umfassendes Programm gegen Müdigkeit mit energiespendender Kost und zahlreichen praktischen Übungen zur Regeneration.

REDIES, HANS DR. MED.

Kinderkrankheiten. Vorbeugen, erkennen, heilen. Das unentbehrliche Nachschlagewerk für jede Mutter. Neu überarbeitet. 10693 DM 12,80

REGER, KARL HEINZ

Hildegard-Medizin. Die natürlichen Kräuterrezepte und Heilverfahren der hl. Hildegard von Bingen. 10932 DM 14,80

REICHERT, HEDWIG

Bade dich gesund! Das Sprudelbad. 10380 DM 7,80

RIEGLER, DR. EWALD

Dr. Rieglers Migräne-Diät. - Schmerzfrei ohne Medikamente. 10987 DM 9,80

RYWERANT, YOCHANAN

Die Feldenkrais-Methode. Die neue Bewegungstherapie. Mit einem Vorwort von Moshe Feldenkrais. 10382 DM 14,80

SCHREIBER, MICHAEL

Die Kunst des Laufens. In zwölf Schritten zum Marathonläufer. Das erste Marathon-Buch mit einem exakten Trainingsprogramm.
10464 DM 12,80

SCHWESTER BERNARDINE

Schwester Bernardines Heilkräuterbuch. Der Rezept- und Erfahrungsschatz der bekanntesten »Kräuterschwester«. 10376 DM 9,80
Schwester Bernadines Hausmittelbuch. Neue Rezepte aus der »großen Apotheke Gottes«. 10401 DM 7,80

SCHWIND, PETER

Alles im Lot. Körperliches und seelisches Gleichgewicht durch Rolfing. 10302 DM 9,80

SLOTOSCH, GERDA

Jeden Morgen fünf Minuten Gymnastik. Eine Gymnastik für Gesundheit und Schönheit. 10552 DM 8,80

TILL, MARIETTA

Die Heilkraft des Atems. 50 Atemübungen für Körper, Geist und Seele. 10432 DM 8,80

TRAEDER, NORBERT

Das Bodybuilding-Handbuch. Tips zum Training, zur Ernährung und zur gesamten Lebensweise. 10443 DM 12,80
Das Figur- und Fitneß-Handbuch für Frauen. Ernährung, Trainingsprogramme, Körperpflege. 10452 DM 12,80

ULRICH, WOLF

Alte Heilweisen neu entdeckt. 10856 DM 9,80

GESUNDE ERNÄHRUNG/KOCHEN

BACKEN

10253 DM 9,80

COCKTAILS UND DRINKS.

Köstliche Rezepte mit und ohne Alkohol 10273 DM 9,80

DIÄT

Schlank, gesund, schön. 10255 DM 9,80

EINMACHEN

10259 DM 9,80

FABER, STEPHANIE

Vollwertig frühstücken
Köstlich und gesund in den Tag
13524 DM 9.80
Ein Frühstücksbuch aus der Vollwertküche mit vielen Anregungen und Rezepten für Gesundheit, Schönheit und Wohlbefinden.

DAS FISCH-KOCHBUCH

10271 DM 12,80

GANZ OHNE FLEISCH

Gesund mit vegetarischer Küche. 10250 DM 9,80

DAS GEMÜSEKOCHBUCH

10266 DM 9,80

GESUND DURCH BALLASTSTOFFE

Schmackhafte Gerichte für eine gesunde Ernährung. 10280 DM 9,80

HANSSEN, MAURICE

E = eßbar? Was Sie über die Zusatzstoffe in Ihrer Nahrung wissen sollten. 10416 DM 9,80

HAGLER, LOUISE

Soja total – Das vegetarische Kochbuch der Sojabohne. Dieses Kochbuch zeigt, wie ungeheuer vielseitig die Soja-Bohne ist. 10465 DM 12,80

DAS HONIGBUCH

Gesünder süßen mit Honig – 100 tolle Rezepte. 10279 DM 9,80

HÜLSENFRÜCHTE

Leckeres mit Bohnen, Linsen und anderen Hülsenfrüchten. 10284 DM 9,80

JÄGER, GERHARD

Gesundheit aus Pflanzensäften. - Rezepte, Cocktails, Kuren. 10417 DM 9,80

JÜNEMANN, MONIKA UND WOLFGANG

Zum Essen gern. Vegetarische Leckerbissen für Leib & Liebe. 10421 DM 9,80

DAS KARTOFFEL-KOCHBUCH

150 Variationen zum Thema Kartoffel. 10268 DM 12,80

MEIN KRÄUTERBUCH

Für Küche und Gesundheit. 10262 DM 9,80

DAS LAMM-KOCHBUCH.

10270 DM 12,80

LARIDON, TREES/MAES, WILLY

Makrobiotisch Kochen.
Gesunde Ernährung verlängert das Leben. 10301 DM 14,80

MARMELADEN, KONFITÜREN, GELEES.

Süße Verführungen auf dem Frühstückstisch: Rezepte mit Früchten aller Art. Mit genauen Anleitungen zum Konservieren. 10269 DM 9,80

MEYER, AXEL

Die Kunst des Backens
10488 DM 9.80
Der Klassiker unter den Brotbackbüchern! Mit Vollwert- Rezepten für Brot- und Vollkorngebäck in zahlreichen Variationen.
Müsli-Buch
10489 DM 7.80
Eine exzellent bebilderte, liebevolle Zusammenstellung zahlreicher Müsli-Variationen für einen schwungvollen und gesunden Tagesbeginn.

MEYER, BIRGIT & AXEL

Vegetarische Küche
Neue Variationen kulinarischer Kochkunst
10487 DM 9.80
Vegetarische Gerichte, die gesund sind, lecker schmecken und Anregungen zu eigenen Kreationen bieten.

PASTA-BUCH

Die schönsten Nudelgerichte. 10252 DM 9,80

REGNET, URSULA/ VON LICHTENFELS, HELENE

Großmutters gute Weihnachtsbäckerei
10103 DM 9,80

RICHTIG SALZEN

Gesund und schlank mit Salz. 10281 DM 9,80

RÜTTING, BARBARA

Mein Kochbuch. Naturgesunde Köstlichkeiten aus aller Welt. 10838 DM 9,80

SAHLIN, SIGRI

Trocknen und Dörren
Beeren, Obst, Gemüse, Pilze und Kräuter natürlich konservieren
13514 DM 9.80
Alles Wissenswerte über Konservierung von Nahrungsmitteln und viele Rezepte für deren schmackhafte Verwendung.

SCHAEFFER, MICHAEL

Tee – Die Zeremonie des Genießens.
Ein informatives, praktisches und unterhaltsames Buch rund um den Tee mit vielen Rezepten. 10448 DM 9,80

SCHÖNFELDT, SYBIL GRÄFIN

Das Kochbuch für Studenten.
10434 DM 7,80
Nüsse, Mohn und Mandelkern.
Leckere Vollwertgerichte für das ganze Jahr. 10441 DM 7,80

DAS SCHOKOLADENBUCH.

Alles aus Schokolade – köstliche Cremes und Puddings, Torten und Kuchen, Eis, Drinks, Pralinen und die berühmte Mousse au chocolat. 10283 DM 9,80

WILLIAM SHURTLEFF UND AKIKO AOYAGI

Das Miso-Buch.
Herstellung, Sorten, Kochen mit Miso und Rezepte.
10428 DM 12,80
Das Tofu-Buch.
Herstellung, Verwendung, Ernährungswert und Rezepte.
10413 DM 12,80

UHLE, MARGRET

Was kann man überhaupt noch essen?
ABC der gesunden Nahrungsmittel
10483 DM 12.80
Dieses Handbuch der gesunden Nahrungsmittel bietet Warenkunde, Produktinformation, Rezepte und viele praktische Tips.

DAS VOLLKORN-KOCHBUCH.

Vollkornkost für eine gesunde und ausgewogene Ernährung – aber auch für eine raffinierte Küche. 10285 DM 9,80

ZELTNER, RENATE

Das Vollwert-Backbuch.
Rezepte für Kuchen und Torten, Plätzchen, Pizzen und Pasteten, Brot und Brötchen. 10392 DM 9,80
Das Vollwert-Kochbuch. Raffinierte Schlemmereien aus der Vollwertküche. 10389 DM 9,80

HOBBY UND FREIZEIT

NEHBERG, RÜDIGER

Medizin Survival. Überleben ohne Arzt. 10430 DM 12,80

HÄKELN

Die neue Häkelschule.
10263 DM 9,80

REIBETANZ, RENÉ

Das Fahrrad-Handbuch.
Ausstattung, Kauf, Reparatur, Fahrradtouren. 10426 DM 9,80

SCHÖNE STRICKMODELLE

Jacken, Pullunder, Westen und Pullis. 10254 DM 9,80

STRICKEN

Die neue Strickschule. 10251 DM 9,80

GARTEN

BALKON, TERRASSE, BLUMENKASTEN

10258 DM 9,80

BIOLOGISCHER NUTZGARTEN

Giftfreier Anbau von Obst und Gemüse. 10264 DM 9,80

DER INTENSIVGARTEN

Hoher Ertrag auf kleinstem Raum. 10261 DM 9,80

DER KLEINE GARTEN

10277 DM 9,80

MEIN ROSENGARTEN

Alles, was man als Rosenliebhaber wissen sollte. 10282 DM 9,80

DER NATURGARTEN

10275 DM 9,80

DER STEINGARTEN

10276 DM 9,80

WASSER IM GARTEN

Das Feuchtbiotop – Anlage und Pflege. 10265 DM 9,80

DER WINTERGARTEN

10278 DM 9,80

RECHT

ALLE DEUTSCHEN VERFASSUNGEN

Mit einer Einführung von Prof. Dr. Rudolf Schuster, München. 11397 DM 14,80

DEUTSCHE VERFASSUNGEN

Paulskirchenverfassung, Preußische Verfassungsurkunde, Reichsverfassung, Weimarer Verfassung, Ermächtigungsgesetz u.a.
8020 DM 12,80

DIEMANN, DIETER/EDGAR DÖRNER

Der Weg zur Eigentumswohnung. Mit Checklisten. 10414 DM 14,80

KEMPFLER, HERBERT

Wie gründe und leite ich einen Verein? Gründung, Anmeldung, Mitglieder, Mitgliederversammlung, Vorstand, Haftung, Austritt, Ausschluß, Auflösung. 10696 DM 12.80
Ein unentbehrlicher juristischer Ratgeber für Laien.

VANDERBORG, CLAUSS

Wie mache ich mich selbständig?
10478 DM 12.80

GELD

DIEMANN, DIETER/ EDGAR DÖRNER

Der Weg zur Eigentumswohnung.
10414 DM 14,80

KAUFMANN, ROBERT

Kredit-Tricks – ganz legal.
10393 DM 9,80

LASSIG, ROLAND

So spart man Einkommensteuer 1990. Der bewährte Ratgeber, um Steuern zu sparen. 13528 DM 9,80

So spart man Lohnsteuer 1990. Die legalen Tricks, Steuern zu sparen. 13530 DM 9,80

VANDERBORG, CLAUSS

So versichere ich mich richtig.
10451 DM 9,80

BERUF UND AUSBILDUNG

BOLLES, RICHARD NELSON

Job-Hunting. Ein Handbuch für Berufseinsteiger und -aufsteiger.
10361 DM 14,80

HÖHN, REINHARD

Examen ohne Angst
10479 DM 12.80

HOFSTETTER, JOSEPH

So bewerbe ich mich richtig. Ein Ratgeber für alle Stellungssuchenden. 10549 DM 9,80

OSTRANDER/SCHROEDER

Superlearning. Leichter lernen ohne Streß. Die revolutionäre Lernmethode. 11318 DM 12,80

PACZENSKY, SUSANNE VON

Der Testknacker. Wie man Karriere-Tests erfolgreich besteht.
10363 DM 9,80

SCHNEIDER, WOLF

Deutsch für Profis. Wege zum guten Stil. 11536 DM 12,80

MANAGEMENT

BIERACH, ALFRED

Wege zu einem Supergedächtnis. Lern- und Merktechniken für Vergeßliche. 10360 DM 8,80

RYBORZ, HEINZ

Die Kunst zu überzeugen.
10963 DM 12,80

ASTROLOGIE

APPEL, WALTER A.

Die Macht des Mondes.
Wie man den Mondeinfluß testen und nutzen kann.
13519 DM 12,80 (Sept.)
Mit Hilfe von Berechnungstabellen kann jeder die Auswirkungen der Mondperioden auf sein gesamtes Leben feststellen.

ASTRO-ANALYSIS.

Das große Handbuch der Astrologie. Sonderausgabe. 928 S. Geb. 30509 DM 39,80

BOSSLE, DR. RUDOLF

Die Charakterzüge der Sternzeichen.
Über 1000 Tests belegen die Charaktereigenschaften der 12 Sternzeichen. 10998 DM 12,80

LÖHLEIN, HERBERT A.

Handbuch der Astrologie.
Liebe – Ehe – Partnerwahl. 10517 DM 16,80

MERTZ, BERND A.

Grundlagen der klassischen Astrologie.
13516 DM 9,80
Das ideale Handbuch für alle, die einen praktischen Zugang zur Astrologie suchen.

SUN BEAR & WABUN.

Indianische Astrologie der Erde.
Das Medizinrad:
Roter Habicht. 21. März 19. April.
10975 DM 5,80
Biber. 20. April – 20. Mai.
10976 DM 5,80
Hirsch. 21. Mai – 20. Juni.
10977 DM 5,80
Specht. 21. Juni – 22. Juli.
10978 DM 5,80
Stör. 23. Juli – 22. Aug.
10979 DM 5,80
Braunbär. 23. Aug. – 22. Sept.
10980 DM 5,80
Rabe. 23. Sept. – 23. Okt.
10981 DM 5,80
Schlange. 24 Okt. – 21. Nov.
10982 DM 5,80
Wapiti. 22. Nov. – 21. Dez.
10983 DM 5,80
Schneegans. 22. Dez. – 19. Jan.
10972 DM 5,80
Otter. 20. Jan. – 18. Feb.
10973 DM 5,80
Puma. 19. Feb. – 20. März.
10974 DM 5,80

WHITE, SUZANNE

Die chinesische Astrologie. 10915 DM 12,80

SACHBUCH

Unsere Welt im Spiegel von Theorien, Analysen und Bestandsaufnahmen, entscheidende Bücher zu allen Aspekten der modernen Realität, Aussagen wichtiger Persönlichkeiten.

POLITIK UND GESELLSCHAFT

DREWITZ, INGEBORG
1984 – am Ende der Utopien. - Essays über Literatur und Politik. 6699 DM 7,80

FILMER, WERNER/ SCHWAN, HERIBERT
Alltag im anderen Deutschland. Protokolle über den Alltag von DDR-Bürgern – von der Hausfrau bis zum Hochschullehrer. Eine Dokumentation. 11432 DM 12,80

GORBATSCHOW, MICHAEL S.
»Zurück dürfen wir nicht.» »Perestrojka« und »Glasnost« eine kommentierte Auswahl der wichtigsten Reden von 1984-1987. 11445 DM 12,80

GRAY, SEYMOR
Hinter dem Schleier. Alltag in Saudiarabien. 11423 DM 14,80

HENDERSON, HAZEL
Das Ende der Ökonomie. Die ersten Tage des nach-industriellen Zeitalters. Eine Abrechnung mit den Ökonomen, die glauben, Wirtschaft und Gesellschaft zu begreifen.
11430 DM 17,80

HIEBER, WOLFGANG
Alltag in Indien. 11444 DM 14,80

MANDELA, NELSON
Ausgewählte Texte. 8439 DM 9,80

MAYER-TASCH, PETER CORNELIUS
Ein Netz für Ikarus. Über den Zusammenhang von Ökologie, Politik und Ästhetik. Das gestörte Verhältnis von Mensch und Natur im Spiegel der bildenden Kunst. 12018 DM 12,80

MEYER, FRITJOF
Nach dem Sturm erhebt sich der gebeugte Bambus. China im Umbruch. 11464 DM 14.80
China auf dem Weg in eine neue Zeit - der Bestseller des Asien-Experten des »SPIEGEL«.

SACHAROW, ANDREJ D.
Ausgewählte Texte. Aufsätze, Briefe und Aufrufe des prominenten sowjetischen Regimekritikers. 8440 DM 8,80

TUTU, DESMOND
Ausgewählte Texte. Sein Ziel: Gerechtigkeit für Schwarz und Weiß. Sein Mittel: Reden und überzeugen. 11025 DM 9,80

WICKE, LUTZ
Die ökologischen Milliarden. Das kostet die zerstörte Umwelt – so können wir sie retten. 11438 DM 12,80

WOODS, DONALD
Ich gebe nicht auf. Briefe aus Südafrika. 8897 DM 12,80
Steve Biko. Schrei nach Freiheit. Leben und Tod eines schwarzen Südafrikaners. 8985 DM 12,80

RELIGION UND MYTHOS

BRÜCK, MICHAEL VON
Dialog der Religionen. Mystiker, Philosophen, Wissenschaftler und Politiker aus verschiedenen Ländern mit verschiedenen Religionen suchen Antworten auf unsere Krisen. 12010 DM 9,80

BUDDHA
Die Lehre des Erhabenen. 8647 DM 16,80

CAMPBELL, JOSEPH
Lebendiger Mythos. Gedanken über die inneren Horizonte. 12023 DM 14,80

DALAI LAMA
Ausgewählte Texte. 11028 DM 12,80

DEUTSCHE MYSTIKERINNEN
Ausgewählte Texte. 11029 DM 9,80

GIBRAN, KHALIL
Ausgewählte Texte. 8432 DM 9,80
Gedanken des Meisters. 9135 DM 7,80

GUARDINI, ROMANO
Ausgewählte Texte. 11027 DM 9,80

HETMAN, FREDERIK
Baum und Zauber. 12031 DM 14,80

KOLTUV, BARBARA BLACK
Das Geheimnis Lilith: oder die verteufelte Göttin. Auf der Spur eines Mythos. 14050 DM 9,80

DER KORAN
Das heilige Buch des Islam. 8613 DM 16,80

KRISHNAMURTI, JIDDU
Fragen und Antworten. Und sein Gespräch mit Prof. David Bohm über das Erwachen der Intelligenz. 11753 DM 12,80

MARKALE, JEAN
Die Druiden
Gesellschaft und Götter der Kelten 11474 DM 12.80
Das wichtigste Sachbuch zur neueren Keltenforschung von Frankreichs angesehenstem Kelten-Forscher.

MERTON, THOMAS
Keiner ist eine Insel. Christliche Meditationen. 12016 DM 12,80
Meditationen eines Einsiedlers. Über den Sinn von Meditation und Einsamkeit. 12032 DM 12,80
Der Berg der sieben Stufen. Die Autobiographie des radikalen Christen und berühmten spirituellen Vordenkers. 12030 DM 19,80

MYNAREK, HUBERTUS
Die Vernunft des Universums. Auf der Suche nach den Lebensgesetzen von Kosmos und Psyche. 14041 DM 14,80

RAMAKRISHNA
Ausgewählte Texte. 8437 DM 9,80

RANKE-HEINEMANN, UTA
Widerworte – Friedensreden und Streitschriften. Mit den Beiträgen gegen den Zöllibat und den Streit um die Jungfräulichkeit Marias. Erweiterte Neuausgabe. 12027 DM 12,80

STEINDL-RAST, DAVID
Fülle und Nichts. Die Wiedergeburt christlicher Mystik. 12001 DM 12,80

STONE, MERLIN
Als Gott eine Frau war. Die Geschichte der Ur-Religion unserer Kulturen. 11453 DM 14,80

DER TALMUD
8665 DM 17,80

WEINREB, FRIEDRICH

Traumleben.
Die Deutung des Traumes aus der Offenbarung des Alten Testaments. 4 Bände. 12019 DM 31,20

WILBER, KEN

Der glaubende Mensch.
Die Suche nach Transzendenz. 14042 DM 12,80

ZAEHNER, R. C.

Der Hinduismus.
Seine Geschichte und seine Lehre. 8629 DM 9,80

ZEITGESCHICHTE

DEUTSCHE VERFASSUNGEN

Paulskirchenverfassung, Preußische Verfassungsurkunde, Reichsver-fassung, Weimarer Verfassung, Ermächtigungsgesetz, u.a. 8020 DM 12,80

ENGELMANN, BERNT

Vorwärts und nicht vergessen.
Vom verfolgten Geheimbund zur Kanzlerpartei: Wege und Irrwege der deutschen Sozialdemokratie. Vorwort von Willy Brandt. Zum 125jährigen Bestehen der SPD 1988. 8953 DM 17,80

GANDHI, MAHATMA

Ausgewählte Texte.
Hrsg. Richard Attenborough. 6577 DM 7,80

JAENECKE, HEINRICH

Die weißen Herren.
300 Jahre Krieg. Gewalt in Südafrika. Die vollkommen neu überarbeitete Ausgabe des Standardwerkes zum Thema Gewalt in Südafrika. 11230 DM 12,80

KING, MARTIN LUTHER

Ausgewählte Texte.
8431 DM 9,80

KISSINGER, HENRY A.

Memoiren 1968-1973. Drei Taschenbücher in einer Kassette. 11327 DM 29,80
Memoiren 1973-1974. Drei Taschenbücher in einer Kassette. Mit Register. 11331 DM 29,80

ORLOWA-KOPELEW, RAISSA

Die Türen öffnen sich langsam.
Vorwort von Carola Stern. 8387 DM 9,80

SCHLUMBERGER, HELLA

Kurdische Reise.
Aus dem Leben eines bedrohten Volkes. 11454 DM 12,80

GESCHICHTE, KULTURGESCHICHTE

EMERSON, RALPH WALDO

Ausgewählte Texte. Emerson hat mit seinen philosophischen Essays den Geist des jungen Amerikas wesentlich beeinflußt. 8441 DM 8,80

ERASMUS VON ROTTERDAM

Ausgewählte Texte. 8434 DM 9,80

FERNAU, JOACHIM

Deutschland, Deutschland über alles... Von Anfang bis Ende. 3681 DM 12,80
Disteln für Hagen. Eine Bestandsaufnahme der deutschen Seele. 3680 DM 9,80
Halleluja. Die Geschichte der USA. 3849 DM 12,80
Rosen für Apoll. Die Geschichte der Griechen. 3679 DM 12,80

FRIEDRICH DER GROSSE

Ausgewählte Texte. 8438 DM 12,80

HEYERDAHL, THOR

Fua Mulaku
Reise zu den vergessenen Kulturen der Malediven. 11475 DM 14.80
Das neueste große Forschungsabenteuer eines der größten Entdeckungsreisenden unseres Jahrhunderts.

KOESTERS, PAUL HEINZ

Deutschland, deine Denker.
Geschichten von Philosophen und Ideen, die unsere Welt bewegen. 11509 DM 14,80

MEISTER ECKHART

Ausgewählte Texte.
11024 DM 9,80

MORGAN, ELAINE

Der Mythos vom schwachen Geschlecht.
Überarbeitete Neuausgabe des Klassikers einer feministischen Anthropologie. 11457 DM 14,80

MORTON, FREDERIC

Herbstwalzer. Wien zur Zeit des Erzherzogs Rudolf
9484 DM 12.80
Ein Bericht über den »Selbstmord von Mayerling«, ein Stück K.u.K-Geschichte und österreichischer Literatur.

VANDENBERG, PHILIPP

Der vergessene Pharao.
Unternehmen Tut-Ench-Amun. 11287 DM 9,80

WOUK, HERMAN

Das ist mein Gott. Glaube und Leben der Juden. 8526 DM 12,80

INDIANER

ARROWSMITH, W./KORTH, M.

Meine Worte sind wie Sterne – sie gehen nicht unter. Reden der Indianerhäuptlinge. 8597 DM 7,80

BUSCHENREITER, ALEXANDER

Unser Ende ist euer Untergang.
Die Botschaft der Hopi und anderer US-Indianer an die Welt. 12009 DM 16,80

EATON, EVELYN

Ich sende eine Stimme.
Eine weiße Medizinfrau erzählt. 11821 DM 12,80

SUN, BAER

Der Pfad der Kraft. Sein Weg, wie er ihn Wabun und Barry Weinstock erzählt hat. 11801 DM 12,80
Leben mit der Kraft. Ein Selbsthilfebuch für das Leben in der Wildnis. 11822 DM 9,80

WIRTSCHAFT UND MANAGEMENT

ABODAHER, DAVID

Iacocca. Amerikas legendärer Spitzenmanager. 8443 DM 12,80

HENDERSON, HAZEL

Das Ende der Ökonomie.
Abrechnung mit den Ökonomen, die glauben, Wirtschaft und Gesellschaft zu begreifen. 11430 DM 17,80

HICKMAN, CRAIG R./ SILVA, MICHAEL A.

Der Weg zu Spitzenleistungen.
Kreatives Management. 14009 DM 16,80

KOESTERS, PAUL HEINZ

Ökonomen verändern die Welt.
Wirtschaftstheorien, die unser Leben bestimmen. 11542 DM 16,80

NATUR UND WISSENSCHAFT

DÄNIKEN, ERICH VON (HRSG.)

Habe ich mich geirrt?
Neue Erinnerungen an die Zukunft. 8973 DM 12,80
Kosmische Spuren.
Neue Entdeckungen und Funde der Präastronautik aus fünf Kontinenten. 11451 DM 12,80
Der Tag, an dem die Götter kamen. 11. August 3114 v. Chr. 8578 DM 14,80

DAVIES, PAUL

Gott und die moderne Physik
Vorwort von Hoimar von Ditfurth
11476 DM 12.80
«Ein großartiges Buch - nicht nur eine exzellente Wissensquelle, sondern auch ein hinreißendes Leseabenteuer.« Hoimar von Ditfurth

EINSTEIN, ALBERT

Ausgewählte Texte. Briefwechsel, Aufsätze und philosophische Betrachtungen. 8436 DM 9,80

FIEBAG, JOHANNES UND PETER

Die Entdeckung des Grals.
Das kosmische Geheimnis der Bundeslade und des Templerordens.
11455 DM 14,80 (Nov.)

HEISENBERG, WERNER

Ausgewählte Texte.
11021 DM 7,80

PRICE, JOHN RANDOLPH

Deine Zukunft ist jetzt.
Aufruf zur Rettung der Erde.
14049 DM 9,80

SHELDRAKE, RUPERT

Das schöpferische Universum
11478 DM 14.80
Eines der meistdiskutierten Bücher zu einer neuen Theorie über das Leben im Universum. In einer erweiterten Neuausgabe.

TREFIL, JAMES S./ ROOD, ROBERT

Sind wir allein im Universum?
Die Möglichkeit außerirdischer Zivilisationen. 11459 DM 14,80

WILBER, KEN

Halbzeit der Evolution.
Der Mensch auf dem Weg vom animalischen zum kosmischen Bewußtsein. 14040 DM 16,80

PSYCHOLOGIE

CAINE, LYNN

Was habe ich bloß falsch gemacht?
Mütter und ihre Schuldgefühle.
11458 DM 12,80

EDER, RUTH

Die geschlagenen Frauen.
Report über Gewalt im Alltag.
11436 DM 9,80

FRANCK, BARBARA

Ich schau in den Spiegel und sehe meine Mutter.
Gesprächsprotokolle mit Töchtern.
11416 DM 9,80
Mütter und Söhne. Gesprächsprotokolle mit Männern über ihre Beziehung zur eigenen Mutter.
11420 DM 9,80

Trotzdem leben.
Reportagen über die Angst.
11422 DM 9,80

LOWEN, ALEXANDER

Angst vor dem Leben
Über den Ursprung seelischen Leidens und seine Überwindung
11477 DM 12.80
Alexander Lowen, Begründer der »Bioenergetik«, zeigt auf, wie wir unser unterdrücktes Sein befreien können.

MÜLLER-LUCKMANN, ELISABETH

Männer um 50.
Erfahrungen, Selbstverständnis, Träume – intime Protokolle.
11448 DM 8,80

MARKERT, CHRISTOPHER

Yin Yang. Harmonie von Sinnlichkeit und Vernunft.
11379 DM 9,80

RYWERANT, YOCHANAN

Die Feldenkrais-Methode.
Die neue Bewegungstherapie. Mit einem Vorwort von Moshe Feldenkrais. 10382 DM 14,80

SCHNEKENBURGER, MONIKA

Vorsicht: Mutter!
Über die Schwierigkeit, mit einem Muttersöhnchen zu leben.
11450 DM 9,80

SENGER, GERTI

Noch einmal mit Gefühl.
Was Frauen sich von Männern wünschen. 11449 DM 9,80

WATTS, ALAN

Psychotherapie und östliche Befreiungswege. 11410 DM 12,80

WEIDELENER, HERMANN

Die Götter in uns. Lebenserkenntnis durch die Bilder der Mythen.
11802 DM 12,80

LIEBE UND SEXUALITÄT

DICKSON, ANNE

Die Harmonie der Innenwelt. Die neue Sexualität der Frau.
10996 DM 12,80
frau sein. Selbstfindung, Selbstvertrauen, Selbstbewußtsein.
10956 DM 12,80

BARBARA EHRENREICH/ELISABETH HESS/GLORIA JACOBS

Gesprengte Fesseln? 20 Jahre Kampf um eine weibliche Sexualität und was wir damit gewonnen haben. 11443 DM 9,80

HITE, SHERE

Hite Report - Das sexuelle Erleben der Frau. 11252 DM 17,80
Hite Report II. Die sexuellen Vorlieben und Praktiken des männlichen Geschlechts. 11377 DM 16,80

HOLLAND, JACK R.

Die Macht der Liebe. Der Schlüssel zur allmächtigen Kraft in uns.
14043 DM 9,80

KNUSSMANN, RAINER

Der Mann. Ein Fehlgriff der Natur.
11531 DM 8,80

LOWEN, ALEXANDER

Liebe und Orgasmus.
Persönlichkeitserfahrung durch sexuelle Erfüllung. 11356 DM 14,80
Lust. Der Weg zum kreativen Leben. 11367 DM 14,80

MAINZER, OTTO

Die sexuelle Zwangswirtschaft.
Ein erotisches Manifest.
11409 DM 14,80

ROWAN, JOHN

Der verwundete Mann.
14044 DM 12,80

RUEGER, RUSS A.

The Joy of Touch.
Der Spaß, einander anzufassen.
10916 DM 12,80

EDNA SALAMON/RUTH EDER

Warum sollte er mich heiraten?
Frauen als Geliebte – Protokolle einer neuen Abhängigkeit.
11440 DM 14,80

KULTURKRITIK

ARROWSMITH, W./KORTH, M.

Meine Worte sind wie Sterne – sie gehen nicht unter.
Reden der Indianerhäuptlinge.
8597 DM 7,80

BUSCHENREITER, ALEXANDER

Unser Ende ist euer Untergang.
Die Botschaft der Hopi und anderer US-Indianer an die Welt.
12009 DM 16,80

CAMPBELL, JOSEPH

Lebendiger Mythos.
Gedanken über die inneren Horizonte. 12023 DM 14,80

JEAN GEBSER.

Ausgewählte Texte.
Jean Gebser untersuchte in seinen Schriften kulturelle Phänomene und bietet Einsichten in die Gesamtzusammenhänge der Welt.
11020 DM 9,80